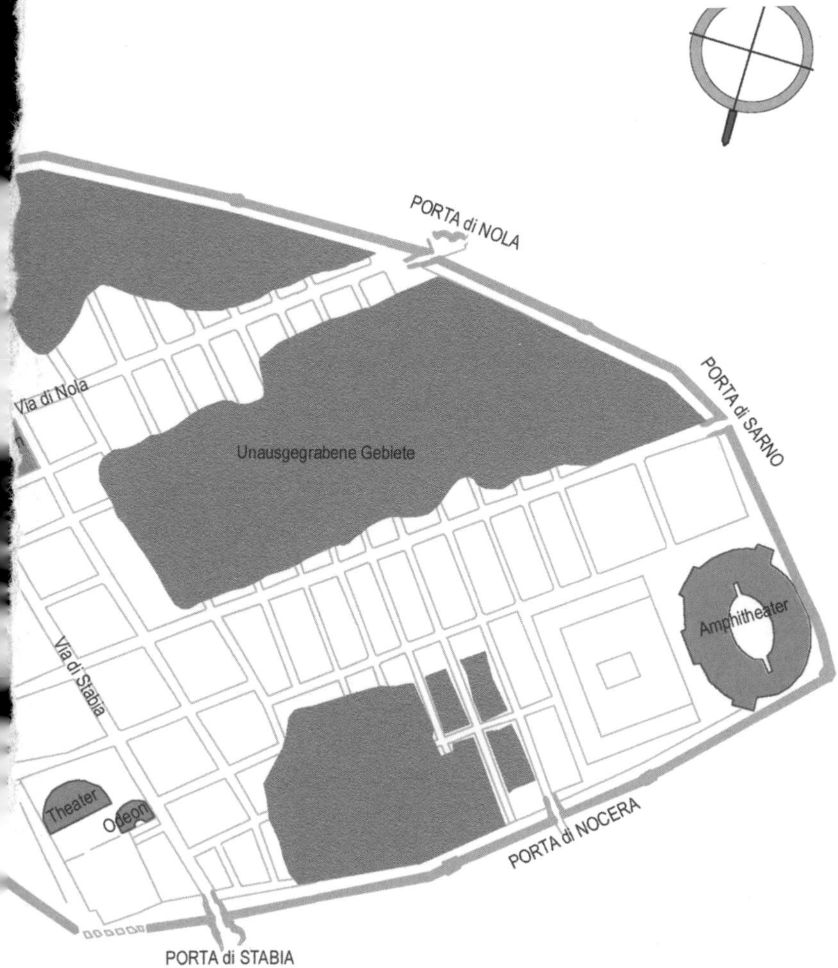

PORTA di NOLA
PORTA di SARNO
Via di Nola
Unausgegrabene Gebiete
Amphitheater
Via di Stabia
Theater
Odeon
PORTA di NOCERA
PORTA di STABIA

rowohlt

Helmut Krausser

Die wilden Hunde von Pompeii

Eine Geschichte

Rowohlt

1. Auflage September 2004

Umschlaggestaltung Oliver Schmitt, Mainz
Satz aus der Guardi PostScript,
QuarkXPress 4.1, bei KCS GmbH, Buchholz/Hamburg
Druck und Bindung Clausen & Bosse, Leck
Printed in Germany
ISBN 3 498 03520 7

Nichts, was Gestalt hat, behält sie.
Aus Liebe zum ständigen Wandel formt die Natur alles um.
Entwirft es stets neu, zwar verändert –
doch in der Weite des Kosmos, glaubt mir,
geht nichts je verloren.

Ovid; *Metamorphosen*

Erster Teil

I

Pompeii ist eine Hundekippe. Regelmäßig werden unwillkommene Welpen aus umliegenden Dörfern und Städten über die Zäune Pompeiis in eine ungewisse Zukunft geworfen. Man muß dankbar darum sein. Früher wären im rauhen Neapel unwillkommene Welpen ohne viel Aufhebens erschlagen oder im nächsten Teich ertränkt worden.

Pompeii genießt den Ruf, die meisten seiner Hunde zu ernähren. So ungefähr stimmt das. Jene Welpen, die den Wurf über den zirka zwei Meter hohen Zaun überleben, längst nicht alle – finden sich im Museum einer von Staub und Asche konservierten Stadt wieder, die vor zweitausend Jahren luxuriös, lärmig und voll Leben war. Aus der ganzen Welt kommen Touristen, um sich auf Zeitreise zu begeben. Um sich in der Betrachtung der Ruinen einen Begriff von der damaligen Zeit zu machen und von der Zeit allgemein. Viele Besucher begreifen erst in Pompeii, wie wenig Zeit jedem einzelnen zusteht.

Menschen werden schnell melancholisch auf diesem Areal, werden infolgedessen sonderbar freigebig, suchen Halt. Etwas treibt sie, was an Leben rundherum vorhanden ist, zu kraulen und zu füttern.

Genau davon leben die herrenlosen Hunde Pompeiis. Meist gar nicht schlecht. Einige liegen herum, geben sich niedlich und verlassen sich darauf, von irgendwem mit irgendetwas gefüttert zu werden. Andere übernehmen mehr Initiative. Können sogar aufdringlich werden und unangenehm. Es ist wie überall: Es gibt solche Hunde und solche. Neapels Stadtrat findet, es gäbe zuviele Hunde in Pompeii. Womit Neapels Stadtrat möglicherweise recht hat.

Man muß zu ihren Gunsten sagen, daß die Menschen abgewartet haben, bis ich entwöhnt war und mich einigermaßen auf meinen vier Beinen bewegen konnte, ohne dauernd hinzufallen. Dann aber war es soweit. Ich kann mich lebhaft erinnern, wie man mich am Nacken gepackt und eines Nachts mit dem Auto vor die Stadt gefahren hat. Von der Welt hatte ich bis dahin wenig gesehen, nur das bißchen, was man von dem kleinen Balkon im dritten Stock hatte erkennen können.

Häuser, Dächer und Straßen, und, in einiger Entfernung, eine glatte dunkelblaue Fläche, die sich aus irgendwelchen Gründen für die Bebauung mit Häusern und Straßen nicht eignete.

Um genau zu sein, es gab schon Häuser dort unten im Blau, aber von sonderbarer Form – und sie bewegten sich, bis sie am Horizont verschwanden. Üblicherweise verhalten sich Häuser ganz still. Außer bei Erdbeben natürlich, oder wenn sie zu schlampig gebaut sind.

Beides kommt vor, in der Gegend, aus der ich stamme. Ich sei, erklärte meine Mutter mir, ein italienischer Hund, und noch mehr, nämlich ein neapolitanischer Hund.

Ob das gut sei oder schlecht?

Das käme darauf an.

Worauf denn?

Nun, sagte sie, zuallererst sei ich ein *kleiner* Hund – der Rest würde sich ergeben mit der Zeit.

Ich weiß nicht, ob sie mir etwas verschweigen wollte.

Vielleicht hat sie geahnt, was kommen würde. Wir Hunde haben ein eher schwaches Gedächtnis; die Tage meiner Kindheit liegen weit zurück, und wenn ich ehrlich bin, kann ich mich meiner Mutter nur mehr schemenhaft entsinnen. Ein weißes glattes Fell besaß sie und schwarze Ohren, so wie ich.

Montag ist Hundefängertag. Der Hundefängertag beginnt um sechs Uhr morgens und endet um neun Uhr morgens, wenn es dem Hundefänger zu warm wird und erste Touristen auf das Areal strömen. Pompeiianische Hunde haben berechtigte Angst vor Montagmorgen. Dennoch begreifen die einsichtsvolleren unter ihnen durchaus, daß dem Hundefänger eine wichtige und sinnvolle Aufgabe obliegt. Stiege die Zahl der schnorrenden Köter zu stark an, fände kein Tourist sie länger niedlich.

Nur einige Sturschädel und Wirrköpfe planen ab und an gezielte Widerstandsaktionen gegen den Hundefänger, die strategisch hin und her gedacht, mit großmäuligem Knurren angekündigt, aber nie realisiert werden.

Es gibt auf dem viele Quadratkilometer umfassenden Gelände von Pompeii etliche hervorragende, vielmehr ganz unscheinbare Verstecke. Der Hundefänger und sein Gehilfe haben dennoch hin und wieder Erfolg, was an etlichen Tricks liegen mag, die sie in schlauen Büchern nachgelesen haben. Jedoch kursiert das Gerücht, es gäbe Spitzel und V-Hunde in der wilden Meute, die Verrat an der eigenen Spezies übten, um selber sorgenfrei die Sonne zu genießen. Es sind üble, unbewiesene Gerüchte, die dennoch regelmäßig an jedem Sonntagabend das Klima vergiften. Sonntagabende sind von Furcht und Mißtrauen geprägt.

Was mit eingefangenen Hunden geschieht, weiß kein Hund Pompeiis, und das ist ganz bestimmt besser so.

Meine erste Fahrt in einem Auto habe ich noch deutlich in Erinnerung. Mir wurde übel, ich wimmerte auf der Rückbank, und es war Nacht, und es regnete, und das Auto hielt an, und der Fahrer, den Mama immer das «Herrchen» genannt hatte, packte mich im Genick, und dann – dann flog ich.

Ja, es war, als könne ich fliegen, er warf mich hoch, in die Nacht, in den Regen – und plötzlich ging es nicht weiter nach oben. Es schlug sofort ins Gegenteil um. Hart prallte ich auf dem Boden auf. Das tat weh. Ich hörte, wie das Auto wegfuhr, kläffte ihm hinterher, rannte ihm nach – aber da war dieser hohe Zaun im Weg, aus sehr, sehr festen schwarzen Stäben, nicht durchzubeißen. Es war kühl und windig. Wenigstens hatte sich der Regen abgeschwächt.

So bin ich nach Pompeii gekommen. Ohne jede Ahnung, wo ich nun war und weshalb.

Sicher würde mein «Herrchen» wiederkommen, um mich abzuholen. Mama hatte mir erklärt, daß Menschen sich aus einem natürlichen Antrieb heraus um Hunde kümmern, und Hunde sich die Fürsorge der Menschen gerne gefallen lassen, ja ohne Menschen wohl gar nicht existieren könnten.

Ich sah mich um. In der Finsternis gab es nicht arg viel zu sehen. Keine Lichter außer den Straßenlaternen, deren Lichtkegel nicht weit in das umzäunte Areal hineinreichten. Nachdem sich meine Augen an die Dunkelheit gewöhnt hatten, erkannte ich Häuser, aber sie unterschieden sich völlig von denen, die vom Balkon aus zu sehen gewesen waren. Wirkten seltsam kaputt und leblos. In ihren Fenstern war kein Glas und es gab auch nirgends bunte Lichterketten wie in der Stadt, die ich gekannt hatte. Viele Büsche gab es und neue, ungewohnte Gerüche.

Die feuchte Erde schwappte über von Gerüchen. Ich bekam Hunger, und die Kälte ließ mich zittern.

Das alles geschah in einer Jahreszeit, die von den Menschen Weihnachten genannt wird. Nicht einmal das hab ich damals gewußt. Stundenlang wartete ich am Zaun auf das Auto des «Herrchens», wartete darauf, an den warmen Bauch meiner Mama zurückzukehren, meinen Kopf an sie zu lehnen und einzuschlafen.

Draußen vor dem Zaun fuhren tatsächlich Autos vorbei, sogar sehr viele, und jedesmal wedelte ich mit dem Schwanz und kläffte, um auf mich aufmerksam zu machen. Genutzt hat es nichts. Die Nacht wurde lang. Was hätte ich tun sollen? Ganz still und in mich gekauert wartete ich darauf, daß sich mein Zustand in irgendeiner Weise änderte. Und schließlich änderte sich auch was. Es wurde hell.

Als neu eingetroffener, soeben die brutale Über-den-Zaun-Geworfenheit überlebt habender Welpe hat man es in Pompeii keineswegs leicht. Es kommt vor, daß gewisse radikale Hundegruppen frisch ausgesetzte Welpen durch Genickbisse töten und sich dafür gar noch feiern lassen. Weil das Boot Pompeii randvoll sei und keine weiteren Mitesser vertrage. Das ist so leicht nicht von der Pfote zu weisen.

Im Allgemeinen aber siegt die Hundlichkeit, jener Instinkt, der auf dem Respekt vor Artverwandtheit beruht. Immerhin, das muß gesagt sein, ist Pompeii ganz und gar katzenfrei.

Mögen Katzen Italien besetzt haben bis in den letzten Hinterhof – in Pompeii kommen sie nicht vor, nicht in vertrauter Gestalt jedenfalls, höchstens als scheue Geisterkatzen, um die sich ein anständiger Hund nicht zu scheren braucht.

Ja, die Häuser hier sahen äußerst merkwürdig aus. Viele waren mit Gebüsch überwachsen, manche besaßen nicht mal ein Dach, noch waren ihre Mauern bemalt oder mit Reklame beklebt. Die Straßen dazwischen wirkten sehr eng. Nirgendwo Verkehrsschilder oder Ampeln.

Vor dem Zaun blieben Fußgänger stehen, deuteten auf mich, legten die Köpfe schräg und machten alberne Schnalzgeräusche. Aber nach einer Weile gingen alle weiter. Ich wagte mich noch immer nicht zu rühren, wollte an dem Platz sitzen bleiben, wo das Herrchen mich abgesetzt hatte. Damit es mich leichter finden würde, wenn es wiederkäme. Schließlich war es der Hunger, der mich zwang, meinen Posten zu verlassen. Ich tapste ein Stück weit auf die Ruinen zu, blieb stehen, jaulte, wie ich selber fand, herzzerreißend – und sah endlich ein, daß ich von nun an auf mich allein gestellt war, in einer trostlosen Landschaft, in einem offenbar menschenleeren, von der Stadt abgetrennten Gebiet.

Es muß wohl acht Uhr morgens gewesen sein. Sonne brach durch die Wolken.

Wenigstens fror ich nicht mehr so stark. Müde, entkräftet, kauerte ich mich auf den Boden.

Und plötzlich schob sich ein Schatten in mein Sichtfeld. Der Schatten eines großen, grauen Hundes.

Nicht jeder Hund in Pompeii ist als Welpe über den Eisenzaun geworfen worden. Es gibt auch solche, die in Pompeii gezeugt und geboren wurden. Manche geben damit bei jeder Gelegenheit an und grenzen sich von Zugeworfenen hochnäsig ab, als wären sie etwas Besseres. Andererseits gibt es auch Zugeworfene, die damit prahlen, der Großstadt Neapel zu entstammen. Die es für eine Zumutung halten, quasi auf dem Land, zwischen Ruinen und Gebüsch, aufzuwachsen. Die später beschließen, Pompeii zu verlassen, um ihr Glück in der Stadt zu suchen. Von solchen hört man nie wieder was.

Er schnupperte an mir. Tat verwundert, als könne er mich nicht einordnen. Schwenkte seine schlappen Ohren, die, wie alles an ihm, graubraun waren. Ein alter, leicht schmerbäuchiger Hund, der die Augen zusammenkniff, der wohl nicht mehr gut sehen konnte und merkwürdig abwesend wirkte.

«Wieder ein Neuer», sagte er vor sich hin. «Hat schön geregnet, was? Komm mit.»

Er wandte sich um, und nach kurzem Zögern trottete ich ihm hinterher.

«Knochen gebrochen? Nein? Das nenn ich Glück. Wie heißt du denn?»

«Söhnchen», sagte ich.

«Das ist doch kein Name.»

«So nennt mich meine Mutter aber.»

«Wo ist denn deine Mutter?» Er hielt an und schnüffelte erneut an meinem Fell.

«Ich weiß es nicht.»

«Immer dasselbe. Hast du 'ne Wurst mitbekommen?»

Ich verneinte, und er brabbelte was in seine ausgeleierten Lefzen, über die Zeiten und die Sitten und keine Wurst.

«Mein Name ist Plinius. Alle nennen mich Plin. Wahrscheinlich hast du Hunger?»

Ich nickte. Heilfroh, daß sich jemand um mich kümmern wollte. Mein Gegenüber machte einen altersschwachen, dabei gutmütigen Eindruck.

«Einen Namen für dich findet der Wind. Man muß nur horchen. Sperr deine Ohren auf.»

Es war jedoch ganz still. Plin seufzte und schabte mit den Vorderpfoten im Sand. Keine Ahnung, was er suchte. Er stieß ein leises Knurren aus, und wir gingen weiter in Richtung der Ruinen. Nirgendwo ein Lebewesen. Außer uns beiden natürlich. Leichter Nebel senkte sich auf die leeren Häuser, von denen wir wider Erwarten keines betraten. Hinter den Häusern erstreckte sich ein wildbebuschtes Gelände. Mauersteine, die es auch hier gab, waren so stark überwachsen, daß sie kaum noch an Reste von Behausungen erinnerten, mehr an wilde Gärten, voller Lauben, die eng wie Bienenwaben aneinander lagen. In einer schwach sonnenbeschienenen Ecke ließen wir uns nieder, auf trockenem, vergilbten Wintergras.

Plin nahm die Witterung von etwas auf, befahl mir, leise zu sein, verschwand um die Ecke und kam danach mit einem Stück Wurst im Maul wieder, warf es mir hin und brummte auffordernd. Ich verschlang es in einem Haps, es war scharfe Paprikasalami, eine neapolitanische Spezialität und dennoch völlig ungewohnte Nahrung für mich. Plin hatte sichtlich Spaß an meinem Hecheln. Dann hob er den Kopf, dachte über etwas nach, zog die Stirn in Falten und schien mich bald völlig vergessen zu haben. Meine Kehle brannte.

«Gibt's hier auch was zu trinken?»

Plin seufzte und deutete mit der Schnauze auf eine steinerne Kuhle, in der sich Regenwasser gesammelt hatte. Während ich meinen Durst löschte, legte sich der sehr alte Hund ins Gras und schlief ein. Sein Fell war an vielen Stellen dünn geworden und seine Augen tränten ununterbrochen, selbst wenn er sie geschlossen hielt. Sollte ich zu so einem Vertrauen haben?

Was blieb mir übrig? Ich kauerte mich an ihn und versuchte, zu schlafen. Und plötzlich schmerzten meine Trommelfelle, von einem wütenden Kläffen, ganz nah in meinem Nacken; ich schnellte herum und sah zwei Reihen gefletschter Zähne.

«Ich riech's! Du hast die Salami gefressen! Du kleiner Scheißer!»

Abhauen, dachte ich, bloß abhauen, aber der Hund sprang mir auf den Rücken, drückte mich zu Boden, rammte mir seine Krallen ins Fell, knurrte mir ins Ohr, ich dachte: das war's.

«Saxo! Laß ihn los!»

Der Satz wurde gar nicht sehr laut geäußert, doch zu meiner Überraschung ließ der kleine, gedrungene Terrier sofort von mir ab. Was heißt klein? Doppelt so groß wie ich war er schon.

«Er hat die Salami gefressen!»

«Er hatte sie nötig.»

«Die GANZE SALAMI?»

«Ja, sieh doch nur! Er ist halb verhungert. Hat die Nacht im Regen gesessen.»

Mit ziemlich übertriebenem Mitleid gaffte mich dieser Saxo jetzt an. Ich lernte, was Sarkasmus bedeutet. Dann schien er sich zu beruhigen, legte die Ohren an und zwinkerte mir zu.

«Hab's nicht so gemeint, Kleiner. Hätte dich schon am Leben gelassen. Bist frisch übern Zaun geflogen?»

Sein Tonfall ging mir auf die Nerven. Bevor mir eine angemessene Antwort einfiel, nahm Plin ihn zur Seite.

«Du hast ihn beinah zu Tode erschreckt. Schau, er zittert ja immer noch. Es ist so leicht, auf Schwächere loszugehen. Ist dir klar, Saxo, was du damit anrichten kannst?»

Jetzt war ich beleidigt. Erschrocken hatte ich mich wohl, aber Plins gutgemeinte Worte machten ein hilfloses, schreckhaftes Bündel aus mir – und selbst wenn das der Wahrheit entsprach, entsprach es nicht meinem durchaus schon vorhandenen Stolz.

Ich drehte mich um und wollte die beiden nicht mehr sehen.

«Wie heißt er denn überhaupt?» Saxo besaß eine voluminöse, röhrende und etwas schrille Stimme, die sich in den oberen Lagen leicht überschlug. Er wirkte sehr quirlig, überdreht, hechelte fortwährend, genaugenommen gab er eine ziemlich komische Figur ab.

«Einen Namen hat er noch nicht.»

«Oh, schön! Darf *ich* ihn benennen? Wie wärs mit *Minimus*? Oder *Parvenus*?»

Das ging endgültig zu weit.

«Du kannst mich mal! Hau ab und rasier deine stinkenden Zähne!»

«Oho! Plin! Hast du gehört? Keinen Namen, aber schon solche Sprüche!»

Ich hatte den Spruch des öfteren gehört, wenn Herrchen und Frauchen sich mal wieder nicht grün gewesen waren.

Plin trat zwischen uns, schmunzelnd, beschwichtigend, und meinte, daß wir sicher Freunde würden. Woraus er diesen nicht gerade naheliegenden Schluß zog, weiß nur er und niemand sonst, aber es stimmte. Saxo wurde mein erster – und bester Freund.

«Der alleswissende Wind wird ihm einen Namen geben.»

Plin versank in tiefe Meditation. Saxo hob, hinter Plins Rücken, die rechte Pfote an die Stirn, es meinte soviel wie ‹gaga›, und ich mußte lachen. Saxo knuffte mich, seitdem mochten wir uns.

II

Ein Hundeleben in Pompeii verläuft in geregelten Bahnen, keineswegs so wild und zügellos, wie Romantiker sich das vielleicht vorstellen. Einzelgänger kommen in der Regel nicht weit. Man muß sich einer Gruppe anschließen, um ausreichend Futter zu finden.

Finden ist nicht ganz richtig. Gefundenes Futter sollte lieber nicht gefressen werden. Zu groß ist die Gefahr, einem der Todeskuchen zum Opfer zu fallen, die der Hundefänger regelmäßig auslegt. Früher haben Hundenasen so gut wie jedes Gift gerochen. Die Hundenasen sind nicht arg schwächer geworden, aber die Gifte um einiges tückischer.

Futter muß erbeutet beziehungsweise erbettelt werden, und weil nicht jeder Hund gleich viel erbeutet/erbettelt, wird von denen, die etwas süßer aussehen, ein wenig auf die Seite gelegt für jene, die etwas weniger süß aussehen. Das ist vernünftig und nett, wird aber nicht bei jeder Gruppe so gehandhabt. Bei den Outlaws, einer sehr berüchtigten Gruppe, ist der einzelne strikt auf sich selbst angewiesen, und wenn er Pech hat, muß er seine Nahrung in der Natur suchen. Die Natur bietet nicht viel in Pompeii. Wenn von einem Hund gesagt wird, *er müsse Eidechsen fressen,* dann ist von einem wirklich auf den Hund gekommenen Hund die Rede.

Die Gruppe (Familie wäre zuviel gesagt), der ich angehörte, bestand aus fast zwanzig Hunden, von denen anfangs fünf, später sieben in meinem Alter waren und mit mir zusammen jeden Morgen Unterricht bekamen.

Der Unterricht teilte sich auf in Draußenkunde, Menschenkunde, Ortskunde, Futterkunde und Hundekunde. Das Meiste war langweilig. Später kamen Früherkunde und Ganzfrüherkunde hinzu. Da wurde es ziemlich unverständlich.

Plin erklärte mir, was Touristen sind und was sie hier angucken wollten, warum sich die Ruinen so gut erhalten hatten unter der Lavaasche, er erklärte mir sogar, was Lavaasche ist, zeigte mir den Vesuv und ließ sich lange über die Wirkungsweise von Vulkanen aus, wobei er leider versäumte mir die Funktionen von ganz normalen Bergen zu erläutern. Ich hatte ja nicht mal eine Ahnung, wozu die Menschen diese großen Dinger in die Landschaft gestellt hatten. Um ehrlich zu sein: ich war damals der Meinung, daß alles, was es auf der Welt zu sehen gab, in irgendeiner Form von Menschen entworfen sein müsse. Oft seufzte mein Lehrmeister auf, als habe er es mit einem völlig Ahnungslosen zu tun. Und weil das gegen meinen Stolz ging, beschloß ich, keine einzige Frage mehr zu stellen. Mein Weltbild setzte sich bald aus ziemlich schrägen Vorstellungen zusammen. Demnach hatten die Menschen Berge aufgeschüttet, um darin Bergwerke anzulegen und das Angehäufte nach und nach wieder abzubauen. Beim Vesuv war irgendetwas schiefgegangen, das Bergwerk explodierte und es regnete glühendes Zeug auf die Stadt Pompeii. Das muß einige Zeit hergewesen sein, bestimmt zwanzig Jahre oder so. Danach hatte man die unter der Asche begrabene Stadt wieder ausgegraben, aber nicht etwa neu gebaut, sondern stehengelassen. Warum?

Keine Ahnung, aber die Besucher bezahlten sogar Eintritt. Gaben dem Pförtner Geld. Geld war eine Art Futter, nur nicht so direkt.

Mein Lehrmeister seufzte sehr sehr oft. Ich hätte viel zu lernen.

Wie bereits erwähnt, erstrecken sich die Ruinen von Pompeii über etliche schwer überschaubare Quadratkilometer. Ein Drittel der ehemaligen Stadt befindet sich noch unter der Erde, um es auszugraben, ist kein Geld vorhanden. Die Touristen können nicht flächendeckend überwacht werden, dafür ist ebenfalls kein Geld vorhanden. Manche Touristen sind gar keine Touristen, viel eher dreiste Plünderer, sie bringen heimlich Grabungsgerät im Rucksack mit und wühlen in der Erde nach antiken Schätzen – Münzen, Statuetten, Scherben, Mosaiken. Besonders dreiste bringen sogar Metalldetektoren mit und graben – am hellichten Tag – mit schweren Schaufeln nach Beute. Einige kommen auch nachts. Man müßte dagegen einschreiten. Wäre nur Geld vorhanden.

Die meisten Outlaws unterscheiden nicht zwischen braven Touristen und dreisten Plünderern. Sie sehen Menschen als bewegliche Futtermaschinen an, die man nur lang genug triezen muß, bis sie Futter ausspucken. Einigen Plünderern ist es offenbar unangenehm, nachts von einer Meute Outlaws verbellt zu werden. So hat sich eine Art Beschwichtigungssystem entwickelt: Plünderer erkaufen sich ihre Nachtruhe durch mitgebrachtes Futter.

Wäre der Hundefänger raffinierter oder fleißiger, würde

er sich als Plünderer verkleiden und die Outlaws mit Todeskuchen beschwichtigen. Zum Hundeglück ist der Hundefänger weder raffiniert noch fleißig und besteht auf seinen gewerkschaftlich zugesicherten Arbeitszeiten.

Manche Outlaws gehen so weit, Touristen zu bedrohen, die sich tagsüber in der Weite des Areals verloren haben oder friedlich Picknick im ehemaligen Atrium einer ehemaligen Villa machen. Derlei rabiate Nichtsnutze kläffen und knurren, scharren an der Grenze des Erlaubten. Zu Bissen kommt es jedoch nie. Völlig verblödet sind nicht einmal Outlaws. Käme es zu Bisswunden, würde die Stadt Neapel noch einmal mit der Gewerkschaft verhandeln, die wiederum mit dem Hundefänger, der daraufhin vielleicht doch ein wenig fleißiger und raffinierter vorginge. Die braven, von Outlaws bedrohten Touristen haben nur leider keine Ahnung, daß es nie zu Bissen kommt. Fühlen sich bedroht und erpreßt, werfen mit Leckereien, um in Ruhe gelassen zu werden. Aus diesem Grund wird mancher Outlaw fetter und selbstzufriedener als jeder Bettelhund. Auf Bettelhunde sieht ein Outlaw mit Häme und Verachtung herab. Mehr noch, er macht sich lustig über sie und behauptet, Bettelhunde besäßen keinen Stolz, keine Würde, dienten sich den Menschen an, als Kraulvieh, als rückgratslose Kuscheltiere und Schoßhündchen.

Outlaws jaulen oft Lieder in die Nacht hinaus, in denen sie sich als freiheitsliebende Revoluzzer stilisieren. Bei unerfahrenen, moralisch noch ungefestigten Welpen schinden solche Gesänge mächtig Eindruck, vor allem wenn sie in baßschwangeren Chören über die Ruinen wehen, unterlegt von Rhythmuseulen und Heuschreckentremolo.

Saxo war ein nahezu reinrassiger Terrier – und kräftig.

Ich war ein Irgendwas. Ob, und wenn, welche Kräfte in mir schlummerten, konnte ich nicht ahnen.

Plin tat leider rein gar nichts, um mein Selbstbewußtsein zu heben. Im Gegenteil, er brachte mir bei, mein Welpentum effektiv einzusetzen. Er brachte mir bei, wie ich tapsen konnte, als ich längst schon einen festen Schritt erlernt hatte. Er brachte mir bei, die Augen groß zu machen und zu gähnen. Und wie ich mich auf den Rücken legen mußte, um höchstmögliche Aufmerksamkeit auf mich zu ziehen. Richtig winseln will gelernt sein. Betteln, sich aber erst nach so und soviel Futter streicheln lassen. Ich war ziemlich gut. Und effektiv. Die Menschen liebten mich. Gaben mir zu fressen, mehr, als ich vertragen konnte. Das Meiste lieferte ich ab, in die, nennen wir's: Gemeinschaftskasse. Brot, Käse, Fleisch. Auch Süßkram. Schokolade, sagte Plin, sei Gift für junge Hunde. Popcorn genauso. Offenbar wollte er Schokolade und Popcorn selber fressen, mit dem schwachen Argument, ihm könne das nicht mehr schaden, er sei schon alt.

Es gibt, gleich neben dem gar nicht so üblen Schnellrestaurant, einen Kiosk auf dem Gelände. Im Kiosk sitzt Mario. Mario ist sehr fett, und sein Nackenschweiß zieht seltene Schmetterlinge an. Er verkauft an Touristen zu überteuerten Preisen Schokolade, Wasser, Reiseführer, Popcorn und Farbfilme. Die Outlaws haben ein Auge auf Mario. Sie fühlen instinktiv, daß es nicht ratsam wäre, ihn zu überfallen. Aber sie beobachten sehr genau, was er an wen verkauft. Einmal ließ Mario die Hintertür seines Kiosks offen stehen. Ein Pinscher drang in Marios Reich ein, stahl eine Packung Puffreis. Mario, in all seiner Fettigkeit, griff zum Schrotgewehr und erschoß den Pinscher, dessen Name nicht überliefert ist. Verlierer verlieren alles. Auch ihre Namen.

Lange bin ich namenlos gewesen. Alle riefen mich *Kleiner.* Ärgerlich und untragbar.

Plin ließ dem Wind zuviel Zeit, einen Namen für mich zu wählen. Ich wollte endlich einen Namen haben, ganz ohne windisches Zutun, einen klangvollen, passenden, nur für mich. Denn ich war über den Frühling hin groß genug geworden für einen eigenen Namen. Ich drohte, murrte, bettelte, machte sogar die Augen groß und gähnte. Als es eines Morgens soweit war, wünschte ich mir, ich hätte meine vorlaute Klappe gehalten. Plin trat grummelnd vor mich hin, mit einem Blick, der nichts Gutes bedeuten konnte.

«He, Kleiner, der Wind hat deinen Namen genannt.»

«Ja?»

«Ja. Ich habe eine Vision gehabt und den Urahn deines Urahns gesehen, und der allwissende Wind zischelte seinen Namen. Du heißt ab sofort –» Er atmete nochmal tief ein.

«Wie denn?»

«Nun ...»

«Nun?»

«Kaffeekanne.»

«Was?»

«Kaffeekanne. So lautet dein Name.»

«Das ist doch kein Name! Das ist – ...» Mir fehlten die Worte.

«Beschwer dich beim Wind!» Plin wandte sich ab und senkte den Kopf. Er gab zu, daß er schwerhörig war, daß er den Wind möglicherweise schlecht verstanden hatte. Aber der allwissende Wind, hieß es, äußere sich eben nur einmal, und auf Nachfragen reagiere er nicht. *Kaffeekanne* kam dem am nächsten, was Plin verstanden hatte, und damit basta.

Um mich her wälzten sich Hunde im Gras, die vor Lachen kaum Luft bekamen.

Wochen vergingen. Pompeii gefiel mir langsam besser. Viele der uralten Häuser sahen innen sehr bunt aus. Betrachtete man das Bunte auf den Mauern genauer, entdeckte man Bilder darin und Geschichten. Geschichten hatte ich gern. Selbst die komplizierten.

Einmal fand ich beim Spielen einen Laib Graubrot im Sand, scharrte ihn frei und erwartete, gefeiert zu werden. Plin wirkte nicht sehr beeindruckt.

«Dieses Brot ist zweitausend Jahre alt. Verkohlt und versteinert.»

Ich glaubte ihm kein Wort. Ich wußte, wie zehn Tage altes Brot aussieht. Es wird grün.

Um ihm zu beweisen, daß das Brot noch gut war, biß ich hinein. Es hätte mich beinahe ein paar Zähne gekostet.

«Das ist – totes Brot?»

«Genau.»

«Geisterbrot?»

«Ich glaube kaum, daß dieses Brot je Geist besaß.»

«Wie sehen Geisterhunde aus?»

Das, meinte Plin, wisse niemand. Wo er mir ausnahmsweise mal etwas Interessantes hätte erzählen können, überließ er mich meiner Vorstellung.

Es wurde Sommer, wurde warm, selbst nachts, immer mehr Touristen kamen, das Nahrungsangebot wuchs. Ich auch.

Mit meiner Gruppe kam ich aus. Ein paar Mädchen – Clio, Chloe und Calista – behandelten mich von oben herab, verulkten mich, immer zu dritt, nannten mich statt Kaffeekanne einfach nur *Anne*, blöd und niveaulos, aber sie ernteten auf meine Kosten einige Lacher. Ansonsten wurde ich gemocht. Nach einiger Zeit hörten sogar die Witzeleien um meinen Namen auf. Warum der angeblich allwissende Wind sich den für mich ausgedacht hatte, blieb ein Rätsel. Ich lernte Heuschrecken zu fangen, ließ sie aber jeweils laufen und hoffte darauf, daß der Tag nie kommen würde, an dem ich sowas essen müßte.

Einmal hab ich eine Katze erwischt. Das Vieh sah schließlich so aus, wie man mir eine Katze beschrieben hatte: *sehr schnell, vier Füße, langer Schwanz und dennoch kein Hund.* Aber die doofe Eidechse konnte nicht mal sprechen. Beim Gedanken, sie in den Mund zu nehmen und zu zerkauen, ist mir speiübel geworden.

Den Outlaws gingen wir aus dem Weg. Plin schärfte uns ein, lieber feige zu sein, als auf Provokationen zu reagieren. Dabei gab es kaum Provokationen. Die Outlaws waren bevorzugt nachts unterwegs oder durchstreiften bei Tag die Außenbezirke, überließen den *Schoßhündchen*, wie sie uns nannten, das Hauptrevier rund um den Marktplatz. Plin nannte den Marktplatz *Forum*. Er fand für alles sonderbare Begriffe. Woher er die hatte, wissen Kuckuck und Geier. Er beschäftigte sich oft mit Schildern, die überall herumstanden, versuchte, auch mich dafür zu interessieren. Aber auf diesen Schildern gab es nur schwarzweiße Bilder, alle so ähnlich gezeichnet, keine Geschichten, nicht mal richtige Bilder, so Ornamente in waagrechten Linien, das sah nach nichts aus. Er sagte, ich müsse ganz genau hinsehen, das seien sehr wohl Geschichten. Jaja, dachte ich, du magst mich für dumm halten, aber blind bin ich nicht und Geschichten erkenne ich, wenn ich sie sehe.

Plin sagte, es gebe einen Unterschied zwischen Sehen und Erkennen.

Weshalb bloß wollte er immer so spitzfindig klingen?

Montagmorgens zogen wir uns in ein schattiges Plätzchen zurück, bekamen von den Hundefängereien kaum etwas mit. Wir Junghunde wuchsen so behütet auf, daß wir nicht einmal wußten, warum der Montagmorgen gefährlich war. Nur *daß* er gefährlich war, wußten wir. Und daß überall neue Kuchen ausgestreut wurden, die wir nicht einmal beschnuppern durften. Plin hätte meiner Meinung nach drastischer sein können. Er wollte uns nicht unnötig in Angst versetzen, wollte die Realität so lang wie möglich von uns fernhalten. Dabei erreicht nichts auf dieser Welt die Geschwindigkeit finsterer Gerüchte. Was uns Plin vorenthielt, das erfuhren wir von älteren Hunden, die jede Gelegenheit wahrnahmen, sich vor uns aufzuplustern. Daß Montagmorgen ernsthaft gefährlich sind, haben wir dank solcher Wichtigtuer begriffen. Ich möchte Plin deswegen keine Vorwürfe machen. Naja. Doch. Ich würde ihm Vorwürfe machen. Aus heutiger Sicht, wenn es noch irgendeinen Sinn ergäbe, würde ich dem alten Plin gern sagen, daß er manchmal an den falschen Stellen Rücksicht nahm.

Eines jener schattigen Plätzchen lag hinter dem Odeon, dem runden Theater mit den steil aufragenden Zuschauerrängen. Das war mal so eine Art Zirkus. Ich wußte nicht, was Zirkus bedeutet. Plin erklärte uns das näher. Ich kann mir Plin nicht anders denken, als näher erklärend, was bei ihm eine sehr weitschweifige Sache war.

Daß es im antiken Zirkus neben wetteifernden Sängern,

Komikern und Poeten auch Gladiatoren gegeben haben soll, die mit Waffen aufeinander losgingen, bis einer den anderen totgeschlagen hatte, erfand er wohl nur, um ein wenig Interesse zu ernten.

Gruselgeschichten. Menschen, dachte ich, sind insgesamt recht harmlose Geschöpfe. Der Hundefänger tat nur seine Arbeit. Selbst Mario, der stiernackige Kioskbetreiber, der einen Pinscher erschossen haben sollte (Gruselgeschichte, was genau bedeutete: *erschossen?*), strich Welpen gerne mal übers Fell. Kein Mensch wäre je auf die Idee gekommen, mich Kaffeekanne zu nennen. Hunde dagegen können tückisch sein, selbst solche aus der eigenen Gruppe. Es gab da so ein Exemplar, das gerne mit mir in Konkurrenz trat, wenn es darum ging, die Aufmerksamkeit der Touristen zu erregen. Arroganter Bursche. Sein Name war Cinna. Er nannte mich Kaka. Weil ihm Kaffeekanne zu lang war.

Cinna war sehr dünn und sah mit den braunen Flecken auf dem sandfarbenen Fell recht drollig aus, das muß ich zugeben. Ob er von mir dasselbe dachte? Er mißgönnte mir den Erfolg. Von ihm bekam ich meinen ersten Biß. Ohne nennenswerten Grund, nur weil eine Touristin mir getrocknete Datteln geschenkt hatte, ihm aber nicht. Danach machte er sich feige aus dem Staub, ging, viel flinker als ich, jeder Revanche aus dem Weg.

Eines Nachmittags nahm ihn ein junges Menschenmädchen auf den Arm und zeigte ihn einem älteren Menschenmann. Sie diskutierten ein bißchen, dann streichelte der Mann dem Mädchen den Kopf, beide streichelten Cinna den Kopf, sie steckten ihn in eine Decke und nahmen ihn mit. Ich sah, fasziniert und hämisch lächelnd, zu, wie sie Cinna durch den Ausgang trugen und erst dann, als es schon viel zu spät war, rannte ich zu Plin und schlug Alarm: «Cinna wird entführt!»

«Von wem?»

«Von einem Menschenmädchen und einem Menschenmann!»

«Der Glückliche!» Plin schwenkte summend die Lefzen, hob seine gelben alten Augen zum Himmel, prompt begriff ich, daß ich weder traurig noch froh, sondern neidisch sein mußte auf Cinna. War ich traurig? Nein. Neidisch? Ach was. Froh? Naja.

Und war das in Ordnung?

Lange darüber nachzudenken lohnte nicht. Am nächsten Morgen kam Cinna wieder über den Zaun geflogen.

Der einzige Outlaw, den wir persönlich kannten, war gar kein richtiger Outlaw, wenigstens nicht, wie wir uns einen vorstellten. Valta war eine Art fahrender Hund, ein Geheimniskrämer, der umherzog und Geheimnisse feilbot.

Man gab ihm eine Kleinigkeit, und Valta, der Geheimniskrämer, erzählte ein kleines Geheimnis, man gab ihm ein bißchen mehr, und er erzählte ein mittleres Geheimnis.

Für Marzipanschokolade, sagte er, hätte er die tiefsten Geheimnisse des Weltalls offenbart. Wir besaßen nur leider keine Marzipanschokolade. Wußten nicht mal, was das ist.

«Was habt ihr denn?»

Wir legten zusammen. Ein paar Scheiben roter Paprika und Puffreisreste. Einige Popcornbröckchen und Weißbrotkrusten.

Dafür, sagte Valta, gäbe es ein Geheimnis von der Schwere Drei auf der nach oben offenen Dichterskala. «Worauf habt ihr Wissensdurst?»

Ein leichter Erdstoß, wie er in der Gegend um Neapel

häufig vorkommt, hatte uns in der Nacht verängstigt. Es war unser erster gewesen, muß man dazusagen.

«Das ist eigentlich ein Geheimnis von der Schwere Vier», meinte Valta, «aber weil ihr noch wachsen werdet, mache ich das Geheimnis ausnahmsweise etwas kleiner, als es ist. Hört her!»

Er sprang auf die Bühne des Odeons, wir hockten im Halbkreis um ihn herum und lauschten. Das Geheimnis hieß:

Vesuvius und Vesuvia

«Es war einmal und ist immer noch: ein Riese, den man Vesuvius nennt.

Er stammt aus der Zeit, als die Riesen noch wirklich riesig und aus Stein waren, als sie die Erde beherrschten, mit Bergen um sich warfen und allein mit ihrem wilden Geschrei die Kontinente spalteten.

Vesuvius aber war der wildeste unter ihnen. Er trampelte durch die Welt und zertrümmerte andere Riesen mit nur einem einzigen Hieb seiner mächtigen steinernen Faust. Er trank Gewitterwolken und fraß Blitze, und wo er hintrat, da entstanden Täler und Seen.

Eines Tages kam er in die Gegend des Golfes von Neapel, da sah er eine Riesin, die in der Sonne lag und schlief.

Ihr Name war Vesuvia.

Vesuvius schrie und tobte, wie er noch nie getobt hatte, denn er hatte sich in Vesuvia verliebt, und wenn Riesen sich verlieben, nun, dann schreien und toben sie.

Von dem Lärm erwachte Vesuvia, sie setzte sich auf – was ein paar mittlere Steinlawinenabgänge verursachte –, sie sah Vesuvius an und fragte schlaftrunken: ‹Was machst du denn hier für einen fürchterlichen Lärm?›

Da wurde Vesuvius ganz still und verlegen. Er konnte Vesuvia schlecht mit einem einzigen Schlag seiner mächtigen steinernen Pranke zertrümmern, weil sie eine Riesin und kein Riese war – denn das tat man nicht. Daher wußte er mit dieser Situation nichts rechtes anzufangen, er lief unentschlossen ein bißchen hin und her, zertrampelte ein paar kleinere Städte und Dörfer und schuf Täler und Seen. Dann blieb er endlich stehen und sagte: ‹Äh.›

‹Äh?› fragte Vesuvia. ‹Das ist alles, was dir einfällt?› Sie wischte sich etwas Schlafdreck aus den Augen, der wie mächtige Findlinge herabstürzte und tiefe Löcher in die Erde bohrte.

‹Äh›, sagte Vesuvius, und er überlegte, ob er nicht lieber wieder anfangen sollte zu schreien und zu toben – aber da fiel ihm etwas ein. Er kniete vor Vesuvia nieder, riß einen Wald aus Olivenbäumen aus der Erde und reichte ihn der Geliebten.

‹Du bist schön›, sagte er. ‹Du bist so schön wie ein schneebedeckter Gipfel in der Morgensonne, umweht von Schleiern aus Nebel. Du bist so rein wie ein Gebirgsbach. Deine Augen sind wie Kristalle im Herzen der Berge. Nein – so strahlend wie erdgepreßte Diamanten im Magmalicht!›

Jetzt war es an Vesuvia, verlegen zu werden.

‹Willst du mit mir schlafen?› fragte sie schüchtern.

Vesuvius' steinernes Herz tat einen solch mächtigen Sprung, daß sich Risse in ihm bildeten. Ja, das war es, was er wollte, nach all den Jahrtausenden des Tobens und Kämpfens, er wollte sich hinlegen und schlafen, nur noch schlafen mit der schönen Vesuvia, bis in alle Ewigkeit. Er warf sich neben sie, daß das ganze Land erbebte und noch in den Alpen die Schneeplatten abgingen, Gipfel erzitterten und Bergsteiger in die Tiefe stürzten. Große schwarze Vögel flogen in Schwärmen auf, in den Wäldern brüllten die Bären und in den Schluchten heulten die Wölfe. Vesuvius und Vesuvia umarmten sich, pressten ihre felsigen Lippen aufeinander und schliefen gemeinsam ein, für alle Zeit.

So schlafen sie immer noch und träumen ihre steinernen Träume, ineinander verschlungen für die Ewigkeit, zwei Rücken, zwei Riesen. Und wie es mit Schlafenden so ist: ab und zu erwachen sie für Augenblicke, dann räkeln sie sich und werfen sich herum. Und weil Vesuvius und Vesuvia nicht gestorben sind, so tun sie dies noch heute. Und wenn Riesen erwachen, auch wenn es nur für kurze Zeit ist, dann erschaudert die Erde, so wie damals, in der Zeit, als sie noch von ihnen beherrscht wurde.»

Valta zuzuhören machte viel mehr Spaß, als Plin zuzuhören, dem das alles zu unwissenschaftlich war. Wissenschaft hin oder her – der Geheimniskrämer konnte Dinge anschaulich erklären. Leider kam Valta selten bei uns vorbei. Er versorgte mit seinen Geschichten und Geheimnissen alles zu überblickende Land, von hier bis Pozzuoli und Sorrent, praktisch die ganze Welt.

III

Von allen Hunden Pompeiis trug nur einer ein Halsband. Das war der Schäferhund, den der Kioskbesitzer Mario sich zugelegt hatte, nachdem ihm verboten worden war, noch einmal seine Flinte zu verwenden. Vitello T. – so hieß jener Schäferhund, war von seinem Besitzer dressiert worden, gegen Menschen lammfromm zu sein, gegen Hunde hundsgemein. Mario mußte ihn auf Wunsch der Touristen an die Kette legen.

Ich kam Vitello T. einmal gefährlich nahe. Hatte sein feuchtes Hecheln schon im Ohr, wurde vom Sand bespritzt, den seine Pfoten aufwirbelten, als er auf mich losging. Gerade noch so, wie auf den Zentimeter hin berechnet, spannte sich seine Kette, klemmte ihm die Luft ab, riß ihn zurück. Er hätte mich vielleicht doch erwischt, hätte mich Saxo nicht aus seiner Reichweite geschubst. Saxo paßte auf mich auf. Er hatte kurze Beine, aber Kiefermuskeln von fabelhafter Beißkraft. Deswegen legten sich nicht einmal Hunde mit ihm an, die doppelt so schwer waren wie er. Ob er auch gegen Vitello T. eine Chance hatte, interessierte uns beide, aber Plin verbot uns, den Schäfer auch nur aus sicherer Entfernung zu verhöhnen. Was doch eigentlich völlig gefahrlos gewesen wäre. Mit der Zeit wurde Vitello beinahe so fett wie sein Herrchen, und jedes Gramm, das er zunahm, machte ihn ruhiger, schwerfälliger. Später kam es sogar vor, daß er mit einigen von uns redete. Mit den Mädchen, um genau zu sein.

Die nur leider selten Lust auf soviel Gesellschaft zeigten. Er mußte ein lausig trauriges Leben führen. Irgendwann tat er mir fast leid. Abends, wenn die Anlage geschlossen wurde, nahm Mario ihn von der Kette, legte ihm eine Leine um und zog ihn hinter sich her zum Ausgang.

Saxo und ich – wir hatten eine gute Zeit. Tollten zwischen den bunten Buden der Andenkenhändler, scharrten im Sand, balgten, rannten um die Wette, zerrten an Stöcken, jagten Tennisbällen hinterher und was der schönen Dinge mehr sind. Wie es bei besten Freunden sein soll.

Dann, ohne ersichtlichen Grund, wurde Saxo plötzlich – wie soll man sagen – schwierig, eigenbrötlerisch, zeigte an keinem Spiel mehr Interesse, ging auf Distanz zu mir, trieb sich mit Älteren herum, schnüffelte auffallend gerne an Calistas Hinterteil, was der auch noch zu gefallen schien. Ich kam mir einsam vor. Verschmäht. Typischer Anfängerfehler, sich auf einen einzigen besten Freund zu verlassen.

Im Juli ging ich zum ersten Mal auf Nachtwanderung, heimlich.

Sich nach Sonnenuntergang aus dem Revier der eigenen Gruppe zu entfernen hieß, Reviere anderer Gruppen zu betreten. Das war niemandem verboten, nur riskant. Plins Erziehung arbeitete nicht mit Verboten, viel eher mit Vertrauen. Jedem stand es frei, sich in Gefahr zu begeben. Es gab keine Vergehen, außer solche gegen die Gemeinschaft, wenn sich zum Beispiel jemand an den Notvorräten zu schaffen machte. Plins Strafe – und Genugtuung – bestand einzig darin, daß man sich später schämte, sein Vertrauen mißbraucht zu haben. Bäh. Sich zu schämen ist ein ekliges Gefühl. Jeder Biß wäre mir lieber gewesen. Na schön, vielleicht nicht jeder.

Meine erste Nachtwanderung ging, um es vorwegzunehmen, schief. Wo anfangs alles so angenehm aufregend gewesen war, wurde es immer unangenehmer aufregend.

Der grimmig-selbstzufriedene Gesang der Outlaws war in der Ferne zu hören, unterlegt vom Gesumm der Heuschrecken. Vollmond beleuchtete alle Wege. Vollmond beleuchtete leider auch mich.

Wie in einem Scheinwerferkegel spazierte ich drauflos, sah mir bei Nacht an, was ich zuvor kaum bei Tageslicht erkundet hatte. Nicht, daß ich den Gesängen tollkühn entgegengeeilt wäre, nein, mir waren von Plin zuviele üble Geschichten eingepflanzt worden. Auf eine Begegnung mit Outlaws, zumal bei Dunkelheit, legte ich keinen Wert. Aber es war schon verdammt naiv, zu glauben, die Richtung der Stille einzuschlagen, hieße, vor Überraschungen sicher zu sein. Die Stille schmiegte sich an mich. Schien mit jedem zurückgelegten Meter etwas stiller und mächtiger zu werden. Stille ist still, werden einige Schlaumeier sagen, aber das ist Quatsch. Es gibt die Stille und die stillere Stille. Und jene, die immer noch etwas stiller wird.

Selbst fernste Gesänge verloren sich in ihr. Die Stille begann, feindselig zu werden. Sie drang in meinen Kopf, breitete sich dort aus. Erstickte jede Neugier.

Im selben Maß, wie die Lautlosigkeit anschwoll, wuchs meine Beklommenheit. Ohne daß es einen konkreten Grund dafür gab. Die Stille war inzwischen eine solche, die durchaus vorhandene Geräusche, das Zirpen der Zikaden, das letzte Glucksen des vertrocknenden Bächleins, das Rauschen der Blätter im Wind, verschluckte. Als hielte die Luft um mich her den Atem an und würde mich dennoch in sich einsaugen, genußvoll in sich einschlürfen. Damals war ich jung und noch nicht so mutig. *Angst* – bitte sehr, wenn man das unbedingt so nennen will, gut, ich bekam Angst.

Meine Schritte verlangsamten sich. Ich hatte soviel entdecken wollen. Und spürte, daß, wenn überhaupt, etwas *mich* entdeckte. Beobachtete. Mir wurde anders. Ganz anders. In meinen Schläfen pochte der Lärm der Nacht, blieb dort kleben, drang bis in mein Gehirn nicht vor.

Die Stille war künstlich, war ein Produkt meiner Furcht. Ich wollte umkehren, blieb wie gelähmt mitten auf dem Weg hocken, sah mich nach allen Seiten um. Links und rechts unbekannte Häuser mit leeren schwarzen Fenstern. Etwas zischte. Fürchterlich.

Ein Zischen, das meine Ohren wie einen elektrischen Schlag wahrnahmen – wenn ich den Vergleich gebrauchen darf, ohne je einen elektrischen Schlag bekommen zu haben.

Mir waren Geschichten erzählt worden, von Hunden, die an Gummikabeln genagt hatten. Von ihrem schnellen Ende. Man muß nicht alles persönlich erlebt haben, um sich einen Begriff davon machen zu können.

Das Zischen kam nochmal, klang näher als zuvor, ich duckte mich, drehte mich ängstlich im Kreis, sprang in den Schatten einer Mauer, preßte mich flach auf den Boden, und das war ein selten großer, ja tragischer Fehler. Zwischen mir und dem Gras war etwas, etwas Lebendiges, Quirliges – und ich hatte mich draufgelegt. Ein kurzer Schmerz in der rechten Pfote. Mein zweiter Biß im Leben. Nicht schlimm. Eher zwei Stiche als ein Biß.

«Oh, verdammt!» Unter mir raschelte was, schlug aus, peitschte auf den Boden. Es fühlte sich glatt an, elastisch. Weich und hart zugleich. Pulsierend. Es hatte gerade «Oh, verdammt!» gesagt. Ich sprang aus dem Dunkel heraus, auf den vollmondbeschienenen Pfad, schüttelte mich vor Entsetzen. Mein Rückgrat bebte, Schauder durchzuckten meine aufgestellten Nackenhaare. Aus dem Schatten der Mauer kroch mir eine Schlange entgegen.

«Tut mir leid! War ein Reflex! Warum springst du auf mich drauf?» Die Schlange besaß eine seltsam helle, wohltönend weibliche Stimme. Sie muß mein Entsetzen gespürt haben, meine Furcht. Hatte kapiert, daß ich ihr nichts Böses wollte, nun tat es ihr leid, mich gebissen haben.

«Nicht schlimm», sagte ich, «hat kaum wehgetan.»

Keine beklemmende Stille mehr, das war für mich die Hauptsache.

«Na ja», sagte die Schlange. Sie war, bis auf das braune Zickzackband auf dem Rücken, grau, aber in der Nacht sind alle Schlangen schwarz. Selbst bei Vollmond.

«Mag sein – es hat vielleicht nicht arg wehgetan. Schlimm ist es schon.»

«Kein Problem.» Ich mochte ihre Stimme, sie hatte was Flüsterndes, Tröstendes.

«Kein Problem? Das sollten wir diskutieren. Ich bin eine Sandviper und ich fürchte, du *hast* ein Problem.»

«Was für eins?»

«Na ja, du stirbst.» Sie ringelte sich vor mir zusammen wie ein großer Batzen Kacke und sah, insoweit es einer Schlange möglich ist, bedrückt aus.

«Ich sterbe?»

«Na ja, nicht sofort. Nein. Irgendwann.» Sie machte eine kurze Pause. «So in einer Stunde etwa. Ich sollte dir das vielleicht nicht sagen, wahrscheinlich wirst du jetzt wütend und beißt mich tot – das wäre ja auch irgendwie verständlich.»

«Nein, nein», flüsterte ich, mit trockenem Hals. (Obwohl – kurz daran gedacht habe ich schon.)

«Gut so. Würde uns beiden ja nichts bringen. Naja, nicht gerade *nichts*, aber wenig. Mir den Tod und dir das Gefühl geglückter Rache. Hmm. Im Grunde ist das nicht *so* wenig. Mein Tod vor allem – ich mag gar nicht daran denken. Warum auch? Es reicht, wenn *du* an sowas denken mußt.»

Die Schlange neigte zu Geschwätzigkeit. Seltsam, daß ich ihr so gerne zuhörte und sie gar nicht unterbrechen mochte.

«Tja, eine schöne Stunde wünsch ich dann. Hast du einen Lieblingsplatz, an dem du gerne sterben möchtest?»

Ich schüttelte den Kopf.

«Bist noch sehr jung, was? Hast nie Gedanken an den Tod verschwendet, stimmt's? Das ist in Ordnung. In deinem Alter. Da mußt du dir keine Vorwürfe machen. Bringt jetzt nichts mehr. Mach dir eine schöne Zeit. Wenn die Krämpfe kommen, und der Schaum vorm Maul – ach, ich rede zuviel, ich weiß. Warum von so was reden? Völliger Quatsch, das wirst du ja dann alles sehen. Spüren. Und, ehrlich gesagt: was ich dir über den Tod durch Sandvipergift erzählen könnte, habe ich selber alles nur aus zweiter Hand. Ich habe zwar Sandvipergift in mir, das ist für eine Sandviper natürlich, daran gestorben bin ich aber noch nie.»

Eine überaus geschwätzige Schlange. Aber ich mochte sie. Mochte sie sehr. Ihre zauberhafte Stimme durchdrang meinen Kopf wie Musik, mein Kopf wiegte hin und her im Takt ihrer Silben, löste sich ab vom Rest meines Körpers und schwebte wie ein mit Gas gefüllter Ballon über mir. War das die Wirkung ihres Giftes? Mir ging es gut.

«Ja, das ist das Gift. Anfangs bewirkt es eine gewisse Euphorie, du fühlst dich leicht und gelöst. »

Sie konnte offenbar meine Gedanken lesen.

«Nein, kann ich nicht. Naja, doch, so ein bißchen, bei schlichten Gemütern, oder bei jungen, wie dir. Später nicht mehr. Euphorie ist übrigens soviel wie gesteigertes Wohlgefühl, du brauchst nur zu fragen, wenn ich mich mal zu gewählt ausdrücke.»

Ich sah ihr vertrauensvoll in die Augen und nickte stumm.

«Du tust mir wirklich leid. Armer Hund. Hast du einen Namen?»

«Kaffeekanne.»

«Wirklich armer Hund. Was für ein bescheuerter Name. Na, geht mich nichts an. Obwohl – es wühlt mich geradezu auf. Kaffeekanne heißen und auf mich drauf springen, was für ein tragisches Schicksal. Wenn es nicht so lachhaft wäre.»

Die unvergleichlich anmutige Schlange wand sich vor mir im Staub, wie um anzudeuten, wie peinlich ihr das alles war. Mir ging es mit jedem Moment besser. Plötzlich weinte die Schlange, und ich fühlte die Notwendigkeit, sie zu trösten, legte meinen Kopf flach auf den Boden und drückte ihr einen Kuß auf die Stirn. Sie zischte, aber es war ein sanftes, melodisches Zischen.

«Du bist ja ein ganz Lieber. Ach, ich möchte etwas tun für dich. Könnte ich nur etwas tun. Ich fürchte nur leider, da gibt es nichts mehr zu tun. Willst du dir nicht endlich ein Plätzchen suchen, wo du begraben werden möchtest? Du wirst schöne Halluzinationen bekommen, das sind Truggebilde, aber sie entsprechen in etwa dem, was sich ein weiser alter Hund am Ende seines Lebens über das Universum zusammenreimt. Zumindest sind es ganz ähnliche Empfindungen. Wenn ich dir was verraten kann, dann das: Hunde sind nicht besonders intelligent, wie alt sie auch werden. Allzuviel verpaßt du nicht. Oje. Habe ich deine Gefühle verletzt?»

«Neinnein», grunzte ich. Das Gift nahm nach und nach Besitz von mir. Wunderbar gelöst war ich, vor meinen Augen trafen erste Sternreigen ein, rotierten leuchtend. Alles war gut.

«Du solltest heimgehen. Ernsthaft. Ich kann dir noch einen Tip geben: Lehn dich nicht auf gegen die Schmerzen.

Öffne dich den Schmerzen – mit jeder Pore deiner Haut. Dann geht es schneller. Zum Schluß wirst du ersticken. Oder glauben, daß du erstickst. Das tut dann richtig weh. Glaub ich. Kann man aber nichts gegen machen. Ein paar Minuten tut es weh, dann bist du bei den Geistern. Wenn du dort eingetroffen bist, können wir uns wieder unterhalten. Anders als jetzt. Wenn du das dann noch möchtest.»

Ich nickte heftig, mit einem Teil meines Kopfes, der noch verfügbar war, einem klammen Randbezirk meines Schädels, der nickte, während alles andere schmolz und sich verflüssigte.

«Du armer Hund. Kaffekanne. Wie immer du heißt. Geh jetzt. Heim. Ich bin übrigens Clabauta. Auch kein so toller Name.»

«Bleib bitte. Noch ein bißchen. Rede mit mir.»

«Tut mir leid. Ich höre was trampeln.»

Ich hörte nichts trampeln. Ach doch, ja. So ein Mist. Schritte trampelten heran. Das waren Plin und Saxo, Calista war auch dabei, glaub ich. Alles wurde schwarz, dann blau. Vor meinen geschlossenen Augen blinkten schwefelgelbe Kreise, die langsam zu Spiralen wurden. Dann trat mir erster Schaum aus dem Maul – und ich begann zu sterben.

Endlich war ich tot und der Schmerz vorbei. Ich fühlte mich seltsam farblos, aber mit meinen Farben waren auch die Krämpfe gewichen. Pompeii sah ganz aus wie vorher, und um sicherzugehen, daß sich nichts verändert hatte, lief ich einmal um die Stadt herum, in vier oder fünf Sekunden und ungefähr zwei Meter über dem Boden. Ja, alles wie gehabt. Und da, hinter dem sogenannten *Haus des Tragödiendichters* lagen die sterblichen Überreste von Kaffeekanne im Gras.

Mein lieber alter, junger Körper. Daneben meine gesamte Gruppe, ach, sagen wir ruhig: *Familie*, alle weinten, sogar Cinna. Das war sehr rührend und erhebend. Hier, wo immer ich gelandet war, würde ich nicht länger Kaffeekanne heißen müssen, das war mein erster Gedanke. Ich rief hinunter zur Trauergemeinde: «He, es geht mir gut, alles halb so schlimm, im Grunde gar nicht schlimm, hört mit dem Geheule auf!» Aber sie hörten mich nicht, beachteten mich nicht, und das muß vermutlich so sein.

Ich wollte eben meine neuen Fortbewegungsmöglichkeiten testen und mir auf die Schnelle ganz Italien ansehen, überlegte noch, welche Richtung ich einschlagen sollte, da stoppte unten das Winseln abrupt. Sollte die Trauer um mich so schnell vorbei sein? Ich sah hinab und dachte: Nein, das ist nicht wahr!

Die Überreste von Kaffeekanne bewegten sich.

«Er atmet!» rief Plin laut.

Völliger Unsinn! Ich war tot, wenn einer das wußte, dann ich. Aber bei genauerem Hinsehen mußte ich zugeben, daß sich die Brust von Kaffeekanne leicht hob und senkte. Das war unheimlich. Meinen farblosen Körper umfaßte ein merkwürdiger Sog. Etwas zog mich hinunter, in Richtung Kaffeekanne. Aufdringlich war das. Ich versuchte den Sog abzuschütteln, stemmte mich ihm entgegen, er wurde immer stärker. Von unten waren Laute des Staunens zu hören. Anfeuerungsgebell. Kaffeekanne hob den Kopf. Als suche er nach mir. So kurios es klingt: ich wollte da nicht wieder hineingezogen werden. Wir – Kaffeekanne und ich – hatten eine interessante Beziehung gehabt, aber genug ist genug, ein sauberer Schnitt ist manchmal nötig im Leben, ich mußte eine Entscheidung treffen, eine schnelle, endgültige, bevor der Sog zu groß werden würde. Obwohl es von irgendeinem Standpunkt aus wahrscheinlich fragwürdig bis verwerflich war, rannte ich weg, ließ etliche Berge und Städte und Meere hinter mir, bis ich an meinen Beinen keinerlei Sog mehr spürte, noch sonst irgendeine Verbindung zu dem armen Hund, der ich zuvor gewesen war.

Meine Auferstehung von den Totgeglaubten bot tagelang Gesprächsstoff.

Sandvipergift ist ungefähr viermal so stark wie Kreuzottergift. Kein Hund zuvor hat je den Biß einer Sandviper überlebt, und, ehrlich gesagt: ich möchte es kein zweites Mal tun.

Mein Todeskampf war spektakulär gewesen, ich wünschte, die Umstehenden hätten gesehen, was ich gesehen habe. Dabei ist es sehr schwer zu vermitteln, was ich genau gesehen habe. Unter anderem war da ein Geisterhund, dessen Skelett durch die Nacht lief. Und andere unheimliche Dinge. Asche und Feuer. Fliegende Hunde. Fransige Punkte im Himmel.

Sehr monströs und bizarr, ausufernd, vielstimmig, und was der vagen Worte mehr sind. Belassen wir's lieber bei vagen Worten, ich mag mich daran nicht erinnern.

Später vielleicht.

Niemand, nicht einmal Plin, konnte erklären, was in mir so spät den Umschwung bewirkt hatte, was sich in diesem längst verloren gegebenen Körper noch gewehrt haben konnte gegen den Tod. Und mir war, obgleich ich fünf Tage nach dem Viperbiß als vollständig genesen galt, als sei ich nicht mehr ganz derselbe. Als sei etwas von mir verloren gegangen.

Die Zeit des jugendlichen Leichtmuts war vorüber.

Die Sache hatte auch ihr Gutes. Man behandelte mich mit sonderbarem Respekt, wie jemanden, der mordsweißwas geleistet hat. Eines der Mädchen, Grippi (eigentlich Agrippina), hat mich sogar mal beschnüffelt. Richtig ernsthaft beschnüffelt, aber sie kam mir ziemlich häßlich vor.

IV

Der Sandviper Clabauta wäre ich gerne wieder begegnet. Nur um zu plaudern. Mir waren weitere nächtliche *Exkursionen*, so lautete Plins abgehobenes Wort für Ausflüge, verboten worden. Ja, *verboten*. Inzwischen sprach Plin Verbote aus. Wer war er denn? Mein Vater? Was maßte er sich an?

Tagsüber bekam man Schlangen nie zu Gesicht. Aus gutem Grund. Die meisten Hunde, wenn sie nicht zu feige sind, töten Schlangen. Aus gar keinem Grund, nur zum Spaß oder weil sie sich instinktiv von jenen Kreaturen bedroht fühlen. Ich hingegen hatte einen Sandviperbiß überlebt und fühlte mich sehr mächtig und überlegen. Cinna wurde jeden Tag größer, verlor somit an Niedlichkeit. Seine Beine waren bald so lang, daß es aussah, als liefe er auf Stelzen. Seine Rippen spannten sich immer deutlicher gegen das Brustfell. Er litt darunter. Schleimte bei Plin als gelehriger Schüler, machte sich sogar bei mir lieb Kind, suchte meine Freundschaft, erzählte, wie er aus den Armen des Menschenmädchens gerissen und von dessen überbreiter Mutter aus dem Haus gejagt worden war, wie schlecht die Welt und was für ein bedauernswerter Kerl er sei und so weiter. Langweilig. Ich konnte Cinna nicht leiden.

Eines Morgens war Saxo verschwunden. Er trieb sich gerne mal in der Gegend herum, und sein Verschwinden wäre kaum aufgefallen, hätte Plin nicht jeden von uns mehrmals am Tag gefragt, ob wir Saxo irgendwo gesehen hätten. Plin schien sich ernste Sorgen zu machen, ich glaube, daß er große Stücke auf ihn hielt und Saxo sogar zu etwas wie seinem Nachfolger ausbilden wollte. Vielleicht war Saxo verschwunden, gerade *weil* ihm Plin so viel hatte beibringen wollen. Die älteren Hunde unserer Gruppe, unserer Familie, unseres Rudels, wie immer man diesen zusammengewürfelten Bund auch nennen mag, zogen los, um ihn zu suchen, ohne Erfolg. Plin horchte mich aus, ob ich was wüßte, was er nicht wüßte. Ich antwortete, daß ich im Leben nicht auf den Gedanken gekommen wäre, etwas zu wissen, was er nicht weiß. Es war fast so frech gemeint, wie es klang.

Calista wirkte am traurigsten. Ihrer Meinung nach hätte sie am ehesten etwas über sein Verschwinden wissen müssen, wußte aber rein gar nichts, und ich vermute, daß sie mehr beleidigt war als besorgt.

In der vierten Nacht, die wir ohne Saxo verbrachten, einer finsteren Neumondnacht, weckte er mich. Stupste mich ganz sacht an der Schulter, winkte mich stumm um zwei Häuserecken und erzählte. Von seiner Zeit bei den Outlaws.

«Plin hat uns weisgemacht, sie seien Barbaren. Ach was. Sie sehen die Dinge einfach anders. Sie waren gut zu mir. Sie sagten: *Komm zu uns. Wir machen einen harten Hund aus dir. Nicht so ein würdeloses, selbstvergessenes Weichei. Du bist ein Terrier, gottverdammt, ein Terrier, ein geborener Kämpfer!*»

Saxo erzählte es mit leuchtenden Augen. Er sei ein gottverdammter Terrier. Zu Höherem berufen. Ob ich mit ihm kommen wolle, Plin könne ihn mal kreuzweise, und das Höhere sei nun mal höher als fast alles sonst. Ferox, der Chef der Outlaws, habe von meiner wundersamen Genesung gehört und Interesse an mir gezeigt.

«Die nehmen nämlich nicht jeden bei sich auf. Verstehen sich als Elitetruppe.»

«Elitetruppe?»

«Na, was Besonderes eben. Was Besseres. Und das sind sie. Komm mit, Kaffeekanne! Da führst du ein aufregendes Leben, deine Beute teilst du mit keinem, mußt den Buckel nicht für andere krumm machen. Bei uns kannst du fressen, was du magst. Geht dir Plin mit seinem Geschwätz nicht auf die Nerven? Gibt er dir nicht das Gefühl, du seist ein dummer kleiner Bengel, dem man alles erst fünfmal erklären muß?»

Das stimmte. Er gab mir das Gefühl, ein dummer junger Hund zu sein. Saxo klang vertrauenswürdig. Plin fraß auf meine Kosten Popcorn und Schokoriegel.

«Du bist nicht dumm, Kaffeekanne. Plin ist ein öder seniler Schulmeister, ders im Leben nicht weit gebracht hat. Bei uns lernst du in einer Nacht mehr, als er dir in einem Monat beibringen kann. Deshalb haßt er uns.»

«Plin und irgendwen hassen?»

«Selbstverständlich tut er das. Er zeigt es bloß nicht. Dazu ist er sich zu fein. Bei uns, Kaffeekanne, lernst du das wahre Leben kennen. Ein rauhes Leben, aber wir haben jede Menge Spaß. Und vor allem: einen neuen Namen kannst du dir auch aussuchen.»

Mein bester Freund sah mächtig überzeugt aus von dem, was er sagte. Als tue er mir einen großen Gefallen, ohne Gegenleistungen zu erwarten. Er bot mir eine Chance, sollte ich nicht darauf eingehen, würde er sich einfach trollen und mich mit meiner verpfuschten Zukunft alleine lassen. Und er nannte mich – anders als sonst – bei jeder sich bietenden Gelegenheit Kaffeekanne. Ich konnte Plin so manches verzeihen, nur nicht diesen Namen. Daß sich bei den Outlaws jeder einen selbstgewählten Kampfnamen geben konnte, beeinflußte meine Entscheidung erheblich. Viele Gefühle stritten in meiner Brust. Versagensangst. Gewohnheitsdenken. Abenteuerlust. Aussicht auf Freiheit.

Zuletzt rannte ich Saxo hinterher, hinaus in die Nacht. Meinen besten Freund hatte ich wieder. Und bald einen anderen Namen. Viel mehr kann eine einzelne Nacht kaum bieten. Es war stockfinster, aber ich mußte einfach nur Saxos Spur folgen. Wir liefen in die äußersten Außenbezirke Pompeiis. Wie würde ich mich fortan nennen? Mein künftiger Name mußte stark und gefährlich klingen, eindrucksvoll. Wie Saxo.

Ich fragte ihn, wie denn *sein* Kampfname laute. Er sagte, daß er noch darüber nachdenke, aber *Saxo* klänge für seine Ohren ganz okay.

Wir liefen in eine andere Welt, von der mir vertrauten nur einige hundert Meter entfernt.

Und obwohl es so neumonddunkel war, war das in jeder Hinsicht angenehm aufregend.

«Mach hier keinen Wind, Kleiner! Wenn du mir auf die Nerven gehst, geh ich dir auf deine, aber um einiges schlimmer. Hast du das voll und ganz verinnerlicht? Einen Kampfnamen bekommt man nicht ohne Kampf. Man kämpft, und je nachdem, welche Figur man gemacht hat, wählt man sich einen Namen. Ohne zu übertreiben, ohne zu untertreiben. Kapiert? Bis du deinen ersten Kampf hinter dir hast, heißt du weiter Kaffeekanne. Jetzt halt die Schnauze!»

Ferox war furchteinflößend groß. Er schien mehr Schatten zu werfen, als es die Natur trotz seiner Größe vorgesehen hatte. Das hing mit seinem komplett schwarzen Fell zusammen, selbst die Farbe seiner Augen war schwarz. Ein Mix aus Mastino Neapolitano und etwas vielleicht noch Schrecklicherem. Wer ihn ansah, war entweder gelähmt vor Furcht oder bemerkenswert selbstbewußt. Das einzige, was an ihm nicht schwarz war, waren seine Zähne, wenn er sie fletschte. Was er meist gar nicht nötig hatte, um jemanden in Angst zu versetzen. Tat er es aber, und ließ dazu sein tiefes Knurren los, stockte jedem das Herz. Wer ihn so erlebte, wußte, daß Gefahr für Leib und Leben drohte. Ferox bellte niemals. Er biß einfach zu, wenn ihm etwas nicht paßte. Ohne Rücksicht. Ohne Diskussion. Und ohne Gnade. Er war der Boß. Der Anführer unsrer Gemeinschaft. Freundschaft bedeutete ihm nichts. Eine Freundschaft zu pflegen hätte er als Schwäche verurteilt. Übertriebene Gefühle lehnte er als mögliche Angriffsflächen ab. Übertrieben war ein Gefühl für ihn dann, wenn man es vor dem Kampf nicht vollständig beiseite legen konnte.

Man sollte ihn nicht mögen, nur respektieren. Das tat jeder. Im Gegenzug gab er einem das Gefühl, von ihm beschützt zu werden. Dieses Gefühl, ich muß es gestehen, war gut. Mit Ferox neben sich konnte einem wenig passieren, es sei denn durch Ferox selbst.

Ich habe niemals einen Hund erlebt, der weniger Hemmungen gegenüber Artgenossen besaß. Seine Herrschaft war unumstritten. Und ich muß zugeben, daß es in unserem Haufen viele gab, die ihn nicht nur fürchteten, sondern auch bewunderten, die alles taten, um ihn zu kopieren, selbst wenn sie ihr an sich gutmütiges Naturell zu diesem Zweck vollständig unterdrücken mußten.

Dagegen war Plin in der Tat ein mitleidheischender Hampelhund gewesen. Ich war schnell überzeugt davon, daß ich von Ferox mehr fürs Leben lernen konnte als bei dem alten Schwafler. Von jetzt an gehörte ich zu den Stärkeren, die sich, was immer sie brauchten, einfach nahmen. In Anbetracht der pompeiianischen Lebensverhältnisse schien das sehr vernünftig. Und ich schämte mich meines, bis auf die Ohren fast ausnahmslos weißen, so wenig abschreckenden Fells. Wenn niemand zuhörte, ahmte ich Ferox' Knurren nach, zeigte Zähne, grub die Vorderpfoten wuchtig in die Erde, als würde ich grade zum Sprung ansetzen. Grandios.

Saxo und ich wurden Nero zugeteilt, der uns ausbildete. *Nero, der Narbige,* hieß er mit seinem vollen Kampfnamen. Schwere Schmisse zeichneten seine Wangen, auch fehlte ihm ein Stück vom rechten Ohr. Den Namen *Nero* hatte er aus Jux gewählt, denn er war weiß, weißer noch als ich, was mir, überflüssig zu erwähnen, sehr an ihm gefiel.

«Innen bin ich schwarz», sagte er von sich. «Die Farbe deines Fells tut nichts zur Sache. Die Farbe deiner Seele ist wichtig.»

Mit solchen Sätzen rannte er offene Ohren bei mir ein. Das war eine völlig andere Art Ausbildung, als wir sie bei Plin hatten erdulden müssen. Hier ging es um Kraft, Schnelligkeit, Kampfkunst, Disziplin und Ausdauer. Leider auch um Chorgesang. Das war nicht so ganz meins. Meine Stimme klang zu diesem Zeitpunkt noch brüchig, ohne Tiefe. Was sich erst nach und nach änderte.

Es existierte, entgegen meiner Erwartung, eine strikte Rangordnung. Jeweils fünf bis sechs Hunde unterstanden einem Kapo. Nero zum Beispiel war ein Kapo. Einer der mächtigsten. Und alle Kapos unterstanden Ferox. Sehr militärisch. Es hieß, es gebe noch eine andere Sorte Outlaws auf dem Gelände, echte Einzelgänger, ganz auf sich selbst gestellt. Ferox nannte sie arbeitsscheue Schnorrer, lichtscheues Gesindel, und er gab allen Kompanien den Befehl, jeden dieser Sorte, wo immer man einen träfe, sofort zu bekämpfen und, wenn möglich, auf gründlichste Art zu vertreiben.

«Was meint er damit, *auf gründlichste Art zu vertreiben*?»

«Was schon? Man soll ihn töten. Gründlicher geht's nicht.»

«Würdest du sowas tun?»

«Weiß ich nicht», sagte Saxo, «aber wenn Verbrecher zu dumm sind, vor mir davonzulaufen … Von so einem würde ich mir sicher nichts gefallen lassen. Du doch auch nicht, oder?»

«Nein, ganz klar.»

Wir waren unerschrockene junge Krieger geworden, die sich gegenseitig ihrer Gnadenlosigkeit versicherten. Die Erde zitterte unter unseren Füßen. Vielleicht nicht wirklich, wir aber empfanden es so.

Nachts ging es auf Jagd. Das war mehr Sammeln als Jagen. Man spürte heimlich über den Zaun gestiegene Schwarzbuddler auf und ließ sich von ihnen mit Fleisch bestechen. Man überfiel geheime Notvorräte der Schoßhündchen und plünderte sie aus. Man wühlte in umgeworfenen Mülltonnen. Erwischte einer eine Eidechse, mußte er sie aufessen, den Kopf zuerst, das nannte Nero *Tradition*. Man mußte den Kopf abbeißen und sich das Blut des Reptils übers Gesicht spritzen. Das sähe toll und furchterregend aus.

Kein Problem, dachte ich. Wenn man keinen Versuch macht, eine Eidechse zu erwischen, erwischt man auch keine. Nero aber fing gleich zwei hintereinander und gab mir eine davon ab. Das nannte er *Kameradschaft*. Mir wurde schlecht. Es gab Gebrüll. Und Gelächter. Ich hatte den zuckenden Kopf der Eidechse im Maul, spürte ihre Panik, spürte, wie die Ohren der Eidechse gegen die Innenseiten meiner Backen bumperten. Wahrscheinlich hätte ich schon allein deshalb zubeißen müssen, um die Qual des Tierchens zu beenden. Aber ich konnte es nicht. Vielleicht eine Ohnmacht vortäuschen? Welchen Ausweg gab es? Plötzlich sprang Nero mich an, biß in meine Schnauze, und mit seinen Kiefern quetschte er meine Kiefer zusammen. Ende Eidechse. Das Blutbad. Gejohle. Die nasse Wärme im Mund. Ich mußte die Ohnmacht gar nicht mehr vortäuschen.

Auch Ferox gab Lektionen in Hundekunde. Ungleich packender. Klarer.

«Hunde haben ihre Würde verloren, als sie sich dem Menschen näherten, sich von ihm kraulen und unterwerfen ließen, als sie versuchten, dem Menschen immer ähnlicher zu werden. Dennoch steckt in jedem Hund noch immer tausendmal mehr Wolf als Mensch. Unsere Wildheit ist keine Barbarei, sie ist gesunder Widerstand gegen menschliche Zivilisation. Wir sind unserer innersten Natur entgegengegangen. Wir haben uns selbst gefunden. Nur kranke oder verzärtelte Hirne können darin einen Rückschritt erkennen.»

Das klang einleuchtend. Was in mir gegen Plins sogenannte Lektionen (in Ferox' Worten: gegen *Plins perverse Tierversuche*) aufbegehrt hatte, war also nicht meine Faulheit gewesen, sondern meine innerste Natur.

«Sollen wir», fragte Saxo, «gegen den Hundefänger kämpfen?»

«Hundefänger? Was schert uns der Hundefänger? Bei uns gibt es keine Alten und Lahmen, die er einfangen könnte.» Ferox schüttelte energisch den Kopf. «Wir sind nicht stark genug, um die Menschen anzugreifen. Noch nicht. Diesen Kampf würden wir verlieren. Aber wir sind sehr wohl stark genug, um uns den Menschen nicht unterordnen zu müssen. Wir nutzen sie aus, ja. Wir bestehlen sie. Das geht in Ordnung. Wir lassen uns deswegen nicht von Menschen betatschen. Oder für niedere Dienste rekrutieren. Wir sind *freie Hunde*. Wir müssen uns als *verbesserte Wölfe* verstehen. Unserer Ahnen würdig.»

Ferox hörte sich selbst gerne reden, hatte auch allen Grund dazu. Niemand wagte je, ihn zu unterbrechen. Wozu auch? Man konnte ihm stundenlang lauschen und wurde dabei immer größer, stärker. Uns wurde verboten, sich mit *Schoßhündchen* einzulassen, egal in welcher Weise, sogar während der Ranzzeit. Ich wußte nicht, was die Ranzzeit war, hatte bisher nur Winter, Frühling und Sommer gehabt, vielleicht folgte die Ranzzeit kurz darauf.

Welpen, die in Pompeii geboren wurden, und deren Eltern beide zu den Outlaws gehörten, bekamen eine ganz besondere Behandlung, wurden von Ferox persönlich unterrichtet, abseits der anderen Ausbildungslager. Falls Ferox entschied, daß ein Welpe nicht zu uns paßte, biß er ihn tot. Vollendete Tatsache. Wenn sich dessen Eltern beschwerten, liefen sie Gefahr, das Schicksal ihres mißratenen Balgs zu teilen. Mir gefiel das nicht. Man hätte Balg und Eltern ja gut als Sklaven verwenden können. Saxo war meiner Meinung. Aber Nero, den wir vorsichtig darauf ansprachen, überzeugte uns mit plausiblen Argumenten. Wir seien eine Gemeinschaft von Gleichen und Gleichberechtigten. Damit dies weiter so sein könne, müsse dafür gesorgt werden, daß auch wirklich alle gleich sein könnten. Die dazu Unfähigen dürften das Gleichgewicht nicht stören, die Existenz Minderbemittelter würde dazu führen, daß sich die Gleichen nicht mehr gleich fühlen würden, sondern gleicher als andere. Unsere Gemeinschaft sei nur dadurch stark, weil jeder dem anderen ebenbürtig sei. Bis auf jene Rangunterschiede, die nichts mit Geburt, Rasse oder Herkunft zu tun hätten, nur mit Verdienst, Alter und Erfahrung. Jeder von uns habe die

Möglichkeit, einmal Kapo zu werden. Und vielleicht einmal, in ferner Zukunft, sogar der neue Chef.

Seine Vision überzeugte uns. Irgendwie hart, irgendwo auch gerecht.

Saxo und ich – wir waren bessere Freunde als je, sangen inzwischen mit Leidenschaft im nächtlichen Chor, verschliefen den Tag. Wir machten uns gut, keine Frage. Bei den Kampfspielen waren wir die geschicktesten, abgesehen natürlich von den Kapos. Ferox war ein Gott. Praktisch wie Gott. Unerreichbar. Wie *er* zu sein oder ihm auch nur entfernt ähnlich, davon träumten wir nachts im Mondschein, auf den wenigen Hügeln, oder oben auf dem Gemäuer alter Villen, die von Gestrüpp und Efeu unaufhaltsam überwuchert wurden. Wir fühlten uns frei. Selbstbewußt. Heroisch.

«Sag mal, Saxo …»

«Ja, Kaff?»

«Warum gibt es bei uns eigentlich keine Alten und Lahmen?»

«Keine Ahnung.»

Ferox erinnerte uns daran, daß ein Leben, wo es nicht Wolfswürde erreichen kann, hündisch genannt werden muß. Jedes hündische Dasein beinhalte ein unheilbares Leiden. Es vorzeitig zu beenden sei im Grunde ein mildtätiger, erlösender Akt.

Er teilte, wie ein Pfarrer den Segen, die Lizenz zum Töten aus.

Es mochte an meinem übertriebenen Hang zum Denken liegen, doch kamen mir erste Zweifel an seiner Weisheit. Alles Minderwertige ausrotten? Wozu, wenn es nicht stört und man sich neben ihm so angenehm groß und überlegen fühlen kann?

Ich glaube, Ferox ärgerte es, wenn minderwertige Wesen das angeblich unheilbare Leiden, an dem sie litten, nicht in vollem Ausmaß begriffen und alles in allem ganz zufrieden mit sich waren. Er fühlte sich berufen, solcherlei selbstzufriedenen Ignoranten ihr Leiden eindringlich zu verdeutlichen, vor Augen zu führen. Das hatte etwas Missionarisches. Schulmeisterliches. Um nicht zu sagen: *Pliniges.*

Denken gefiel mir. Viele rieten mir davon ab, es bringe nur Unheil, sagten sie. Dennoch – vor dem Schlafengehen ein wenig zu denken konnte ich mir nicht verkneifen. Bald dachte ich fast ununterbrochen, heimlich, und habe es selten bereut. Obwohl man zugeben muß, daß das Denken, hat man erst mal damit angefangen, schnell das eigene Leben kontrollieren kann. Es läßt einen nicht mehr so leicht los.

Nero nahm Saxo eines Morgens mit auf Streife. Mich hielt er dafür noch zu jung. Die beiden gingen nach Süden, und ich, ganz berauscht vom neu entdeckten Denken, folgte ihnen, heimlich, beleidigt und neugierig. Offensichtlich begaben sich die beiden ins Revier der Schoßhündchen, von denen wir uns doch fernhalten sollten. Ferox haßte die Schoßhündchen, aber sie waren uns zahlenmäßig weit überlegen, und wir konnten unser Auskommen genauso haben, indem wir sie einfach nur verachteten. Hätten wir sie angegriffen, wären ihnen verblödete Menschen vielleicht zu Hilfe gekommen, das hätte, meinte Ferox, zu unüberschaubaren Entwicklungen geführt. Während wir die nicht organisierten Outlaws angreifen durften, ja mußten (ich hatte bloß noch keinen zu Gesicht bekommen), sollten wir die Schoßhündchen – wenigstens vorerst – in Ruhe lassen.

Wenigstens vorerst. Ferox packte in seine Formulierungen immer so einen Rest Hoffnung, daß es doch irgendwann zur Sache gehen würde. Und ich brannte darauf, zu kämpfen, egal gegen wen. Hauptsache Kampf. Hauptsache Ruhm.

Nero und Saxo liefen bei Tagesanbruch am Südzaun entlang. Was wollten sie dort? In weniger als hundert Metern Entfernung witterte ich den vertrauten alt-bitteren, leicht ekligen Geruch von Plin. Sie witterten ihn wohl auch und wurden schneller. Nun sah ich Plin in der Ferne. Duckte mich hinter eine Hausmauer. Plin blieb stehen, wo er war. Er schätzte seine Chancen gegen Nero und Saxo wohl sehr realistisch ein. Vor dem Zaun lagen zwei neue Welpen, Geschwister vermutlich, sie sahen sich ähnlich. Nero schnüffelte an ihnen, drehte den einen auf den Bauch, dann den anderen. Plin sah aus sicherer Entfernung zu. Ich auch. Wir beide beobachteten Nero, wie er den frischen Wurf begutachtete. Einer der Welpen schien ihm ausbaufähig. Der andere eher nicht. Er schüttelte mißbilligend den Kopf und sagte etwas zu Saxo. Woraufhin Saxo erstarrte. Nero sagte noch etwas, ich glaube, dasselbe nochmal, nur etwas schärfer. Nun schüttelte Saxo mißbilligend den Kopf. Nero wurde wütend. Saxo winselte. Ich traute meinen Ohren nicht. Mein bester Freund, dessen Namen ich liebend gern getragen hätte, winselte wie einer jener Welpen, die hilflos vor ihm im Gras herumrollten. Nero beugte sich drohend über meinen Freund, sein fürchterliches Knurren fuhr mir aus der Entfernung noch durch Mark und Bein. Und Saxo haute ab! Unfaßbar. Er spurtete seinem Vorgesetzten davon. Nero verfolgte ihn, schnappte nach ihm, erwischte ihn nicht. Sie rannten, ohne es zu ahnen, auf mich zu, rannten keine drei Meter entfernt an mir vorbei. Und ich sah Plin, der den Abhang hinunterlief, sich den schwächeren der beiden Welpen schnappte und am Genick forttrug. Ich lief ebenfalls den Abhang hinunter, schnappte mir den anderen Welpen, den, der Neros Beifall gefunden hatte. Plin stutzte, blieb kurz stehen, sah mich traurig und vorwurfsvoll an, ich rannte mit dem Welpen im Maul fort, nach Norden. Ohne Blick zurück. Brachte den noch blinden Kleinen zu Lydia, dem einzigen weiblichen Kapo unserer Truppe. Sie stellte keine Fragen, schob ihn unter ihren Bauch und gab ihm Milch. Sie hatte grade welche. Woher auch immer.

«Es wird für die beiden gefährlich. Wir brauchen die Schlange.»
«Xenia, du steigerst dich da in was hinein. Was gehn uns die beiden jungen Köter an?»
«Das Orakel hat bisher nie versagt. Wir können nicht eingreifen, die Schlange schon.»

Es hieß, es gebe ein Tribunal. *Tribunal* hörte sich groß an. Das geschah am Mittag, bei praller Hitze, mußte demnach wichtig sein.

Auf einer Wiese, zwischen Klatschmohn und Margeriten, saß Ferox über Saxo und Nero zu Gericht. In respektvollem Abstand hörten wir alle der Verhandlung zu. Das Wort bekam Nero.

«Ich hab ihm befohlen, den schwächeren Welpen auf gründlichste Art zu vertreiben. Saxo tat, als wüßte er nicht, was damit gemeint sei. Ich wurde deutlich, sagte, er solle den Welpen entsorgen. Er stellte sich noch immer dumm. *Mach ihn tot*, hab ich gesagt. Unzweideutig. *Kill ihn!* Daraufhin ist Saxo desertiert. Ich verfolgte den Fahnenflüchtigen und konnte ihn nach einer langen Verfolgungsjagd überwältigen.»

Großes Oha ringsum.

Ferox nickte ausdruckslos. «Nun du, Saxo.»

Mein bester Freund wirkte verschüchtert. Redete so leise, daß er anfangs nur mit Mühe zu verstehen war.

«Na ja, da lagen zwei noch blinde Welpen. Nero befahl mir, einen davon zu töten, während der andere ihm für unsere Truppe geeignet schien. Aber – ich schwöre – es gab keinen nennenswerten Unterschied zwischen den beiden. Nero führte sich auf wie ein Gott. Und wollte mich zu seinem Handlanger machen. Ich bin ein Terrier, ein geborener Kämpfer, kein Gott und kein Welpenmörder. Es wäre unrecht gewesen.»

Großes Oha ringsum.

«Dann», sagte Ferox, erstaunlich ruhig, «hast du die Situation vernünftiger eingeschätzt als Nero?»

«Na ja», meinte Saxo, «ich glaube schon.»

Eine Weile lang Stille. Nero musterte Ferox verstört. Fast alles schien möglich.

«Soldaten», sagte Ferox nach einer Pause von mehreren Minuten, «haben keinen Glauben, sie haben höchstens Befehle, die sie befolgen müssen. Es mag vorkommen, daß diese Befehle falsch oder schwachsinnig sind. Oder sehr schwer verständlich. Aber eine Truppe lebt davon, daß man sich auf eine Befehlskette verlassen kann. Einfache Soldaten können die Tragweite einer Entscheidung oft nicht begreifen. Wie sollten sie es denn? Kannst du, Saxo, mit Sicherheit behaupten, weiter zu sehen als dein Vorgesetzter? Kannst du dir absolut sicher sein, das ganze Ausmaß deines Handelns zu überschauen? Bist *du* etwa Gott? Du hast Nero beschuldigt, Gott gespielt zu haben. Hast du nicht vielmehr *selbst* Gott gespielt? »

Große Stille. Saxo blieb nichts übrig, als den Kopf zu senken.

Ferox winkte. Lydia brachte den blinden Welpen, legte ihn zwischen die drei ins Gras und entfernte sich wieder.

«Sehen wir uns mal an, was Kaffeekanne uns da ins Nest gelegt hat. Kaffeekanne, der euch unerlaubt beobachtet hat. In Neros Kompanie herrscht anscheinend Narrenfreiheit.»

Ferox wandte sich zu mir. «Passiert so eine Schweinerei nochmal, hat es sich ausgeatmet. Kapiert?»

Ich nickte. Ohne es zu wollen.

Ferox betatschte den Welpen ein wenig, wie der Metzger ein Stück schwartiges Fleisch.

«Der taugt nichts. Mach ihn tot, Saxo.»

«Was?»

«Rede ich undeutlich?»

«Aber das ist nicht der *schwächere* Welpe! Das ist der, den Nero für wolfswürdig befunden hat...»

«Ach? Eben hast du noch behauptet, es hätte keinen *nennenswerten Unterschied* gegeben?»

Saxo blickte auf seine Pfoten und sagte gar nichts mehr.

«Na schön, dann ist das also der Welpe, den Nero für wolfswürdig befunden hat. Na und? Nero stand unter Streß. Mußte überhastet entscheiden. Ich dagegen – bin ganz ruhig. Habe Zeit. Bei genauer Betrachtung kann ich an diesem Welpen nichts finden, was ausbaufähig wäre. Bin ich deswegen vielleicht auch – *Gott*? Nein, ich habe nur die größte Erfahrung. Etwas mehr Erfahrung als Nero, sehr viel mehr Erfahrung als du und die anderen. Nun, Saxo, jetzt liegt die Wahl bei dir. Beiß diesen Welpen tot, und wir vergessen die Angelegenheit. Oder...»

Eine lange, fürchterliche Stille senkte sich auf die Wiese.

Ich betrat diese Stille, mit zitternden Schultern. Nein, nicht *ich* – viel mehr *etwas* in mir betrat diese Stille, mit einem Mut, der alle zu verblüffen, mehr noch: zu bestürzen schien. Man warf mir Blicke zu, die laut und deutlich, unmißverständlich mahnten, mich da rauszuhalten.

«Entschuldigung!»

«Ja, Kaffeekanne?»

«Vielleicht könnte man den Welpen mir geben, und ich würde ihn ausbilden, und wenn er tatsächlich nichts taugt, kann man ihn immer noch auf gründlichste Art vertreiben.»

Ferox staunte mich an.

«Ach? Wirklich wahr?»

«Einen Versuch wär es doch wert», flüsterte ich.

«Glaubst du das ernsthaft, oder willst du nur deinem Freund hier helfen?»

Ich wußte nicht, was ich antworten sollte. Wußte vor lauter angestautem Denken nichts mehr zu sagen.

Ferox wandte sich an die Meute. «Seht, das nenne ich einen tapferen Hund! Er – ein unreifer Möchtegernwolf – hat nicht die geringste Ahnung, ob dieser Welpe etwas taugt oder nicht, aber er möchte seinen Angsthasenfreund mit allen Mitteln davor bewahren, seine Pflicht tun zu müssen. Davor habe ich Respekt. Er ist jung. Voller Mitgefühl. Nur – hat er sich je gefragt, *welchen* Freundschaftsdienst er Saxo da erweisen will? Ist es nicht eher so, daß er seinen Mitwolf um die Möglichkeit betrügt, eine wichtige Erfahrung zu machen? Sich als Mitglied unserer Gemeinschaft zu beweisen? Saxo, du müßtest dich beleidigt fühlen, daß dein Freund sich zwischen dich und das Gesetz stellen will.»

«Ich fühle mich nicht beleidigt.» Sagte Saxo, derart staubtrocken, daß Ferox sichtlich die Spucke wegblieb.

«Ach, nein?»

«Nein. Dieser Welpe könnte ein guter Kämpfer werden, und du willst ihn nur töten, um mich zu bestrafen, um mir meine Grenzen aufzuzeigen, das ist Schwachsinn. Darüber hinaus Verschwendung.»

Ferox' Kiefer klappte herab. Er sah – für einen Moment – wie ein Trottel aus. Als wäre meine Bewunderung für Ferox in genau diesem Moment wie eine Seifenblase geplatzt, stellte ich mich neben meinen Freund und sagte, ohne viel zu denken: «Saxo hat recht. Der Welpe ist völlig in Ordnung. Es wäre idiotisch, ihn zu töten. Pfeif auf das blöde Gesetz!»

Ich redete irgendwie haltlos vor mich hin. Aber mit jedem Wort wurde ich mutiger. Größer.

Ich verhielt mich selbstmörderisch. Es war ein Genuß. Und wieviel Genuß!

Ferox sah mir in die Augen. «Dann lehnst du dich auf gegen mich?»

«Saxo ist mein Freund.»

«Ich etwa nicht?»

«Nein.» Ich verfluchte meine Zunge für dieses Nein, das sich von irgendwoher in meinen Mund gemogelt haben mußte. Als wäre ich komplett verrückt geworden. Saxo hingegen war nicht komplett verrückt geworden. Er bat mich, die Klappe zu halten. Zu spät.

«Nero», sagte Ferox. «Lydia, Cato, Leo, Tiberius und all ihr anderen Besserwölfe – ich glaube, wir haben widerspenstiges Fleisch in unserer Mitte. Bedauerlich. Von den beiden hab ich mir viel versprochen. Sie sind mir einen Tick *zu* mutig, oder? Ich möchte das nicht allein entscheiden. Was meint ihr denn?»

Die Kapos kamen ein paar Schritte näher, grunzten Zustimmung.

«Mut ohne Demut», erklärte Ferox und legte viel Baß in seine Stimme, «gleicht einem Buschfeuer, das sich immer weiter voranfrißt. Es macht vor nichts Halt, und obwohl seine Kraft bemerkenswert ist, wird es am Ende allen zum Feind, verbrennt auch die, die es gelegt haben. Mut ohne Demut ist eine Zumutung für die Ordnung. Die beiden hier haben Mut bewiesen, mehr noch: *Übermut.* Nun müssen sie *Demut* lernen. »

Wieder grummelten die Kapos ihr Einverständnis. Und plötzlich, völlig unerwartet, wechselte Ferox die Tonlage.

«Da aber beiden soviel am Schicksal dieses Welpen liegt, wollen wir ausnahmsweise nicht so sein.»

Winseln, Raunen, Staunen.

«Er soll von mir aus leben, und einer dieser beiden Rebellen soll ihn ausbilden. Seid ihr einverstanden?»

Grummeln. Nicken. Schwanzwedeln.

«Wer von beiden ihn ausbilden darf, das soll ein Kampf entscheiden. Der Sieger darf den Welpen unterrichten, der Verlierer bekommt nichts. Einverstanden?»

Nicken, Räuspern, Ohrenanlegen.

«Keine Zukunft, keine Schüler, kein Leben. *Gar nichts.* Haben wir uns verstanden?»

Winseln. Schweigen.

«Wenn die beiden verzichten möchten, gegeneinander zu kämpfen, bitte. In diesem Fall erkläre ich beide für demütig geworden, und die Sache ist erledigt, ebenso der Welpe.»

Stille. Spannung.

«Also, Saxo und Kaffeekanne, wofür entscheidet ihr euch?»

«Wie du willst. Ich habe der Schlange bescheid gesagt. Aber, Xenia – unter uns – ich finde, wir sollten uns da raushalten. Das Leben, das ganze peinliche Zeug – ich finde, man hat einmal zwangsweise damit zu tun, und das genügt. Warum sich da nochmal einmischen?»

«Das Orakel, Ares. Ich halte das Orakel heilig. Nenn mich sentimental. Wenn dir das hilft.»

Ferox hatte uns in eine teuflische Situation verstrickt. Ich suchte Blickkontakt zu Saxo.

Er wich mir aus und sah sich zwischen den Wolken nach Hilfe um. Hätten wir versucht, zu fliehen, wären Ferox und Nero schneller auf den Beinen gewesen. Selbst wenn uns die Flucht gelungen wäre – den Welpen hätte es auf jeden Fall erwischt. Warum sollten wir ihn nicht lieber töten und zugeben, daß unser Aufstand fehlgeschlagen war? Schließlich war das Hündchen nur ein blindes kleines Etwas, das bisher kaum ein Leben gehabt hatte und es demzufolge kaum vermissen würde. Beide wußten wir, daß es am Ende nur diesen einen Ausweg gab, daß Ferox zuletzt über uns triumphieren würde. Wir wollten es nur beide noch nicht eingestehen, wollten die Kapitulation ein wenig hinauszögern.

Unsere letzte Hoffnung bestand darin, doch miteinander zu kämpfen, solange, bis Ferox, der mit soviel Unvernunft nicht gerechnet hatte, Einhalt gebieten würde, um keinen vielversprechenden Besserwolf für einen blinden Welpen zu opfern. Wir dachten beide dasselbe, und es war überhaupt keine Verständigung nötig, um uns darauf zu einigen. Ich zumindest war von einer stillschweigend abgekarteten Sache fest überzeugt.

Als Saxo sich in Drohstellung begab, tat ich das auch. Er knurrte. Ich knurrte. Er sprang mir entgegen. Ich sprang ihm entgegen. Er verbiß sich in meinen Hals. Ich verbiß mich in seinen Hals. Er tat mir weh. Da tat ich ihm auch weh. Wir rangen, verbissen, wälzten uns im Gras, er blutete, ich blutete. Wie weit sollte diese Show noch gehen? Warum griff Ferox nicht endlich ein? Mein letzter Glauben an das Gute in ihm ging verloren. Da war anscheinend nichts Gutes in ihm, überhaupt nichts, er sah uns ungerührt zu, wie wir gegeneinander kämpften, uns immer neue Wunden zufügten.

Vielleicht wäre es an mir gewesen, zu rufen: «*Warte, Saxo, laß uns das beenden, lieber der Welpe als einer von uns!*»

Aber wieso konnte Saxo nicht einfach rufen: «*Warte, Kaffeekanne, laß uns das beenden, lieber der Welpe als einer von uns!*»

Waren wir beide so stolz, daß keiner den Anfang machen wollte? Ferox hatte uns gelehrt, daß der Klügere nie nachgibt. Aber wenn er uns einen Haufen Mist gelehrt hatte, war dann nicht das Gegenteil richtig? Ganz abgesehen davon: Es war ein toller Kampf, der unser Publikum begeisterte. Mein erster Kampf hätte interessanter nicht sein können. Saxo war kräftiger, ich wendiger. Was er im Kiefer hatte, hatte ich in den Pfoten. Er war schwerer, ich war größer. Plötzlich vergaß ich, meinem besten Freund gegenüberzustehen, die technischen Aspekte des Kampfes drängten alles andere in den Hintergrund. Man hätte von einem Sieg der Sportlichkeit über die Freundschaft sprechen können. Wäre diese Sportlichkeit nicht auf Leben und Tod gegangen. Das warme Blut überall auf meinem weißen Fell. Das schöne rote Blut überall auf Saxos Fell. Wir kämpften wie im Rausch, vergaßen alle Schmerzen, hangelten uns von Sekunde zu Sekunde, jeder von uns nahe daran, aufzugeben.

Dann, endlich, als wir längst nicht mehr damit gerechnet hatten, ein Befehl:

«Schluß damit!»

Augenblicklich hörten wir auf, keuchten, hechelten und sahen erleichtert Ferox an.

Nur hatte Ferox überhaupt nichts gesagt.

Keiner von den Hunden hatte etwas gesagt. Clabauta, die Sandviper, hob ihren Kopf aus dem Gras. Wie wohltuend war es, ihre silbern sirrende Stimme zu hören.

«Schluß damit! Ihr geht jetzt in den Schatten, leckt eure Wunden und vertragt euch.»

Ferox schien aus allen Wolken gefallen und hart auf der Erde gelandet. Seine Augen wurden enge Schlitze. Doch er bewegte sich nicht von seinem Platz, genausowenig wie einer der Kapos. Die Sandviper schien offensichtlich allen bekannt.

«Wozu soll das gut sein, Clabauta?»

«Das kann dir egal sein, Ferox.»

«Ich betrachte das als einen Akt der Einmischung, Schlange. Wir haben unsere Abmachungen.»

«Haben wir. Stimmt. Aber ich habe bei dir noch etwas gut. Laß die beiden gehen, und wir sind quitt.»

Ferox, der große böse Besserwolf, dachte nach. Ich konnte nicht glauben, daß er die Schlange nicht einfach umbrachte.

«Gut. Wenn wir dann quitt sind, bin ich einverstanden.»

«Das sind wir, Ferox.» Die Schlange wandte sich an uns, die wir keuchend und abgekämpft nebeneinander im Gras hechelten. «Verschwindet. Na los!»

«Wohin?» fragte ich.

«Egal. Weg von hier. Der Rest findet sich.»

«Und was», wollte Saxo wissen, «ist mit dem Welpen?»

Clabauta stieß mit enormer Geschwindigkeit auf den Welpen zu und biß ihn.

«So. Tut mir leid. Nein, keine Fragen mehr, kein Kommentar. Jetzt haut ab!»

Ferox schwieg und schien die Entwicklung widerspruchslos hinzunehmen. Der Welpe, der dem Gift nicht die geringste Widerstandskraft entgegenzusetzen hatte, wand sich in Krämpfen, schäumte gelb aus dem Maul und krepierte binnen Sekunden. Saxo und ich rannten gleichzeitig los, irgendwohin, überwältigt von dem, was geschehen war. Besser gesagt: Wir wollten zwar rennen, doch konnten nicht rennen, wir schleppten uns beide mühsam von dannen. Sahen noch, wie Clabauta in einem Maulwurfsloch verschwand. Hörten Ferox fluchen: «Verdammtes Schlangenvieh, jetzt schulde ich dir nichts mehr, hörst du? Nichts!»

«Bist du zufrieden? Die beiden haben Aufschub bekommen. Ehrlich gesagt, kann ich nicht glauben, daß diese Idioten für uns irgendwie wichtig sein sollen. Was für eine Veränderung könnte uns denn ernsthaft betreffen? Hast du eventuell ein paar Hintergedanken, die du vor mir geheim hältst?» Xenia gab keine Antwort. Was Ares als Ja wertete. Vor Hintergedanken hegte er großen Respekt, besonders wenn sie in Xenia hausten.

«Sag mal, Saxo –»

«Hm?»

«Wenn die Schlange nicht gekommen wäre …»

«Ja?»

«Du hättest mir nicht ernsthaft was getan, oder?»

«Nein, Kaff, natürlich nicht. Hättest du …?»

«Nein.»

«Gut. Ich hatte schon meine Zweifel.»

«Du hattest *Zweifel*? Seltsam: Ich auch.»

«Wir nehmen uns einfach vor, nie mehr aneinander zu zweifeln. In Ordnung, Kaff?»

«Ja.»

Wir lagen im Schatten vor einer Grotte und pflegten unsere Wunden.

«Warum hast du dann nicht irgendwann aufgegeben?» Die Sache ließ mir keine Ruhe.

«Wozu?»

«Naja, irgendeiner muß doch den Anfang machen.»

«Warum hast *du* nicht den Anfang gemacht? Du bist der Jüngere, Kaff.»

«Ja eben. Du bist älter und erfahrener als ich.»

«Dafür bist du schlauer.»

Sein Argument nahm mir den Wind aus den Segeln. Wir wußten beide, daß wir bis zum Tod gekämpft hätten, und waren deswegen noch immer tief verstört. Konnten wir je wieder Freunde sein wie zuvor? Waren wir möglicherweise nie echte Freunde gewesen? Hatten wirs uns nur eingebildet?

Es war Abend geworden, die Dämmerung setzte ein. Erste Fledermäuse jagten nach Insekten, sie entflogen der Grotte, über unsre Köpfe hinweg.

Unser Weg hatte nach Nordosten geführt. Womit ich sagen will, daß ich nicht weiß, ob wir nach Norden oder Osten gegangen sind. Etwas Norden, etwas Osten. Vielleicht auch ein bißchen nach Westen. Nach Süden nicht, nein. So viel war sicher.

Wir befanden uns auf einem unausgegrabenen Teil des Geländes. Es duftete nach Rosmarin und Kamille. Hier konnte man nachts auf Schwarzbuddler stoßen. Und auf wilde Kaninchen. Saxo meinte, die unorganisierten Outlaws würden sich in der Hauptsache von solchen Kaninchen ernähren. Es sei verteufelt schwer, eins dieser Tiere einzufangen. Wir müßten das jetzt ebenfalls lernen. Ich lachte. Bevor wir in unserem Zustand daran denken konnten, unsre Schnelligkeit mit der von Kaninchen zu messen, würden noch etliche Tage vergehen. Kaninchen reizten mich nicht viel mehr als Eidechsen.

Ich wollte Kuchen und Salami. Pizzaränder und Käse. Geschnetzeltes rohes Fleisch vom Truthahn oder Kalb, wie es die Schwarzbuddler bei sich trugen. Ein Stück altes Brot, von mir aus. Noch war es für manches nicht zu spät. Wir konnten vielleicht zu Ferox' Clan zurück, uns reumütig geben und auf Gnade hoffen. Aber das wollten wir noch weniger, als bei Plin um Wiederaufnahme bitten. Wir waren zu unorganisierten Outlaws geworden. Auf uns selbst gestellt. Freiwild. Abschaum in den Augen der Welt.

«Kaff», sagte Saxo, (ich fand, daß *Kaff* gar nicht so übel klang, etwas provinziell vielleicht), «laß uns einen eigenen Clan gründen!»

«Was bringt das?»

«Dann *sind* wir organisiert. Und keiner sieht uns blöde an. Wir holen Welpen vom Zaun, werben diesen oder jenen ab, mal sehen. Wir machen einen ganz eigenen Clan, mit unseren eigenen Regeln.»

«Ich brauch keine Regeln, ich brauch was zu essen, Saxo.»

Fledermäuse in immer größerer Zahl flogen über uns hinweg. Die Grotte mußte eine riesige Kolonie beherbergen. Widerlich das schnalzend-knackende Geräusch ihres Flügelschlags, wenn die Viecher einen umschwirrten, und noch nervtötender die spitzen Schreie, die sie ständig ausstießen.

Ich fühlte was auf meinem Fell. Nässe. Dann einen unangenehmen Geruch. Etliche Stellen auf meiner Haut begannen zu jucken, zu brennen.

«Was ist das?», fragte Saxo.

«Die Fledermäuse. Sie pissen uns an!»

«Pfui Teufel!» Saxo schlug mit den Vorderpfoten über sich Löcher in die Luft.

Eine Fledermaus zu fangen, das hatte mir Plin beigebracht, könne höchstens einer Eule gelingen, selbst der nur mit Glück. Saxo hatte in jener Stunde wohl nicht aufgepaßt. Er wedelte wild herum, schlug planlos um sich. Gehirnerschütternd. Es sah aus wie der Tanz eines Irren. Plötzlich war da etwas Großes, Schwarzes über uns, von über einem Meter Durchmesser, es flatterte und pulsierte, war aus dem Nichts gekommen, war über uns – wie soll ich sagen – entstanden, ähnelte einem quadratmetergroßen, an vier Ecken gespannten Stück Leder, in dessen Innenfläche es quallte und wuselte, knöchelte und aderte – Wörter, die es nicht gibt, um etwas zu beschreiben, was es besser nicht geben sollte. Das Ding schwebte über uns flach in der Luft, wie ein wildgewordener Teppich. Es mochte uns nicht. Während wir flüchteten, fort von der Felshöhle, hinaus in die späte Dämmerung, verfolgte es uns, blieb dicht über unseren Ohren, rauschend, knatternd, verspritzte eklige Säfte, stieß grellste Schreie dabei aus – und erst, als wir verschiedene Richtungen einschlugen, verschwand das grauenhafte Ding, genauso plötzlich, wie es entstanden war. Wir japsten, wälzten uns im Staub, Dutzende Stellen auf der Haut fühlten sich entzündet an, der Juckreiz wurde so schlimm, daß wir uns mit unseren eigenen Krallen neue Wunden kratzten, auch an Stellen, die gar nicht brannten. Aus Verzweiflung darüber, daß wir manche Stellen, die wir eigentlich kratzen wollten, nur schwer erreichen konnten.

Ein uralter, länglicher Steintrog am Wegrand war mit ein wenig Regenwasser gefüllt, in den sprangen wir beide fast gleichzeitig, schrubbten unsre Rücken am kühl-feuchten Boden, knurrten dabei und stritten wütend um das winzige Rinnsal, schoben einander mit den Schultern beiseite. Der Schmerz vertrieb jede Freundschaft. Und als er endlich nachließ, kam die Freundschaft nur langsam zurück, begleitet von der Scham darüber, wie schäbig wir uns im Schmerz verhalten hatten.

Wir sprachen kein Wort. Saßen einander in diesem Trog gegenüber. Stöhnten hin und wieder erleichtert. Wohl, um die Stille für einen Moment zu unterbrechen, ohne gleich direkt etwas sagen zu müssen.

«Ach, *da* seid ihr? Oje. Was macht ihr denn in dem Sarkophag?»

Es war die süß-flockige, perlmuttschimmernde Stimme Clabautas.

«Sarkophag?» fragte Saxo. Wir sprangen aus dem Trog, der kein Trog mehr war, der sich durch Clabautas Worte von einer Sekunde auf die andere in einen Sarkophag verwandelt hatte.

«Was dachtet ihr, was das ist? Eine Pferdetränke? Was habt ihr denn darin verloren?»

Wir zuckten beide mit den Achseln. Es war uns peinlich.

«Warum kratzt ihr euch dauernd? Habt ihr Flöhe? Wozu treibt ihr euch in Särgen herum? Sucht ihr nach Knochen?»

Die Sandviper gönnte sich einen Spaß mit uns, das war nicht zu überhören.

Saxo setzte einen ziemlich verärgerten Blick auf. Ich schob mich vorsichtshalber zwischen ihn und die Schlange. «Warum hast du das getan, Clabauta?»

«Was genau?»

«Heute mittag, das.»

«Welchen Teil davon meinst du?»

«Alles. Warum hast du unseren Kampf beendet? Und den Welpen getötet?»

Die Schlange kringelte sich ein und hob ihren Kopf, wiegte ihn langsam hin und her.

«Naja. Der Welpe hatte keine Überlebenschance. Ist nun einmal so. Alles kann man nicht haben. Ich mußte Ferox so weit entgegenkommen, daß er sein Gesicht wahren konnte. Er hätte diesen Welpen nie sehr alt werden lassen. Traurig, aber – seid ihr erst älter, werdet ihr begreifen, daß man um dergleichen nicht immer herumkommt. Viel wichtiger war es, einen von euch zu retten. Dafür könnte ich eigentlich mal ein Danke oder sowas hören. Wenn das nicht zuviel verlangt ist.»

Saxo drängte mich zur Seite. «Wie meinst du das – *einen von uns* zu retten? Du hast uns doch beide gerettet.»

«Hab ich? Dann könnte ich eigentlich ein doppeltes Danke verlangen. Nein? Stimmt. *Ein* Danke wäre genug. Ich wollte ja schließlich nur einen von euch retten. Vielleicht dich, Kaffeekanne. So lautet doch dein wohltönender Name? Du warst kurz davor, von Saxo getötet zu werden.»

«Quatsch. Das war Unentschieden.»

«Bitte sehr. Vielleicht war auch Saxo kurz davor, von *dir* getötet zu werden. Das ist nicht so wichtig.»

Saxo und ich sahen uns an, sahen dann die Schlange an, verstanden nichts.

«Das versteht ihr nicht? Nein? Kein Wunder. So ganz blick ich da selbst nicht durch, die besten Geister zerbrechen sich den Kopf darüber, was wichtig ist, was nicht. Kann genauso gut sein, daß ihr *beide* nicht wichtig seid. Es könnte sich herausstellen, daß nicht einmal *ich* sehr wichtig bin. Aber man muß nicht immer vom Unwahrscheinlichsten ausgehen. Halten wir uns lieber an das, was Sache ist. Sache ist, Kaffeekanne –»

Die Viper schnalzte mit der Zunge, machte sich mit einer langen Pause noch wichtiger. «Es muß einen Grund haben, daß du mein Gift überlebt hast. Nicht, daß ich eitel wäre. Aber neugierig. Wer mein Gift überlebt, muß dafür gute Gründe haben. Gewichtige Gründe. Versteh mich nicht falsch, ich gönn dir das von Herzen. Es interessiert mich einfach. Laß uns mal gemeinsam überlegen. Was könnte so besonders an dir sein? Hmm. Ich sehe nichts. Du bist ein Hund, hast Mut, ein bißchen Ehrgeiz, Stolz, aber sonst? Das Geheimnis muß vielleicht tiefer liegen. Noch tiefer als unter deiner Haut. Tiefer als in deinen Knochen. Tief in der Zeit. Übrigens bist du nicht mal ein besonders heller Hund. Das irritiert mich am meisten. Es hat mir wenig behagt, daß du in Ferox' Bande eingetreten bist. Aber ich konnte dich da nicht rausholen, du mußtest erst deine eigenen Erfahrungen mit ihm machen. Er schuldete mir noch einen Gefallen. Den hab ich dir zuliebe eingelöst und weiß nicht mal genau, weshalb. Du stellst mich vor ein Rätsel, Kaffeekanne.»

Die Schlange verstummte und sank zu einem dunklen Häufchen zusammen, verbarg ihren Kopf im eingerollten Körper.

«Das Gelaber geht mir auf die Nerven», raunte Saxo, «soll ich sie fertigmachen?»

Ich hielt ihn zurück. Clabautas Stimme schien in Saxos Ohren nicht ganz so berückend zu klingen wie in meinen.

«Weshalb schuldete Ferox dir einen Gefallen?»

Das interessierte mich wirklich. Was konnte ein so großer böser Besserwolf einem Reptil zu verdanken haben?

«Ich hab ihn getötet», flüsterte es aus dem dunklen Batzen.

«Wie bitte?»

«Das ist eine lange Geschichte, verstehen würdest du sie doch nicht.»

«Du hast Ferox *getötet*? Einen so toten Eindruck macht er aber eher nicht.»

Aus dem dunklen Batzen kroch langsam ein Schlangenkopf hervor. «Aaaaaaaach. Na gut. Ich versuche es euch Kindern so zu erzählen, daß ihr ein bißchen was versteht.»

«Soll ich sie fertigmachen?»

«Sei ruhig, Saxo.»

«Also. Das ist die Geschichte von Ferox, dem größten Schisser, der je Mastinoblut in den Adern spazierentrug.

Ferox wurde gehänselt. Er war schreckhaft. Und ängstlich. Er fürchtete sich sogar davor, daß eine Hummel ihn stechen könnte. Nie schaffte er es, sich zur geringsten Unternehmung zu entschließen, zweifelte, zögerte, zauderte, schrak vor allem zurück, ging jeder Rangelei aus dem Weg. Es war beinahe krankhaft. Was sage ich? Es *war* krankhaft. Ein Mastino ohne jedes Selbstbewußtsein. Der Charakter eines Lammes im Körper eines Kampfhundes. Wenn andere Hunde ihn umschubsten, wehrte er sich nicht, litt unter Beißhemmung, winselte, zog den Schwanz ein. Und wurde immer mehr zum Gespött. Plinius, sein Ziehvater, war der Einzige, den das nicht zu beunruhigen schien. Im Gegenteil. Er freute sich an Ferox' Friedfertigkeit und bemerkte gar nicht, oder wollte vielmehr nicht bemerken, wie sein Lieblingsschüler ins soziale Abseits geriet. Selbst Welpen trampelten – bildlich gesprochen – auf Ferox herum, es machte schnell die Runde, daß man mit diesem gutmütigen Riesenvieh ungestraft jede Menge Spaß haben konnte. Als wären seine natürlichen Instinkte blockiert, als wüchse ihm ein Friedenstumor zwischen den Ohren.

Brüllendes Gelächter, als ihn einmal der winzige Yorkshire einer Touristin quer über das Forum jagte, ein Foto davon ist sogar in den Zeitungen der Menschen gelandet. Sah ja auch urkomisch aus, dieses Mordsvieh und Muskelpaket, verbellt von einem wuschligen Winzling, kaum größer als eine Ratte. Unglaublich. Und so sehr Ferox auch drangsaliert wurde, nie nahm man an ihm die geringste Spur von Auflehnung wahr. Wurde es zu schlimm, verkroch er sich hinter Plin. Bis es sogar Plin ein wenig bizarr vorkam, daß sich ein doppelt so breiter Hund hinter ihm auf den Boden kauerte und um Schutz bat.

Weil Ferox trotz seiner Ängstlichkeit nun mal ein Halbmastino war (sogar ein Dreiviertelmastino, um genau zu sein) und auf den ersten Blick massig und gefährlich wirkte, hatten die Touristen absurderweise Angst vor ihm, brachten ihre Kinder in Sicherheit und gaben ihm selten was zu fressen. Das brachte sein Selbstwertgefühl auf den Tiefpunkt. Er mußte sich von viel kleineren Hunden durchfüttern lassen. Wobei er seinen Ausmaßen gemäß Appetit für fünf von denen hatte. Er wurde als Schnorrer beschimpft. Als Tunichtgut. Als Mißbildung. Und dann passierte jene Tragödie, von der ihr vielleicht gehört habt? Nein?

Es gab damals ein Wildschwein auf dem Gelände, einen blutrünstigen Keiler, der sich irgendwie nach Pompeii verirrt hatte und geisteskrank geworden war.

Eines Tages stand dieser Keiler Ferox und drei kaum ausgewachsenen Kläffern gegenüber, griff sie ohne Warnung an. Ferox nahm Reißaus, und der Keiler zerriß die Kleinen in der Luft, im wahrsten Sinne des Wortes. Das war ein schwarzer Tag für alle, für Ferox natürlich, auch für Plin, der Vorwürfe zu hören bekam, er hätte den Halbmastino falsch erzogen. Plin nahm sich das sehr zu Herzen, zweifelte viel an sich herum, und sein Verhältnis zu Ferox kühlte ab. Es war zu spüren, daß er ihm den Tod der drei Kleinen nicht einfach verzeihen konnte. Ferox war am Ende, und obwohl Hunde äußerst selten zum Selbstmord neigen, dieser hat daran gedacht. Nur seine Feigheit hielt ihn davon ab. Dann verliebte er sich. Das war nun das Allerblödeste, was ihm einfallen konnte. Keine Hündin, nicht die Häßlichste, hätte sich mit Ferox auf der Straße sehen lassen. Um Ferox stand es derart aussichtslos, daß ich Mitleid mit ihm bekam. Er heulte die ganze Nacht, außer, wenn er vor einer Heuschrecke zurückzuckte, die sich ihm gefährlich näherte. Er kreischte, als ich mich ihm vorstellte. Hunde können nicht kreischen? Doch, sie können, sie tun es nur selten. Es dauerte, bis ich den großen Tränensack überzeugen konnte, daß ihm von mir nichts Böses drohte.

‹Ich bin nichts wert›, sagte er, und ich sagte: ‹Stimmt.› Wir Schlangen neigen nun mal zur Wahrheit. Ich war jung und wollte vieles ausprobieren. Die Welt verbessern und irgendwo damit anfangen. Ich fragte den zitternden, riesigen Hund, was er sich wünschen würde, würde er sich etwas wünschen können.

Er sagte, er wolle ein anderer sein. Er haßte sich.

Ich behauptete großspurig, ihm helfen zu können. Behaupten ist das richtige Wort, ich hatte nämlich nur davon gehört, die Prozedur nie erprobt. Ein Geisterhund hatte mich darauf gebracht. Egal. Wen interessieren die technischen Einzelheiten? Ferox haßte Ferox, und irgendwann gab er mir freie Hand. Was für seine Verhältnisse fast schon mutig war, wenn auch mehr dem Mut der Verzweiflung entsprungen.

Was war Ferox? Was war das Wesentliche an Ferox? Angst. Ferox bestand zum allergrößten Teil aus Angst. *Soll ich deine Angst töten?* Ja, sagte er. *Auch, wenn dann nur ganz wenig von dir übrigbleibt?* Ja, sagte er.

Ich schickte ihn zu einem Wesen, das sich von Angst ernährt. Dieses Wesen schnappte sich Ferox, fraß seine Angst. Wie Milben die Schuppen von fremder Haut. Was das für ein Wesen sein soll, werdet ihr fragen? Es ist die Dunkelheit. Sie liebt Pompeii und ist hier gefräßiger als sonstwo, hier hauste sie über tausende Jahre, ungestört vom Tag, in einer verschütteten Stadt, lebte von einem gewaltigen Vorrat an Todesangst, der vom Ascheregen in der Erde eingeschlossen war. Inzwischen ist die Dunkelheit erträglich, vom Sonnenlicht weitgehend verdünnt, aber es gibt hier noch Plätze, wo man sie konzentriert finden kann. Da ist zum Beispiel eine Höhle in der Nähe, voller Fledermäuse, paßt bloß auf und macht einen großen Bogen um sie. In der Höhle geht es nicht mit rechten Dingen zu, die Fledermäuse dort haben einen Dachschaden. Manchmal – na, egal.

Für Ferox war diese Höhle genau das Richtige. Er hatte solche Angst. Ich sagte, er solle seine Augen schließen und sich von mir führen lassen. Was ich damals habe reden müssen! Egal. Er folgte mir in die Höhle, wurde von Fledermäusen gepiesackt, fragt mich bloß nicht wie, er rannte blindlings drauflos, tief in die Höhle hinein, fiel in die erste der tückischen Gruben, jaulte erbärmlich, so schlimm, nicht mit anzuhören, ich kehrte um und ließ ihn in der Grube für ganze drei Nächte und Tage, Tage, die dort auch Nächte sind, allein.

Ihr fragt euch wohl, wie er da wieder herauskam? Das frage ich mich auch. Der Geisterhund hatte gesagt, dafür würde schon die Dunkelheit sorgen, wenn sie erst alle Angst von Ferox weggefressen hätte. Tatsächlich – nach drei Tagen entstieg er der Höhle, ich habe nie erfahren, wie. Und wie er gestunken hat – diese Schilderung möchte ich euch ersparen. Er lag vor der Höhle, völlig entkräftet, nurmehr eine Hülle von Hund, erbarmungswürdig, kaum noch Leben in sich.

Ich mag mir gar nicht vorstellen, was er erlebt hat. Ich machte mir ernsthaft Vorwürfe. Aber er kam langsam zu sich. Ich sah ihm in die Augen, er schien mich erst nicht zu erkennen. Dann sagte er ‹Danke› und erhob sich.

Na schön, ich habe einen Fehler gemacht, ich war jung und hatte es gut gemeint. Von Ferox war nichts geblieben außer dem Namen. Was er seither ist – ich nenne es *tot*, er empfindet sich vermutlich anders. Wenn er überhaupt noch etwas empfindet. Mit der Angst ging ihm alles verloren, was auch nur entfernt mit dem Begriff ‹Gut› in Verbindung gebracht werden kann. Ich habe ihn getötet. Er wurde jener Ferox, den ihr kennt. Und es gibt, merkt euch das, keinen Schrecken, in dem nicht irgendwo eine Liebesgeschichte wohnt. Er hat seine angebetete Lydia bekommen. Das schon. Hundefrauen – nu, ähm, naja – egal.»

Clabauta hatte ihre Geschichte beendet.

Wir waren mehr als beeindruckt. Drei Tage in absoluter Dunkelheit von Fledermäusen angepinkelt zu werden, bis alle Angst von einem abgefackelt war – für uns, die wir das kaum zwei Minuten mitgemacht hatten, eine unvorstellbare Tortur. Wir hatten mal wie Ferox werden wollen. Nun definitiv nicht mehr. Ich empfand sogar so etwas wie Mitleid für ihn.

«Sag mal, Schlange, diese Höhle ...»

«Ja?»

Ich wollte Saxo die vorlaute Schnauze stopfen, vergeblich.

«Liegt die vielleicht da drüben?»

«Wieso fragst du das? Willst du Angst loswerden? Ich sage dir: Angst ist gut. Angst ist Vernunft. Woher weißt du, daß die Höhle da drüben liegt?»

«Egal. Um dein Lieblingswort zu gebrauchen. Gibts in dieser Höhle noch was anderes als Fledermäuse?»

«Saxo! Halt die Klappe!»

«Laß deinen Freund doch plaudern, Kaffeekanne. Wart ihr dort, in der Höhle?»

«Nein!» rief ich.

«Ja!» widersprach Saxo. «Und da war so ein Vieh, ein ganz seltsames, es flog über uns, ganz schwarz, es knatterte und – wie soll ich sagen – es pulsierte, zerrte an seinen Rändern, unbeschreiblich, ein Stück aufgescheuchtes Schwarz aus ledriger Haut, formlos und irgendwie auch nicht.»

Clabauta gab lange keine Antwort.

«Habt ihr es gesehen? Habt ihr es *beide* gesehen?»

Saxo nickte für mich mit.

«Und es hat euch nicht leiden können?»

«Nein.» Sagten wir gleichzeitig.

«Dann kümmert euch nicht weiter darum. Laßt es in Ruhe. Ich lasse euch jetzt auch in Ruhe. Denkt daran, es gibt in jedem Schrecken eine Liebesgeschichte, irgendwo. Ach, das hab ich schon gesagt. Noch etwas: Es gibt keine wahren Geschichten. Was existiert, ist das eine, was darüber erzählt wird, das andere. Beherzigt das bitte. Wir sehen uns.»

V

Nachts war bei den Outlaws oft jener Heldengesang angestimmt worden, der Ferox' glorreicher erster Tat galt. Er hatte sich ganz allein dem geisteskranken Keiler gestellt, ihn gereizt und beleidigt, nach stundenlangem Kampf besiegt, gefoltert und zerstückelt. Mit den Fleischfetzen lockte er freilaufende Hunde an, die von seiner ruhmlosen Vergangenheit nichts wußten. Die ihm begeistert nachfolgten. Der Grundstein zu seiner Herrschaft war gelegt. Über eine Vorgeschichte hatten wir nie was gehört.

Fleischfetzen. Daran zu denken vervielfachte unseren Hunger. Wir streunten durch neutrales Territorium, waren zu blöd gewesen, uns von der Schlange Ratschläge für die nächste Zukunft geben zu lassen. Wo sollten wir mit uns hin? Saxo fing eine Eidechse und kaute lustlos auf ihr herum. Er gab mir ein Stück von ihrem Schwanz ab.

Die Sonne stemmte sich hoch am Horizont, wir zogen uns in den Schatten einer ruinierten Villa zurück. Es roch gut nach Lavendel und warmem Mauerwerk.

Ich schlief ein. Träumte von wildschweinernen Fleischfetzen. Blutig und saftig. Sie tanzten vor meinem Maul. Kicherten. Im Traum ist sowas möglich. Die Fleischstücke spießten sich auf Pfähle, zuckten, schwitzten im Feuer, begannen herrlich zu duften, Krusten zu entwickeln. Und die Krusten warfen Blasen. Fett zischte im Traumfeuer. Kaum auszuhalten.

Das Zischen der Schwarten in der Glut hörte sich immer sonderbarer an. Als würde sich daraus eine Sprache entwickeln wollen. Eine mir unbekannte Sprache, aber bereits deutlich in diverse Wörter zerlegbar. Und in den aufgeheizten Luftschichten über der Traumglut sah ich eine Kreatur hocken, undeutlich, schemenhaft. Hundeähnlich. Sie hatte vier Beine und zwei Ohren. Bald danach sogar eine Schnauze. Und einen Brustkorb. Die Traumglut flimmerte so stark. Ich hörte meinen eigenen Magen knurren und verstand die Kreatur vielleicht nur deshalb nicht. Dann rüttelte mich jemand. Ich wollte nicht gerüttelt werden. Wollte der Kreatur zusehen, wie sie Konturen gewann. Wollte das fettige Zischen verstehen, denn meine Ohren waren zu zwei gierigen Mäulern geworden, die beschlosen hatten, sich satt zu hören. «Kaffeekanne!»

Ich erwachte. Neben mir hockte ein häßliches Mädchen. Agrippina.

Das ärgerte mich. Gelinde gesagt.

«Was willst *du* denn?»

Ich rieb mir den Schlaf aus dem Fell. Wo war Saxo? Über mir ein Maulbeerbaum. Balgende Schmetterlinge. Und Grippi. Was hatte ausgerechnet *sie* hier verloren?

«Ich hab dich gesucht. Niemand weiß was davon. Ich hab auch was zu essen mit. Willst du?»

Vollends nutzlos war sie also nicht. Genaugenommen gab es keinen Grund, sie schlecht zu behandeln. Wer weiß, woher sie dieses halbe Käsesandwich hatte? Wer, zur Hölle, will das so genau wissen. Ich stürzte mich darauf, schlang es hinunter. Grippi grinste. Wo war Saxo? Sie hatte keine Ahnung.

«Wie hast du mich gefunden?»

«Naja, ich kann dich gut riechen. Du weißt es vielleicht nicht, weil dich das nie interessiert hat, aber ich habe mit die beste Spürnase in unsrem Haufen. Zwischendurch war die Spur verunreinigt, es stank so komisch und –»

«Hat Plin dich hergeschickt?»

«Ich sagte doch: Niemand weiß, daß ich hier bin.»

«Und was willst du von mir?»

«Ja … Das ist mir etwas peinlich. Da war diese Schlange, sie hat mit mir geredet.»

«Clabauta?»

«Genau, sie hat da wohl so eine Art Orakel befragt. Und schlimme Situationen vorhergesehen, die du alleine nie bewältigen würdest. Deine Nase soll nicht viel taugen, stimmt's?»

«Meine Nase ist ganz in Ordnung!»

«Riechst du zum Beispiel die Brombeeren?»

«Was für Brombeeren?»

«Da vorne sind Brombeerranken, so an die hundert Meter entfernt. Riechst du die?»

«Worauf willst du hinaus?»

«Naja.» Grippi schluckte und sah mich von der Seite an. «Ich bin die Liebesgeschichte. Ich weiß nicht warum, aber ich bin in dich verliebt, Kaffeekanne. Und du brauchst mich.»

Saxo, der vor Hunger nicht hatte schlafen können, stand wieder vor der Höhle. Drei Tage und Nächte schutzlos ätzender Fledermauspisse ausgesetzt zu sein wie Ferox – selbstverständlich war man danach innerlich tot. Aber wenn man Herr der Lage blieb, vernünftig dosierte, in kleinen Portionen …

Wenn er ganz ehrlich war und tief in sich hineinsah: ja, er hatte manchmal Angst. Er hielt sich für ziemlich mutig und war es auch, aber manchmal wünschte er sich, noch einen Tick mutiger, entschlußfreudiger zu sein, das entscheidende Quentchen, das ihm einen Vorprung geben würde, zum Beispiel vor Kaffeekanne. Kaffeekanne war schlauer als er. Das ist schon ungerecht genug, dachte Saxo, obwohl er Schlauheit für nicht so wichtig hielt wie zum Beispiel Sprungkraft.

Saxo hatte Angst, die Höhle zu betreten. Diese Angst empfand er als lästig. Ein bißchen mehr Mut schadet keinem. Er überwand seine Angst, betrat die Höhle, ging nicht tief hinein, nur so weit, bis ihn Dunkelheit umfing.

«Nein!»

«Jetzt sei doch nicht so ...»

«Nein! Niemals! Ums Verrecken nicht!»

«Aber Clabauta hat gesagt ...»

«Die sagt viel. Sehr viel. Zuviel. Ich brauche keine Liebesgeschichte.»

«Doch, brauchst du. Ich geh dir auch bestimmt nicht auf die Nerven. Dann bin ich eben Teil einer unglücklichen Liebesgeschichte. Hauptsache, ich darf in deiner Nähe sein.»

«Du nervst mich schon jetzt. Und verlieben werde ich mich nie. Schon gar nicht in dich. Und ob deine Nase wirklich so fabelhaft ist, stellt sich erst noch heraus.»

«Ich hab gerade eine Witterung aufgenommen. Das ist Saxo!»

«Echt?» Ich schnüffelte selbst. «In welcher Richtung denn?»

Grippi zeigte nach Norden. «Es ist aber ein zweiter Geruch dabei.»

«Das kommt vielleicht noch von der Fledermauspisse.»

«Fledermauspisse? Das wars, was so gestunken hat auf eurer Fährte? Iiii ...»

«Frag nicht, wenns dich nichts angeht. Geh heim!»

«Unmöglich. Ich bin deine Liebesgeschichte.»

«Quark und Käse. Das ist nur pubertäre Schwärmerei. Hab ich gehört. Das geht vorbei. Wie eine Krankheit.»

Ich trottete los, in die Richtung, die Grippi mir gezeigt hatte. Sie folgte mir wie ein zweiter Schatten. Ich hatte Grippi am Hals. Hörte sich ungesund an.

«Da ist übrigens noch ein dritter Geruch.»

«Was denn?»

«Keine Ahnung. Hab ich noch nie zuvor gerochen. Sehr streng, sehr ... kann man sagen: *schwarz*?»

Saxo fühlte sich viel besser. Die Schmerzen waren längst nicht so schlimm gewesen wie gestern, als sie überraschend kamen. Er fühlte sich jetzt um einiges mutiger als zuvor, vielleicht war er in gleichem Maße schmerzunempfindlicher geworden.

Tolle Sache. Überhaupt fand er das eines der Geheimnisse des Lebens: Alles war toll – in der richtigen Dosierung. Solange man nicht übertrieb, gab es nichts auf dieser schönen Welt, das einen Hund nicht weiterbringen konnte. Saxo bekam Lust, Bäume auszureißen, und nicht etwa kleine Bäumchen, sondern gleich die allerhöchsten Pinien, er streckte sich, bis seine Knöchel knacksten. *Ich bin mächtig,* dachte er. *Unglaublich mächtig und energiegeladen.*

Ein Geräusch. Ah, da war dieser Schlauberger, Kaffeekanne. Wen hatte er denn da dabei? Uff. Diese unansehnliche

Agrippina, ein unscheinbares graues Geschöpf, das aussah, als habe man ihr ein Veilchen geschlagen.

Saxo hatte sie längst verdrängt gehabt. Er dachte angestrengt nach. Warum liefen die beiden hier herum? Ohne seine Erlaubnis?

War das nicht *frech*? Schon. *Sehr* frech. Die beiden benutzten zum Laufen denselben Boden wie er, Saxo, Herrscher des Kosmos. Welch eine Beleidigung und Anmaßung. Sowas konnte ein Herrscher des Kosmos auf keinen Fall kommentarlos durchgehen lassen. Das schrie geradezu nach einer Zurechtweisung. Nach Züchtigung. Saxo schluckte Speichel hinab. Kaffeekanne mußte nicht unbedingt sterben. *Oder? Ach, was solls.* Eigentlich konnten die beiden auf der Welt zu nichts gut sein. Als Futtergetier vielleicht. Ob die beiden stark bluten würden? Wie würden sie innendrin aussehen? Und wie würden sie schmecken? *Ist das alles aufregend!* Mit gefletschten Zähnen rannte der Terrier auf die beiden zu.

Saxo wiederzufinden, erleichterte mich. Wir hatten ja nur gemeinsam eine Chance. Grippi rümpfte angeekelt die Schnauze, und tatsächlich: sobald er näher kam, und er kam rasend schnell näher, roch auch ich den beißenden Gestank, der ihn umwehte.

Saxo grinste. Irgendwie grinste er merkwürdig. Warum stank er so? War er nochmal in der Höhle gewesen? Wozu? Langsam kapierte ich: Das war kein freundliches Grinsen. Saxo setzte zum Sprung an. Ich duckte mich und machte eine Rolle, unter ihm hinweg, rief mehrmals laut seinen Namen, statt den entstandenen Vorteil auszunutzen und ihm in den Rücken zu fallen. Agrippina war sofort ins Innere eines Gebäudes geflohen – eine sehr fragwürdige Taktik. Saxo hätte sie jederzeit verfolgen und totbeißen können. Zu ihrem Glück lag ihm mehr daran, erst einmal mich totzubeißen. Weswegen nur? War er sauer, weil ich ihm vom Käsesandwich nichts aufgehoben hatte?

«Saxo! Wir sind Freunde!»

Saxo stutzte. Hinter seinem vor Mordlust verschleierten Blick arbeitete etwas. Einen Moment lang schien sich seine Umnachtung zu verflüchtigen.

«Freunde?» Er grinste (diesmal grinste er wirklich, es ähnelte beinahe einem Schmunzeln). «Na und? Du kannst dich ruhig wehren, Kaff, es macht viel mehr Spaß, wenn du dich wehrst, nimm bloß keine Rücksicht auf mich.»

«Ich hab dir doch gar nichts getan.»

«Nein, wieso auch? Ich will ja *dir* was tun.»

Das klang beunruhigend logisch. Er mußte großen Hunger haben. In Saxos Augen schimmerte so ein schwarzer Glanz, der kein Glanz war, sondern stumpf. So eine Art Antiglanz. Mattes Glühen, dunkel – besser kann ichs nicht beschreiben.

Er stürzte sich auf mich. Wir kämpften. Anders als gestern, als wir um das Leben des Welpen gekämpft hatten. Völlig anders. Ohne Eleganz. Das war nicht Saxo, das war etwas Grauenhaftes, und dieses Etwas speichelte unnatürlich, brüllte, wie ich es wagen könne, mich seinem Urteil zu widersetzen? Ich wich ihm aus, schmiß mich dahin und dorthin, immer ganz knapp an seinem Gebiß vorbei. Jede Unachtsamkeit hätte zu meinem sofortigen Tod geführt. Umgekehrt galt das nicht. Ich wollte Saxo nicht töten, nur irgendwie kampfunfähig machen. Das ist leicht so hingesagt. Wir wälzten uns im Sand, ich drückte meine Schnauze von unten gegen seine Schnauze, stemmte mich gegen seinen Hals, versuchte ihm die Luft abzudrücken. Er riß mir mit den Schneidezähnen ein Stück Ohr heraus. Es tat nicht arg weh, aber das Appetithäppchen steigerte seine Blutlust nur noch mehr. Speichelfäden hingen ihm vom Maul herab. Mit lautem, genußvollen Schmatzen verschlang er die Beute, wie um zu zeigen, wie sehr er sich auf den Rest freute.

Hemmungen sind, in einem Kampf wie diesem, äußerst hinderlich. Saxo hatte keine mehr, und meine mußte ich erst noch loswerden, wollte ich überleben. Wobei die Frage erlaubt sein muß, ob man unbedingt überleben will, in einer Welt, in der der beste Freund dich so behandelt. Es klingt bestimmt sonderbar, aber genau darüber dachte ich nach, zwischen zwei Sekunden, die den Anschluß aneinander im Getümmel verloren hatten.

Dann ging alles ganz schnell. Plin sprang auf Saxos Rücken, preßte ihn mit seinem Gewicht zu Boden und vergrub sein Gebiß im Nacken des stinkenden Freundes. Ein denkwürdiger Anblick. Dem alten Hampelhund hätte wohl niemand in Pompeii dergleichen zugetraut.

Saxo wirkte nicht nur überrascht und geschockt, er wirkte chancenlos. Plin drückte ihn auf den Boden und hätte ihm jederzeit den finalen Genickbiß versetzen können. Warum er es nicht tat? Grippi kam aus ihrem Versteck geschlurft. Beugte sich über den im Staub liegenden Saxo und leckte dessen Augen. Lieber Himmel! Was war das für eine eklige Folter? Mir wurde ganz mulmig.

Es zeigte aber Wirkung. Saxos Pfoten scharrten nicht mehr, beruhigten sich. Er rollte, schwach geworden, zur Seite. Ließ alles mit sich geschehen. Und Plin ließ ihn los.

Einfach los. Saxo schlief. Schwer zu glauben, aber er war von einem Moment auf den anderen eingeschlafen.

«Die Wirkung läßt jetzt nach. Er war wohl nicht sehr lange in der Höhle.» Sagte Plin und sah mich aufmunternd an.

«Bald wird er wieder beinahe der Alte sein. Du darfst ihn nur nicht noch einmal allein in die Höhle gehen lassen, hörst du, Kaffeekanne?»

«Gut.» Ich hätte mich wohl zu einem *Danke, Plin* durchringen sollen. Fiel mir später ein.

«Ihr hattet Glück, daß ich zufällig hier war. Diese Fledermäuse sind keine normalen Fledermäuse. Sie verteidigen die Höhle, und der Mut, den sie einem verleihen, ist in Wahrheit Wahnsinn. Geht bitte nicht wieder in die Höhle, bevor ihr dazu gezwungen seid.»

Plin setzte diesen senil-überlegenen Blick auf, als wüßte er viel mehr, als er momentan preisgeben durfte. Das kam so gönnerisch daher, so altersweise. Was sollte uns je zwingen, diese Höhle noch einmal zu betreten? Ich hätte Plin fragen können, wollte mich aber nicht bei ihm anbiedern.

«Ich hätte dich gern unterrichtet, Kaffeekanne. Du bist begabt. Aber man kann niemanden zwingen. Saxo wird wieder dein Freund sein, wenn er aufwacht. Agrippina kann dir nutzen, auch sie ist begabt, das wirst du noch begreifen. Solltet ihr je in Not geraten, sucht die Villa der Mysterien. Ich muß mich, fürchte ich, aus dem Kommenden heraushalten. Das Entscheidende findet immer ohne einen selbst statt, leider. So lautet nun mal das Prinzip der Zukunft.»

Plin belud Grippi und mich mit einem wehmütigen Blick, dann schlich er seufzend fort.

Verdammt. Man kam sich neben ihm so unreif vor. Ich fragte Grippi, ob etwa *sie* den Alten zu Hilfe gerufen hätte. Sie verneinte. Er habe ihr nur den Trick verraten, Saxos Augen zu lecken, wovon ihr jetzt noch ganz schlecht sei. Sie wäre nicht freiwillig hier, sagte sie, wäre längst nach Hause gegangen, wäre da nicht ihre bedingungslose Liebe zu mir, auf die ich immer vertrau–

«Jaja, schon gut! Behalt das für dich.»

Ich weiß übrigens nicht, wie er das gemacht hat, aber dort, wo Plin eben noch gesessen hatte, lagen einige Erdnußflips, eine halbe Jagdwurst und zwei Äpfel. Saxo erwachte, schüttelte sich, blinzelte und machte sich diskussionslos über das Essen her.

«Grippi? Was machst *du* hier? Ah, ich bin sowas von hungrig. Weißt du, Kaff, ich hab 'ne Idee. Wie wärs, wenn wir nochmal in die Höhle gehen und ein bißchen Mut tanken?»

Das war wirklich wieder der alte Saxo. Wir mußten ihm erzählen, was passiert war. Er glaubte uns lange kein Wort. Ich zeigte auf mein Ohr, zeigte auf die Blutreste an seiner Schnauze.

Das ganze schöne Essen. Welche Verschwendung. Das ganze schöne Essen kam ihm wieder hoch. Als wir zuletzt das mit dem Augenlecken erwähnten, kam nochmal was nach.

VI

Normalerweise hätte kein lebendes Tier je von den Geisterhunden erfahren. Zwar existierten sie in den Köpfen der höherentwickelten Tiere Pompeiis, aber fast ausschließlich als Redensart, Ammenmärchen oder Drohinstrument für widerspenstigen Nachwuchs. Nur der alte Plin schien an sie mehr oder weniger ernsthaft zu glauben, aber das hing vielleicht mehr mit seinem niedrigen Blutzuckerspiegel zusammen als mit echten Erfahrungswerten. Nahe am Jenseits glaubt man ans Jenseits, oder arrangiert sich damit. Kein Hund weit und breit konnte von sich behaupten, daß Geisterhunde ihn je belästigt hätten. Allerdings braucht es weder Glauben noch Erfahrung, um Gespenstergeschichten reizvoll zu finden, und die Hunde in Pompeii erzählten einander gerne Gespenstergeschichten. Die einen erzählten sie, um sich vor den anderen interessant zu machen, die Großen erzählten sie, um die Kleinen am nächtlichen Streunen zu hindern, und manche erzählten sie einfach nur aus Leidenschaft am Erzählen, mit immer neuen Ausschmückungen. Wie immer, wenn viel erzählt wird, entsteht so etwas wie ein winziger wahrer Kern, um den herum der Rest erfunden sein mußte. Denn daß das alles aus dem Nichts oder der Phantasie heraus entstanden sein konnte, schien zunehmend unwahrscheinlich. Von daher tendierten immer mehr Hunde zu der Annahme, es habe irgendwann vielleicht Geisterhunde gegeben.

Saxo deutete auf die Hundebisquits am Wegrand und klagte über Hunger. Die steinharten, mit Rosinen gespickten Bisquits waren Todeskuchen, die der Hundefänger ausgelegt hatte.

«Vielleicht sind gar nicht alle giftig. Vielleicht ist nur jeder fünfte oder so giftig, das wäre doch viel schlauer ...»

«Wieso?»

«Naja, jeder noch so dumme Hund weiß inzwischen, daß man das Zeug nicht fressen darf. Aber wenn man vier von fünfen *doch* fressen dürfte – das wäre in unserer Situation ein annehmbares Risiko. Finde ich.»

«Du redest wirres Zeug, Saxo.»

So wirr sei das gar nicht, meinte Grippi. Sie drängte sich zwischen uns und behauptete, daß die Bisquits nur auf einer Seite mit Gift bestrichen seien. Ihre feine Nase könne leicht herausfinden, welche Seite das wäre, die andere könne man relativ gefahrlos verspeisen.

«Ja, Grippi, das ist gut, mach das!» Saxo reagierte entzückt.

«Laß es!» sagte ich. Ziemlich barsch. Und Grippi zog prompt falsche Schlüsse, lächelte mich an. Als würde ich mir um sie Sorgen machen.

Wir schlichen durch wildbebuschtes Gelände, in das sich Touristen selten verirren. Es gab auch kaum Mülltonnen, die man durchwühlen konnte, und wenn, boten sie nichts Eßbares. Grippi fragte, warum es so sehr unter unserer Würde wäre, zu Plin zu gehen und ihn um Hilfe zu bitten. Sie verstand das nicht. So ganz genau verstand ich es selbst nicht. Aber ich hätte mir lieber mein Rückgrat brechen lassen als meinen Stolz.

Clabauta war das einzige lebendige Wesen in Pompeii, das fähig war, Kontakt zu den Geisterhunden zu knüpfen. Zu diesem Zweck mußte sie von einem seltenen Pilz essen, der bei Menschen im günstigsten Fall starke Halluzinationen hervorruft. Bei Hunden hätte der Genuß dieses Pilzes zu Lähmungserscheinungen und Wahnsinn bis hin zum völligen Kreislaufversagen geführt, aber Clabautas körpereigenes Gift verband sich mit dem Pilz zu einer ganz eigenartigen Wirkung. Sie sah Farben, die es gab, viel bunter, als sie waren, und sah darüber hinaus andere Farben, die normalerweise zu schüchtern waren, um in Erscheinung zu treten. Sie hörte auch Stimmen, die, von keinerlei Atem verstärkt, viel zu dünn und leise waren, um von Lebenden verstanden zu werden.

Die Geisterhunde hatten anfangs wenig Interesse an Clabauta. Eine Schlange, zumal eine besonders giftige, rief uralte Abwehrinstinkte in ihnen hervor. Keiner wußte, wozu es gut sein sollte, daß ein Reptil Zutritt in ihre jenseitige Welt gefunden hatte.

Vor uns im Mondlicht, nahe am Nordzaun, am Ostende der Via Nola, saß ein sehr zotteliger Hund. Keiner von uns hatte ihn je gesehen. Er machte weder Anstalten zu fliehen noch anzugreifen. Mit schwachem Interesse sah er uns näher kommen. Erst als wir nur noch zwanzig Meter entfernt waren, begann er zu knurren. Nicht wie jemand knurrt, der sich gestört fühlt. Eher wie jemand, der auf einen schon gewartet hat.

«Na los! Ich tu euch schon nichts. Ist doch jedesmal dasselbe mit euch.» Was meinte er damit? «Na kommt schon! Ihr seid doch aus Ferox' Bande! Bis auf die da, die kenn ich nicht, aber euch zwei, euch kenn ich. Das hat die Runde gemacht. Und irgendwann landen alle bei mir. Weil sie nicht wissen, wohin.»

«Wer bist du denn?»

Der zottelige alte Hund suchte sein Fell nach Parasiten ab. «Agricola. Nennt mich Cola, das klingt prickelnder.»

«Bist du ein Outlaw?»

«Jeder ist auf seine Weise fromm, heißt es irgendwo, und jeder lebt, so gut er kann. Ich habe eine Melone und Zucchini. Bedient euch.»

Agricola lebte, wie er mitteilte, von Feldfrüchten, die er auf den Äckern jenseits des Zaunes fand beziehungsweise stahl. Er sei ein vegetarischer Hund, wobei keiner von uns wußte, was vegetarisch war, aber es klang majestätisch. Mit soviel Hunger im Bauch fraßen wir alles, was er uns anbot. Sogar die Zucchini.

«Wißt ihr, jedes Jahr verliert Ferox solche wie euch. Immer gibt es ein paar, die gegen seine Herrschaft anstinken und umherirren, auf der Suche nach einem neuen Platz für sich. Nur – soviel Platz gibt es gar nicht, wie notwendig wäre, damit alle in Frieden leben. Meistens erwischt Ferox die Flüchtlinge im Schlaf und beißt ihre Kehlen durch. Wenn ich euch einen Rat geben darf: Sucht euer Heil in Außenwelt, es gibt Löcher unter dem Zaun, kriecht da durch! Manche Bauern im Umland haben ein weiches Herz und können einen, manchmal sogar zwei Hunde gebrauchen. Oder lauft weiter, je weiter ihr von Pompeii weg seid, desto besser für euch. Gewöhnt euch an fleischlose Nahrung, dann findet ihr mehr zu fressen. Meidet die Städte. Die Städte sind ein leeres Versprechen. Und jetzt still! Hört ihr den Gesang?»

Der Gesang war Saxo und mir nur allzu vertraut. Wir kannten jede einzelne Strophe, bis auf die letzte, die neu war.

Kaffeekanne töten. Saxo töten. Beide töten, Saxo wie auch Kaffeekanne. Nicht besonders einfallsreich, aber eingängig und rhythmisch prägnant.

«Sie werden euch bald suchen. Wir sollten uns verstecken, bevor wir schlafen.»

Na gut. Niemand erhob Einspruch. Cola humpelte uns voraus, er war wohl noch älter als Plin, und ich wunderte mich, wie er es als Einzelgänger geschafft hatte, so lange zu überleben. Dazu ohne Fleisch. Er mußte exzellente Verstecke kennen. Irgendetwas störte mich an ihm, blieb zwielichtig. Kann sein, daß es nur sein hohes Alter war, dem die Jugend ja meistens instinktiv aus dem Weg geht. Oft unbegründet und ungerecht, sicher, aber Cola entsprach nun mal absolut nicht meiner, wie soll ich sagen – *heroisch* geprägten Vorstellung eines freien, gesetzlosen Hundes.

Was war das für ein Leben – Melonen fressen, die einen nur für Minuten sättigen, und sich von einem Versteck zum anderen schleppen. Wenig verlockend. Wenn so das Alter aussah, konnte es mir gestohlen bleiben.

Wo die Villa der Mysterien läge, fragte ich ihn.

«Wozu willst du das wissen?»

«Plin meinte, wenn wir in Not seien, sollten wir dort hingehen.»

«So. Meinte er. Weißt du überhaupt, was Mysterien sind?»

«Nein.»

Wir warteten darauf, daß Cola es uns erklärte. Aber er murmelte nur, daß diese Villa außerhalb des Zaunes liege, am Ende der Gräberstraße. Land, das den Toten gehöre. Unheimliches Gebiet. Da gebe es Füchse. Sogar Katzen.

Cola stieg in Sichtweite des Zauns über eine Böschung.

Dahinter, verborgen von krumm gewachsenen Feigenbäumen, zeigte er uns eine in den Hügel gegrabene Mulde. Dort seien wir sicher für die Nacht. Er selbst zog es vor, außerhalb des Zaunes zu schlafen. Und stellte uns für das Frühstück Auberginen und Süßkartoffeln in Aussicht.

«Was sind Auberginen?», fragte Grippi.

«Was sind Katzen?», fragte Saxo.

Irgendwann begriffen einige Geisterhunde, daß in Pompeii Dinge vorgingen, die sich weder allein auf die Welt der Lebenden noch auf die der Toten beschränkten. Sie lernten, daß es eine Art dritter Zone gab, die sich nicht so klar einordnen ließ. Fortan änderten sie ihr Verhalten und nahmen Einfluß auf das Reich der Lebenden, ohne daß selbst Clabauta hätte sagen können, in welcher Weise genau. Und welchen Sinn das besaß.

Ich träumte wieder. Der Traum schloß exakt an dem Punkt an, an dem Grippi ihn vor etlichen Stunden unterbrochen und mich aus dem Schlaf gerüttelt hatte. Eine Traumstimme rief: *Endlich!*

Klingt bestimmt merkwürdig, aber der Traum oder irgendetwas aus diesem Traum tat angeödet, weil *er* oder *es* so lange auf mich hatte warten müssen. Wieder tauchte diese Kreatur auf, schemenhaft. Hundeähnlich. Das Ding bekam vier Beine und zwei Ohren. Bald danach eine Schnauze. Und einen Brustkorb. Es *war* ein Hund, der mir entfernt ähnlich sah. Anders gesagt, er sah mir immer ähnlicher, sogar sehr ähnlich, nur irgendwie – entfernt. Schwer, das in Worten auszudrücken. Jemand rüttelte mich. Der Hund aus meinem Traum sagte: «Oh, nein, bitte nicht schon wieder! So ein Mist!»

«Es ist kalt», flüsterte Grippi, «darf ich mich an dich kuscheln?»

«Schlaf! Unterbrich mich nicht dauernd!»

Sie schmollte und bat um Verzeihung. Gleichzeitig. Mädchen können das. Dabei war es überhaupt nicht kalt. Im August.

Clabauta lernte gewisse Dinge über die Schattenwelt. Sich darin zu bewegen war ihr nicht möglich. Sie nahm die Schattenwelt über ihren Kopf wahr, konnte etwas sehen und etwas hören, konnte sich sogar irgendwie verständlich machen, auf eine fast telepathische Weise. Mit der Zeit half ihr das dabei, in den Gedanken lebender Tiere zu lesen, aber nur, solange sie noch jung waren, auch dann nur in groben Zügen, keineswegs silbengetreu oder auf Punkt und Komma genau. Kein Hund griff Clabauta je an, nicht mal ein besonders dummer. Die Viper pflanzte eine Art Blockade in ihre Köpfe, die ihnen einen Angriff unsinnig erscheinen ließ. Sie lebte in Frieden, jagte Mäuse und aß von dem seltenen Pilz, den sie in der Sonne trocknete und in einer Mauerspalte aufbewahrte. Sie hörte gerüchteweise von gewissen Entwicklungen, die den Geisterhunden Sorgen bereiteten, erfuhr aber nichts Näheres.

Dann passierte das Malheur mit Kaffeekanne, der versehentlich auf sie sprang, den sie versehentlich biß, und der – vielleicht versehentlich, vielleicht auch nicht – ihren Biß überlebte.

«Haben wirs nun endlich? Kannst du mal für ein paar Minuten ungestört träumen, ohne daß dich dauernd jemand wecken kommt? Jaja, du kannst nichts dafür, ich weiß, aber ich habe eben auch nicht unbegrenzt Zeit. Falsch. Ich *habe* unbegrenzt Zeit, aber die möchte ich verschwenden wie es *mir* paßt, alles klar?»

«Nein. Gar nicht.»

Der Hund, der mir entfernt ähnlich sah, sagte: «Komm ich dir bekannt vor? Ja? Du kennst mich von früher. Wir waren mal ziemlich eng, wir zwei. Ich bin der tote Teil deines Ichs. Der sich von dir verabschiedet hat, als du mit Clabautas Gift im Leib im Sterben lagst. Keine Angst, mir geht es gut, ich kann mich beschäftigen. Es ist recht interessant. Ich schwirre hier und da herum und kundschafte, und wenn du träumst, kann ich Verbindung mit dir aufnehmen. Wenn du ein bißchen übst, kannst du mich sogar im Wachzustand hören. Wohlgemerkt: hören. *Sehen* kannst du mich nur im Traum, sonst nicht, oder nur ganz schwach, es sei denn, du würdest gewisse Pilze fressen. Das laß mal lieber. Also, weil wir früher mal zusammen waren, bin ich auf deiner Seite. Aber ich bin nicht etwa dein Laufbursche, kapiert?»

Der tote Teil meines Ichs wirkte eher unsympathisch. Das paßte so gar nicht zu mir. Was wollte er bloß?

«Was ich will? Was hättest du zu bieten? Ah, da fällt dir wenig ein. Sagen wir so: Ich könnte dir nützlich sein, sehr nützlich. Durch mich würdest du zu was Besonderem werden. Es gibt nicht arg viele Hunde, die dem Tod so nahe waren wie du. Die sozusagen einen Teil von sich vorgeschickt haben, hierher ins dunkle Reich. Dabei ist es gar nicht sooo dunkel, nur anfangs, man lernt schnell, auf andere Weise zu sehen. Gibt nette Gesellschaft hier. Mehr oder weniger nett. Kommt drauf an. Im Allgemeinen sind die Geisterhunde ganz freundlich.»

«Bist du auch ein – Geisterhund?»

«Na klar. Naja. Hmm. Darüber wird gestritten. Ich empfinde mich als erstklassigen Geisterhund. Manche tun das nicht, die behandeln mich wie einen Jenseitstouristen, wie nichts Halbes und nichts Ganzes, weder Fisch noch Fleisch. Ich kann dir sagen, das ist schon eine blöde Sache: Warum hast du dich damals so gegen dein Sterben gewehrt? Jedenfalls bin ich ein vollwertiges Wesen, auch wenn du mich auf gewisse Weise im Stich gelassen hast, gut, wir wollen nicht in geheilten Wunden wühlen, was wollte ich sagen?»

«Keine Ahnung.»

«Sagen wir so: Alles ist irgendwie mit allem verbunden. Ach nein, das hört sich so beliebig an. Anders gesagt: Es gibt Geisterhunde, die ein Interesse an dir haben. Die, aus welchem Grund auch immer, glauben, du hättest eine *Mission* oder sowas. Daneben gibt es eine Geisterhündin, an der *ich* ein Interesse habe. Die Liebe stirbt nie, mußt du wissen. Da kommst du schon noch dahinter. Bist du verwirrt? Ja, du bist verwirrt. Es ist auch verwirrend. Zugegeben. Komm mit, ich zeig dir was.»

«Muß ich dazu aufwachen?»

«Unsinn. Das ist ein Traum. Wir können uns mit traumhafter Geschwindigkeit bewegen. Halt dich an mir fest. Selbstverständlich kannst du dich nicht wirklich an mir festhalten, ich bestehe durch und durch aus Geist, aber stell es dir einfach vor. So als Eselsbrücke.»

Ich hielt mich – irgendwie, man frage mich nicht, wie genau – am toten Teil meines Ichs fest, und wir gelangten übergangslos in einen finsteren überdachten Raum, der schon bald so finster nicht mehr war. Meine Augen begannen mit den Augen meines toten Ichs zu sehen. Ohne daß Licht notwendig gewesen wäre.

In der Mitte dieses Raumes standen mehrere Vitrinen voller grob und wulstig geformter Skulpturen von Menschen, die Hände vor ihren Gesichtern, die Hände schützend über den Kopf, oder den Kopf zwischen die Knie gepresst. Derlei Skulpturen gab es an mehreren Stellen in Pompeii. Plin hatte gemeint, das sei moderne Kunst und müsse uns weiter nicht kümmern.

Wir befanden uns in den sogenannten *Thermen*, ein alter Name für Badeanstalten. Jene Gebäude nahe dem Forum zu betreten war uns einheimischen Hunden verboten.

Ich kannte sie aus den knappen Erzählungen von angeleinten Touristenhunden, die berichteten, es sei drinnen angenehm kühl gewesen. Ein gruseliger Ort. Auf den Skulpturen schliefen, eingerollt in die Gipswölbungen, Geisterhunde. Die ersten, die ich zu Gesicht bekam. Ihre Erscheinung glich einem schwachen grauen Flimmern.

«Da sind wir», erklärte der tote Teil meines Ichs, im Flüsterton.

«Warum flüsterst du? Und warum hallt deine Stimme? Wenn das nur ein Traum ist.»

«Klugscheißer! Weil ich in deinen hohlen Schädel hineinrede! Nein, aus Respekt. Oder glaubst du, man müsse im Traum vor nichts mehr Respekt haben?»

«Ist ja gut, mußt nicht gleich brüllen.»

«Die Figuren aus Gips sind Umrisse von Menschen, die bei der Katastrophe vor langer Zeit ums Leben kamen. Sie wurden unter der glühenden Asche begraben, die der Vesuv damals ausgespuckt hat. Es war ein tödlicher Ascheregen, verbunden mit Strömen heißer Gase, vor denen es kein Entrinnen gab. Das Fleisch jener unglücklichen Menschen zerfiel nach und nach, bis aufs Skelett. Die entstandenen Hohlräume wurden Jahrhunderte später von Archäologen mit Gips ausgegossen. So erhielt man plastische Abdrücke dieser Leichen, wie sie aussahen, im Moment, als sie starben. Gut, es sind nur Menschen gewesen, aber es ist doch berührend. Findest du nicht? Schau dir das Kind an, das neben seiner Mutter liegt. Man kann sogar seine Zehenknochen herausspitzen sehen am Fußende. Tja. Was ich dir sagen will: Menschen pfeifen im Allgemeinen auf tote Hunde. Umgekehrt gilt das weniger. Hunde sind nun mal – leider – treue Seelen. Viele pompeiianische Hunde harrten damals bei ihren Besitzern aus, blieben in ihrer Nähe, starben mit ihnen. Und irgendwann in den vielen Jahrhunderten unter der meterhohen, hartgewordenen Asche, verkümmerten ihre Seelen, vergaßen oder verlernten, nach oben in den freien Himmel zu entweichen. Aus diesem Grund laufen sie noch immer hier herum, Tag und Nacht, Gespenster, festgehalten wie von einem Bann. Laufen ohne Ziel durch die Ewigkeit, sofern sie nicht gerade schlafen, wie diese Exemplare da. Was sie eigentlich nicht nötig hätten, ihr Schlaf ist eine Illusion, die die Ewigkeit verkürzen hilft. Du kannst sie sehen. Du *darfst* sie sehen. Weil du mich hast. Und welcher lebende Hund hat schon sowas wie mich? Keiner. Daraus sollten wir zusammen etwas machen. He! Wo willst du hin?»

Ich erwachte. Grippis warmen Atem am Ohr. Sie schlief unruhig, rümpfte die Nase. Saxo schnarchte bestialisch. Und irgendwo in der Nähe war die Stimme von Ferox zu hören.

Ich hielt Saxo die Schnauze zu. Er begriff, sobald er die Augen öffnete.

Wir bewegten keinen Muskel. Die Fledermauspisse hatte letztlich etwas Gutes bewirkt. Wir dünsteten wenig Angst aus. Unsere Angst hätte Ferox sicher gewittert. Nach einiger Zeit herrschte ringsum Ruhe. Grippi verschlief die Gefahr, aber anhand ihrer Nase, die sich nicht mehr bewegte, konnten wir sicher sein, daß Ferox für diese Nacht die Suche nach uns eingestellt hatte.

VII

Als die Geisterhunde von Kaffeekannes wundersamer Genesung erfuhren, wurden sie neugierig, befahlen Clabauta, künftig ein Auge auf den jungen Hund zu haben. Die Schlange gehorchte und rettete ihn vor Ferox' Willkür. Sie befahlen ihr auch, Agrippina, ein talentiertes junges Mädchen, mit einem hypnotischen Liebeszauber zu belegen, damit sie Kaffeekanne nicht mehr von der Seite wich. Denn dessen Geruchssinn sei mittelmäßig und bedürfe weiblicher Unterstützung. Gewisse Geisterhunde schienen sich von dem Mischling mit dem unmöglichen Namen irgendetwas zu versprechen.

Cola kehrte bis zum Mittag nicht zurück. Nichts mit Frühstück, nichts mit Auberginen, nichts mit Süßkartoffeln. Wir hatten uns zwischendurch ein neues Versteck gesucht, waren erwachsen genug, um gegen jeden mißtrauisch zu sein. Wir verdächtigten den Zottel sogar, uns an Ferox verraten zu haben. Später hieß es gerüchteweise, ein Bauer, dessen Kiwifeld ständig geplündert worden sei, habe Cola abgeknallt und als Vogelscheuche auf einen Spazierstock gespießt. Den Glauben an fleischlose Kost hat er uns nicht nahebringen können. Über meinen Traum erzählte ich nichts. Grippi und Saxo hätten vermutlich gesagt, daß es nur ein Traum gewesen sei. Und das stimmt ja auch.

Wir liefen in westlicher Richtung am Nordzaun entlang. Dieser Weg zur Villa der Mysterien war der kürzeste und führte über Ferox' Herrschaftsgebiet, aber bei Tag konnte man davon ausgehen, daß er und seine Leute dösten. Grippi schlug des öfteren Alarm, ihr beeindruckendes Näschen reagierte auf feinste Duftmarken. Wir kamen nur langsam vorwärts. Warum war Clabauta nicht hier, um uns zu unterstützen? Selbst von Plin hätte ich inzwischen Hilfe angenommen, wenn auch mit vorgetäuschtem Widerwillen. Wir trafen zwei Touristen, die Picknick machten und schmusten. Das Weibchen hielt beide Arme vor ihre Zitzen, das Männchen warf uns laut fluchend ein Stück Brot zu. Um noch mehr zu fordern, fehlte es uns an schlechtem Charakter.

Es gab hier schattenspendende Bäume, freigelegte Häuser gab es nicht. Der Hunger tobte in unseren Bäuchen. Wir versuchten, ein Kaninchen einzukreisen. Zu dritt ein Kaninchen einzukreisen, wo es ja vier Himmelsrichtungen gibt, ist für entkräftete Hunde eine frustrierende Angelegenheit. Mücken tanzten vor unseren Augen. Herabbrennende Sonne. Zum Hunger kam Durst. Ein teuflisches Paar. Weit und breit keine Pfütze, in die wir unsere trockenen Zungen hätten tunken können. Am Südzaun stellten nette Menschen immer wieder mal einen Eimer Wasser für durstige Hunde bereit. Am Nordzaun gab es nichts dergleichen. Wie köstlich naß war die Melone gewesen. Es mußte in der Nähe welche geben. Wo die Schlupflöcher waren, die unter dem Zaun hindurchführten, wußten wir nicht, und die sichtbaren Äcker jenseits des Zaunes lagen brach oder trugen gelben Raps, dessen aufdringlicher Geruch Grippis Nase kitzelte. Sie schniefte bald und mußte niesen. Erklärte, daß sie unter solchen Umständen außerstande sei, nahende Gefahren zu wittern. Wir rasteten, eng zusammengekauert, im Schatten einer Zwergzypresse, und ich versuchte einzuschlafen, um den toten Teil meines Ichs um Rat zu fragen. Das war gar nicht so einfach. Mein Mund war trocken, meine Augen brannten, Saxo schnarchte.

Eine milde Aue. Idyllisches Licht. Gebirgsbäche plätscherten, glitzerndes Wasser ergoß sich kühl in eine Wiese voll weich-zartem Gras. Der Hirsch sah nicht aus, als sei er zu fanatischer Gegenwehr fähig. Die Vorstellung flimmerte mir vor den Augen, so lebhaft, so verlockend, ein intensives Gefühl überkam mich, es mußte dem ähneln, was uns Ferox als höchstmögliche Daseinsform der Besserwölfe, als ungehemmten Blutrausch geschildert hatte. Wir drei sahen verändert aus, vielleicht so, wie unsere Ahnen vor Jahrtausenden ausgesehen hatten. Und obwohl ich einer von den dreien war, konnte ich mir von außen zusehen, genoß das Schauspiel zugleich als Zuschauer wie als Hauptdarsteller.

Etwas in uns gab das Signal zum Angriff. Wir flogen über die Wiese, keinen Augenblick später hingen wir an dem um Gnade blökenden Hirsch und bohrten unsere Zähne in sein Fell.

Gigantisch war das. Auf grandiose Weise gesetzlos. Aus den Wunden tropfte, spritzte und dampfte es, ich fraß und trank, frisch freigelegtes Wildfleisch schimmerte klaffend rot im Sonnenlicht, und der Triumph, dieses Tier zu Boden zu zwingen, seines Atems zu berauben, war mit nichts vergleichbar.

Dabei hatte ich in meinem Leben keinen Hirsch je gesehen und hätte es wohl auch nie. Unter normalen Umständen. Woher wußte ich bloß, wie dieses wohlschmeckende Tier genannt wurde?

«Urinstinkte», kommentierte der tote Teil meines Ichs, «Erinnerungen. Genieß sie. Im Traum hast du manchmal Kontakt mit der Vergangenheit. Ist der Hunger groß, ist der

Wolf in dir nicht weit entfernt. Genaugenommen ist er nie weit entfernt, weil in dir drin. Unser gemeinsamer Urahn muß wohl als Jagdhund gedient haben. Vielleicht war diesen Hirsch zu reißen der Höhepunkt seiner Biographie, und du tauchst in seine Erinnerung ein wie in einen Speicher schöner Träume. Übrigens –»

«Kaff?» Saxo rüttelte mich. Ende Traum.

«Was?»

«Du sahst so weggetreten aus. Hast gesabbert und gegrunzt. Gehts dir gut? Grippi hat was gewittert.»

«Was denn, verdammt?» Ich klang bestimmt unfreundlich. So blutig mein Traum gewesen war, er hatte etwas sehr Befriedigendes gehabt, Erregendes. Grippi, die einige Meter weiter auf einem Felsvorsprung hockte und ihre immer noch verschnupfte Nase in die Luft hob, zog ein verwundertes Gesicht.

«Ich rieche Cinna hier irgendwo.»

«Cinna? Was sollte der hier verloren haben? Das ist Territorium von Ferox.»

«Wie recht du immer hast, Herzkerlchen.» Grippi versuchte, meine Nase zu küssen. «Aber ich täusche mich nicht. Das ist Cinna!»

Wir debattierten. An Grippis Nase zu zweifeln gab es trotz ihrer Verschnupftheit keinen Grund. Cinna befand sich in Gefahr. Vielleicht hatte Plin ihn mit einer Botschaft zu uns geschickt. Wir hatten Sorgen genug, und keinem war Cinna sonderlich sympathisch. Saxo schlug vor, daß wir uns ja mal umsehen könnten. Womöglich war Cinna ein kommender Verbündeter, mit dem zusammen sich Kaninchen erfolgreicher einkreisen ließen. Wir mußten um jeden neuen Gefährten froh sein.

Grippi wies uns den Weg. Er führte vom Nordzaun weg, direkt in Richtung von Ferox' Hauptquartier.

Der tote Teil von Kaffeekanne fand sich sehr in Ordnung. Fand es angenehm hier, er fror nicht, schwitzte nicht, hatte nie Durst und höchstens mal Phantomhunger, wenn es aus dem Schnellrestaurant nach gegrilltem Hackfleisch roch. Er war wie mit Siebenmeilenstiefeln unterwegs, konnte sogar über wellengepeitschtes Meer laufen oder durch das Feuer eines Waldbrands. Er hatte keine Lust, mit dem noch lebenden Kaffeekanne je wiedervereinigt und in eine ungewisse Zukunft entlassen zu werden; wohl in erster Linie deshalb half er ihm – um jenen leider wohl unausweichlichen Moment möglichst lange hinauszuzögern.

Der tote Teil von Kaffeekanne verhielt sich einfach nicht so, wie es die Totenwürde stillschweigend verlangt. Um es deutlicher zu sagen: Der tote Teil von Kaffeekanne galt bei den Geisterhunden als unreif. Als Jenseitstourist, als Unfall der Natur, als Emporkömmling.

Ihm war zum Beispiel manchmal langweilig. Langeweile hätte ein Geisterhund als Kinderkrankheit empfunden. Oder er gab mit seiner blühenden Jugend an, was nun wirklich lächerlich war. Oder er klagte über Einsamkeit und verguckte sich in eine adrette Geisterhündin namens Xenia. Was Xenia als lästig und unpassend empfand, und nicht nur sie.

Der tote Teil von Kaffeekanne war eine pubertäre Nervensäge, wurde von den Geisterhunden geschnitten und wie Luft behandelt. Bis sich herausstellte, daß den toten Teil von Kaffeekanne mit dem lebenden Teil eine Art letzte Brücke verband: der Traum.

Keine dreihundert Meter mußten wir zurücklegen.

Cinna hockte mit gespitzten Ohren zwischen Nero und Leo, den beiden schärfsten von Ferox' Kapos. Cinna sah nicht mehr aus wie das hübsche Hündchen, das bei den Touristen so beliebt gewesen war und aufgrund seiner von Natur aus schlanken Taille bedauert und für halb verhungert gehalten wurde. Cinna war gewachsen, hatte den niedlichen Zug ums Maul verloren. Sein Kopf war länglich geworden, als hätte jemand zu lange an seiner Schnauze gezogen. Die dünnen Beine wirkten nun noch dünner und staksiger als zuvor, seine gesamte Erscheinung machte einen wackligen Eindruck, als könne jeder Windstoß ihn umwerfen.

Gleich werden sie ihn foltern, dachte ich. Was war dagegen zu unternehmen? Eine Antwort hätte vielleicht der allwissende Wind gewußt, hätte nicht Windstille geherrscht. Und selbst der allwissende Wind hätte in diesem Fall wohl gesagt: *Leider, leider nichts. Da gibt es nichts zu unternehmen. Pech gehabt.* Auch zu dritt wären wir gegen die beiden Kapos chancenlos gewesen.

Die Folter ließ auf sich warten.

Nero und Leo fauchten etwas in Cinnas Ohren, der eine von links, der andere von rechts. Wir kannten das gut. Das war überhaupt keine Folter. Cinna wurde ausgebildet. Zum Besserwolf erzogen.

Saxo und ich wechselten erstaunte Blicke. Was fanden die Kapos an einer solchen Bohnenstange erziehenswert? Früher wäre eine halbe Portion wie diese sofort durchs Musterungsraster gefallen. Anscheinend nahm Ferox inzwischen jeden in seine Bande auf. Wir sahen dem Unterricht aus sicherer Entfernung zu, hinter Sträuchern versteckt. Nero gab einen Befehl. Cinna rannte los, irgendwohin, kreuz und quer. Wie ein Verrückter. Saxo hatte Mühe, nicht zu lachen. Cinna, der Kläffer von der schmalen Gestalt, rannte über einen sanften Hügel, japste, hechelte, warf sich hin und her – das sah schon reichlich komisch aus, fast schämten wir uns, dem zuzusehen.

Plötzlich lief da noch was durch die Gegend. Ein brauner Fleck. Ein Kaninchen. Es lief nicht lange. Schlug Haken, einen nach dem anderen, aber Cinna schlug ebenfalls Haken, alle, die das Kaninchen schlug und sogar ein paar mehr. Mit bloßem Auge kaum zu verfolgen. Dann begrub er das Tier unter sich, bohrte sein Gebiß in den Nacken des Kaninchens. Das strampelte kurz, ließ danach alle Viere leblos hängen. Cinna schüttelte es nochmal, trug die Beute zu den begeisterten Kapos, legte sie vor ihnen ab und verbeugte sich.

«Der Junge ist gut», sagte Nero. «Sowas hatten wir lange nicht.»

«Ja», stimmte Leo zu, «sowas haben wir gebraucht.»

Ich war eingestandenermaßen beeindruckt. Vielleicht sogar ein wenig neidisch. Saxo betrachtete deprimiert seine eigenen kurzen krummen Beinchen. Cinna stieß ein seliges Siegesgeheul aus und wurde von den Kapos getätschelt. Während wir uns schweigend zurückzogen, sangen Leo, Nero und Cinna noch ein mehrstimmiges Schmählied, in dem es dreiunddreißig (!) Strophen lang darum ging, wie wir gefoltert und allergründlichst vertrieben werden sollten.

VIII

Geisterhunde verfügen üblicherweise über eine sehr begrenzte Macht. Sind vom Reich der Lebendigen durch jene Mauer getrennt, die der Tod ein für allemal hochzieht. Anders liegen die Dinge, wenn es eine Art Tunnel oder Brücke ins Diesseits gibt. Der tote Teil des an sich unbedeutenden Hundes mit dem Namen Kaffeekanne stellte eine solche Brücke dar, konnte, ähnlich wie Clabauta, als Medium oder Herold verwendet werden. Sofern er kooperierte.

Xenia nahm die Angelegenheit für so wichtig, um dem für sie hoffnungslos Schwärmenden einen gemeinsamen Spaziergang in Aussicht zu stellen. Als Gegenleistung für seine Mitarbeit. Jedes aufmerksamere Wesen als ein abgestorbenes hätte spätestens aufgrund dessen begriffen, wie ernst die Lage schon sein mußte.

Es gab etliche Geisterhunde, die sich keinen Deut um das kümmerten, was um sie herum im Gange war, die mit nichts belästigt werden wollten. Alle anderen trafen sich um Mitternacht auf dem Macellum, in alten Zeiten eine Art Lebensmittelbörse. Der runde Platz mit zwölf Sockeln aus Tuffstein bot einen würdevollen Rahmen für die von Xenia einberufene Krisensitzung. Weniger würdevoll verlief die Debatte. Wie es unter Toten leider üblich ist, wußte jeder alles besser als die anderen. Auf Lebende sah man mit Mitleid und Hohn herab, dubiose Subjekte wie den toten Teil von

Kaffeekanne behandelte man wie blutige Anfänger, hinter deren Ohren noch das Grün des Lebens klebte.

Die Geisterhunde waren Überbleibsel aus glorreicher Vergangenheit, ein abgeschlossener, ziemlich snobistischer Zirkel.

Stirbt heutzutage ein Hund in Pompeii, fliegt sein Geist auf und davon in die Lüfte, wird nie mehr gesehn. Dies gilt nicht für abgespaltete tote Teile noch lebender Hunde. Die können sich nicht einfach verflüchtigen, werden von einer Art horizontalen Schwerkraft im Zwischenreich festgehalten, bis es zur Wiedervereinigung kommt. Erst dann geht es weiter, irgendwohin, es wird seit Anbeginn der Welt darüber spekuliert, wohin genau.

Was man dem toten Teil von Kaffeekanne vielleicht übelnahm, war, daß er, der Durchreisende, nur auf den Tod seines Restkörpers zu warten brauchte, sich dann vom Acker machen konnte, während die Geisterhunde für immer dazu verdammt schienen, im Käfig der horizontalen Schwerkraft auszuharren. Sie hatten ihre Himmelfahrt schlicht verpaßt. Statt sich dessen zu schämen, bildeten sie sich noch etwas darauf ein.

Es wurde darüber gestritten, ob man sich wie, wo und wann einmischen sollte, und wenn ja, auf welche Weise. Es wurde gestritten, ob man Verbindung mit der Welt der Lebenden pflegen sollte, ob ein Hund namens Kaffeekanne dazu geeignet war, ob es statthaft war, mit dessen totem Teil überhaupt nur zu reden, all das zog sich über Stunden hin, obwohl der Spruch des Orakels relativ eindeutig geklungen hatte. Manche, wie die verwöhnt-blasierten Zwillinge Crotos und Rheda, beharrten auf ihrem Status als tiefbeleidigte Edeltote, denen alles egal sein könne. Andere, ehemals stolze Schließhunde und Straßenkämpfer, wie die bissige Scylla und Asso, der Schäfer, fanden sich schwer damit ab, daß die einzige Gegenwehr ausgerechnet aus drei unerfahrenen Lebehunden bestehen sollte, die unter dem Schutz einer Sandviper standen. Der dicke Verres mochte mit Schlangen nichts zu tun haben, einfach so, aus Prinzip nicht.

«Es gibt», sagte Daphne, «auch von unserer Seite eine Form von Pietät. Die besagt, daß man sich raushalten muß. Ansonsten würden wir zu Spukgestalten, und wir erinnern uns wohl alle noch, wie *wir* im lebendigen Zustand auf Spukgestalten reagiert hätten. Spukgestalten sind erbärmlich. Können partout nicht von sich lassen, gehen der Welt auf die Nerven. Ich finde, man muß Tod und Leben klar trennen, ein für allemal.»

«Außerdem», fügte der fast zahnlose Chaerea an, «jede Zukunft, selbst wenn sie schlimm daherkommt, wäre für uns allenfalls ein Tapetenwechsel. Mehr wird sich nie ändern. Es könnte wieder finster werden. Na und? Man gewöhnt sich daran, wie an alles. Irgendwann kehrt das Licht schon zurück. Das ist dann umso schöner.»

Xenia ergriff das Wort, hielt eine ungewöhnlich leidenschaftliche Rede, gab zu, daß den hier Versammelten eine schlimme Zukunft wohl wenig ausmachen würde, relativ zu all jenen, die in Pompeii noch *lebten*. «Aber warum, wenn uns die Möglichkeit dazu gegeben ist, sollten wir denen eine so finstere Zukunft nicht ersparen wollen? Warum kein Mitgefühl zeigen? Ihr betrachtet den Tod als Fortschritt, dabei ist er nur eine Phase von vielen. Jede Daseinsform hat ihre Berechtigung! Sogar eine so kurzfristige wie das Leben!»

Erst im Morgengrauen einigte man sich darauf, dem Trio *eine Chance zu geben*. Überhebliche Wortwahl, wo die drei für Pompeii möglicherweise die letzte Chance *waren*.

Das sei ja keine Kunst, murmelte Saxo noch Stunden danach. Mit solchen Beinen, einem solchen Körperbau – da könne man leicht Kaninchen jagen, na und? Was sei das schon für eine Aussicht, wenn man es außer mit Kaninchen mit niemandem sonst aufnehmen könne? Immer nur Kaninchen zu fressen werde auf Dauer sicher eintönig. Ferox solle sich bloß einbilden, dieses windige Vieh auf unsere Fährte zu hetzen, er, Saxo, würde mit sowas kurzen Prozeß machen. Zum Beweis fletschte er seine kräftigen Zähne und ging auf den Maschendraht los.

Tatsächlich gelang es ihm, einen der abertausend Drähte zu durchbeißen. Danach klagte er über Zahnschmerzen. Grippi, die Saxo für leicht beschränkt hielt und stets betonte, daß sie nur meinetwegen hier sei, fand eine halbvolle Plastikflasche mit abgestandener Limonade, die uns über den schlimmsten Durst hinweghalf. Das Bächlein, das Richtung Osten lag, ein paar Kilometer entfernt, führte im August kein Wasser, sonst hätten wir kleinmütig den Rückzug angetreten. Ich hätte Grippi für ihre findige Nase wohl mal loben sollen, auch wenn das klebrige Zeug ekelhaft nach eingeschlafenen Füßen schmeckte. Aber, um ehrlich zu sein: ich kam mir neben Grippi momentan etwas talentlos vor. Warum das noch betonen? Selbst Saxo hatte mir mit seinen wuchtigen Kiefern ein Talent voraus. Worin lag meins?

Wir durchquerten einen schmalen, schattigen Durchgang zwischen zwei Hausmauern. Auf halbem Weg hielt ich abrupt an.

Saxo, der hinter mir ging, fragte, warum ich anhielte. Ich gab keine Antwort. Nero stand vor uns. Stand vorne auf der

Straße im Licht und sah interessiert dem Wolkenspiel zu. (Das, wie ich hinzufügen muß, nicht stattfand. Aus Windmangel erstens, aus Wolkenmangel zweitens.)

Wir starrten den riesigen weißen Hund an. Keiner von uns bewegte sich. Er bewegte sich aber auch nicht. Nero schien zur steinernen Skulptur geworden.

Er hatte wohl ausgerechnet, daß wir zu dritt waren, er nicht. Und übersah uns deswegen. Das war mein erster Versuch, die Situation zu erklären. Schwachsinn, zugegeben.

Wir standen uns eine Weile regungslos gegenüber. Nero starrte weiter in die Luft. Es war, als liefe ein Gespräch zwischen uns ab, ohne Signale, ohne Laute und Gesten. Eine Kommunikation aus nichts als stur durchgehaltener Körperstarre. Dann, als das sonderbare Gespräch beendet war, schlichen wir langsam und schweigend an ihm vorbei. Ich hatte begriffen, worum es Nero ging: Er konnte nicht einfach vor uns fortlaufen, auch nicht im allergemächlichsten Tempo, das ließ sein Stolz als Besserwolf nicht zu. Er ignorierte uns einfach. Das war ein möglicher Ausweg für ihn – und vor allem für uns. Nero ließ uns noch einmal davonkommen. *Einmal noch.* Dieser Zusatz war zwar auf keine Weise ausgesprochen worden, ich habe ihn aber gefühlt. Klar und deutlich. Es heißt, daß Hunde nicht schwitzen können. Sie können es doch. Manchmal. Ich muß es wissen.

Der Abend brach herein, und ich schlug vor, in einem alten Traktorreifen Schutz zu suchen, den irgendein barbarischer Bauer über den Zaun geworfen hatte. Ich hatte kein besonderes Talent, aber immerhin einen toten Teil meiner selbst, der mich im Traum besuchen kam. Meine Gefährten wußten davon nichts, und mein Vorschlag, irgendwo mal ausgiebig zu schlafen, muß auf sie hilflos gewirkt haben.

Von den Archäologen, die im Lauf der letzten Jahrhunderte Pompeii ausgegraben haben, wurden alle möglichen Hohlräume mit Gips ausgegossen. Nicht immer waren es Umrisse *menschlicher* Leichen, die dabei gefunden wurden. Auch das grausame Schickal eines Hundes kam ans Tageslicht, der von seinem Besitzer vergessen oder im Stich gelassen worden war, als der dem Regen aus glühender Asche und Bimsstein zu entfliehen versuchte. Dieser bedauernswerte Hund war an einem Pflock angekettet gewesen, hatte sich nicht losreißen können, muß auf den unter ihm anwachsenden Aschemassen mit verbrannten Pfoten getanzt haben, wurde von ihnen bis knapp unter die Decke des Gebäudes gehoben, wo die Kette seinen Kopf schließlich nach unten drückte, und er, mit angebrochenem Genick, im glutheißen, hochgiftigen Schwefelgas erstickte. Sein Abguß, der in einer Vitrine neben dem Forum aufbewahrt wird, ist eine der beklemmendsten wie auch berühmtesten Touristenattraktionen Pompeiis.

Für noch lebende Hunde stellte er so etwas wie das Grabmal des unbekannten Hundes dar.

Für die Geisterhunde hieß er schlicht *Max,* denn sie hatten ihn gekannt, als er noch aus Fell und Fleisch und Blut bestand. Alle konnten sich an Max erinnern, einen kräftigen Wachhund, der außerhalb des Dienstes ein geselliger, respektierter Kerl gewesen war. Die Asche hatte ihn begraben wie alle vergänglichen Körper derer, die nun als Geisterhunde in Pompeii ihre Kreise zogen.

Sonderbar war nur: Es gab keinen Geisterhund namens Max. Niemand aus der gespenstischen Schar hatte Max nach seinem Ableben je wiedergesehen. Wie konnte es seiner Seele gelungen sein, den Ort zu verlassen? Oder, wenn ihr das nicht gelungen war, wo mochte sich die Seele von Max verstecken? Wohin war sie gegangen? Knapp zwei Jahrtausende nach seinem Tod gab Max noch Rätsel auf. Manchmal legten Touristen vor seiner Vitrine Blumen ab. Und hin und wieder waren ein paar verdorrte Geisterblumen darunter.

«Weit seid ihr ja nicht gekommen.»

Der tote Teil meines Ichs saß mir gegenüber und gähnte laut und gelangweilt. Der tote Teil meines Ichs – das war auf Dauer eine ziemlich platzraubende Umschreibung.

«Wie heißt du eigentlich? Wie soll ich dich nennen?»

«Wie soll ich heißen? Blöde Frage. Ich heiße wie du: Kaffeekanne. Manche nennen mich den toten Teil von Kaffeekanne. Wobei ich mich lebendiger fühle als du, ehrlich gesagt. Ich bin munterer, schneller, wortgewandter, witziger – was du willst. Und wer wessen Abklatsch darstellt, das wollen wir mal dahingestellt sein lassen.»

«Und warum heiße *ich* Kaffeekanne? Weißt du das?»

«Klar. Plin, der alte Tränensack, hörte auf den Wind, der flüsterte ihm was ein, der gab ihm eine Vision, aber seine Augen sind nicht mehr die stärksten, seine Ohren – oje. Wenns dich interessiert: Ich zeig dir seine Vision.»

Mein toter Teil winkte mich einen Sekundenbruchteil weiter, in ein kilometerweit entferntes Haus, deutete auf die Türschwelle, mir war das Haus sogar vom Sehen bekannt, es lag mitten in Pompeii, das *Haus des Tragödiendichters*, jenes, hinter dem ich mal im Sterben lag. Aber ich hatte nie eine Pfote über die Schwelle gesetzt. Großes Versäumnis.

Da war ein Bild aus winzigen Steinchen auf dem Fußboden. Ein Hund. Ein Hund an einer Kette, der mir ähnelte. Jedenfalls bildete ich mir das ein. Da waren auch Zeichen.

Ich fragte, ob die Zeichen etwas bedeuten würden.

«*Cave Canem.*»

«*Cave Canem?*» Ich begann innerlich zu singen. *Das* also wars, was der Wind Plin eingeflüstert hatte, undeutlich – und aus *Cave Canem,* dem Namen des Urahns meines Urahns, war versehentlich *Kaffeekanne* geworden. Endlich hatte ich meinen wahren Namen: Cave Canem.

«Quatsch», sagte mein toter Teil, «Geisterhunde haben mir das übersetzt. *Cave canem* heißt nichts anderes als *Vorsicht vor dem Hund.* Du hast keinen Namen. *Wir* haben keinen Namen.»

Kein Name? Na gut. Kein Name war besser als ein beschissener.

«Bis auf *Kaffeekanne.* Den hast du nun mal abbekommen. Du mußt damit leben, ich muß damit tot sein, gewöhnen wir uns dran. Weißt du was? Namen sind Schall und Rauch. Es ist egal, unter welchem Namen man berühmt wird. Werden wir berühmt! Berühmte Namen klingen immer gut, egal, wie blöd sie vorher geklungen haben.»

Ich sah mir das Mosaik lange an, fühlte mich dem Unbekannten verwandt und genoß die neue Verwandtschaft. Stand im Haus, in dem vor Tausenden von Jahren mein Urahn gehaust hatte. Fühlte mich auf unheimliche Weise heimisch. Bekam ein Gefühl für Zeit. Wie ein neuer, höherer Horizont war das.

«Was habt ihr drei denn nun vor?»

«Plin sagte, wir sollten zur Villa der Mysterien gehen, wenn wir in Not sind.»

«Du gibst doch sonst nichts drauf, was Plin sagt.»

«Hast du einen besseren Vorschlag?»

«Iwo», antwortete mein toter Teil. «Geht ruhig irgendwohin. Macht einfach mal. Ihr müßt die Welt kennenlernen. Dumm, wie ihr seid. Weißt du, was Mysterien sind?»

«Nein.»

«Schwer zu erklären. Deshalb sind es ja Mysterien. Wenn ihr dort angekommen seid –»

«Ja?»

«Dann gebt euch bloß nicht zufrieden damit. Ihr müßt die *wahre* Villa der Mysterien suchen.»

«Hä?»

«Ich sag doch: schwer zu erklären.» Der tote Teil meines Ichs behandelte mich wie einen Zurückgebliebenen. Von oben herab. Aus seiner Sicht eine leider nachvollziehbare Haltung.

«Sag mir lieber mal, wo es hier Wasser gibt. Wir haben Durst.»

«Wasser? Brauch ich schon lang nicht mehr. Hab ich 'ne Wünschelrute?» Er wirkte fast beleidigt, mit einer solch profanen Frage behelligt zu werden. Mein toter Teil mußte alles enthalten – und mit hinübergenommen haben, was an mir nicht liebenswert und hilfsbereit gewesen war.

«Kannst du unhöfliche Leiche bitte mal Clabauta Bescheid geben, daß sie sich bei uns melden soll? Die Schlange scheint mir nützlicher zu sein als du.»

«Hohoho! Ich bin nicht dein Sklave, Wasserträger oder Fährtenleser, merk dir das. Ich habe dir gegenüber nicht die geringsten Verpflichtungen. Von mir aus kannst du verrecken. Na gut, ich gebe zu, es wäre mir lieber, wenn du am Leben bleibst, weil ich nicht so bald wieder in einer Haut mit dir stecken möchte. Sollten wir zusammen berühmt werden, ist mir das auch recht, manche hier würde das eventuell beeindrucken – ich bin im Jenseits ein eher unbeschriebenes Blatt, um es mal so zu sagen. Aber, um das ein für allemal klarzustellen: *Du* bist der Held. *Du* eroberst die Welt. Und du kannst nicht vor jedem Abenteuer eine Mütze Schlaf nehmen und mich um Rat fragen, kapiert?» Seine Stimme wurde weinerlich. «Im Übrigen weiß ich auch gar nicht, was die Geisterhunde an dir und deinen komischen kleinen Freunden finden, was und ob sie überhaupt was mit dir vorhaben. Mir sagt ja keiner bescheid, fast jeder behandelt mich wie Dreck, dabei könnten diese eingebildeten Penner hier sich bedanken, daß –»

Ohrenbetäubender Krach kappte die Verbindung. Ich war froh, vom Donnergrollen geweckt zu werden. Mehr noch: glücklich. Es regnete, es prasselte auf uns runter wie aus Amphoren. Wir stellten den Reifen schräg an einen Baumstumpf und tranken frisches Regenwasser, das sich in ihm sammelte. Grippi fürchtete sich vorm Wetterleuchten. Vielleicht nur ein Vorwand, um sich an mir festzuhalten. Wir soffen, bis wir nicht mehr konnten, wälzten uns im nassen Gras, tollten und johlten. Gegen Mittag kam die Sonne wieder hervor, und wir zogen weiter, gelangten ohne Zwischenfälle ans Nordwesttor, die Porta Ercolana.

Dahinter lag die Via dei Sepolcri, die Straße der Grabmäler. Als wir noch Welpen waren, hatte Plin uns damit Angst gemacht, ohne genauer zu schildern, wovor wir eigentlich Angst haben sollten. Cola, der Obstfresser, war wenigstens so freundlich gewesen, uns den Weg zu erklären. Katzen und Füchse würden Unglück bringen, hatte er gemurmelt. Warum? Das sei nun mal so.

Hier gab es wieder Touristen. Massen davon. Wir sahen Clio, Chloe und Calista, die sich füttern ließen. Sie liefen stets zu dritt durch die Gegend und wenn sie nebeneinander Männchen beziehungsweise Weibchen machten, schmolzen die Herzen der Menschen schneller als Butter im August. Menschen mußten nicht ganz richtig im Kopf sein. Was für kindische Gesten die Touristen vollführten, wie viele noch peinlichere Schnuten sie zogen und gleichsam darum bettelten, drei tussenhafte Hündinnen mit Delikatessen versorgen zu dürfen! Gehirnerschütternd.

Daß mich dieses Schauspiel mit Scham erfüllte, lag vermutlich an der Umerziehung durch Ferox, so schnell wird man das nicht los. Ich bemühte mich, gelassener zu reagieren. Saxo übrigens wirkte von meiner Scham in keinster Weise angesteckt, eher im Gegenteil, er beobachtete Calista auf eine ganz und gar schamlose Weise, er schnupperte gierig und verdrehte die Augen. Calista winkte zu uns herüber. Sie trug eine Blume im Maul und lächelte. Das mit der Blume im Maul war eine besonders durchtriebene Finte, um noch mehr Touristen in Entzücken zu versetzen.

Ich zog meinen Freund hinter eine Mauer. «Wir haben», sagte ich, «Besseres zu tun.»

«Wieso eigentlich?»

Saxos Frage kam zum ungünstigsten Zeitpunkt. Worin das Bessere bestand, das wir zu tun hatten, wußte ich selbst nicht. Von meinem toten Teil zu reden, hätte ihn nur verwirrt.

«Wir müssen berühmt werden! Basta.»

«Ah! Na gut, Kaff. Das gefällt mir.»

Grippi mischte sich, während wir diskutierten, unter die Menschen. Sie roch exakt, wer die besten Leckerbissen besaß, und was sie erhaschte, schleppte sie heran, um es mit uns zu teilen. Wir Jungs wären längst nicht mehr niedlich genug für solche Leckerbissen gewesen. Grippi dagegen erregte irgendwie – vielleicht, weil sie, wie bereits erwähnt, dank ihrer Fellfärbung aussah, als sei ihr ein Veilchen auf dem linken Auge geschlagen worden – Mitleid, bekam vieles nachgeschmissen, wofür wir mühsam hätten betteln müssen. Sie lief hin und her, bis wir unseren Hunger gestillt hatten. Wir mästeten uns an Schinkenspeck und an in Öl eingelegten Oliven, an Schafskäse und Rosmarinbrot, auch an getrockneten Datteln und Hühnchenkeulen. Grippi brachte sogar ein Stück Kalbsleber, das Mario, der Kioskbesitzer, seinem verfetteten Hund Vitello T. zugeworfen hatte, als der gerade eingeschlafen war. Ein wagemutiger, beinahe tollkühner Liebesbeweis. Und sehr schmackhaft.

Xenia und Ares drehten eine Runde über das spätabendliche Pompeii, schwebten dicht über den Köpfen des ahnungslosen Trios, das eben durch die Porta Ercolana auf unbekanntes Gebiet wechselte.
«Wir sollten ihnen Clabauta hinterherschicken.»
«Sie müssen sich auch so bewähren», meinte Ares. «Außerdem hat die Schlange keine Verbindung mehr zu uns.»
«Wieso?»
«Jemand hat ihre Pilze gestohlen.»

IX

Cola, der alte Zottelhund, war unterwegs gewesen, um den drei Junghunden geeignete Nahrung zu beschaffen. Gerüchte, nach denen ein Bauer ihn beim Gemüsediebstahl erwischt, erschossen und als Vogelscheuche benutzt haben sollte, waren extrem übertrieben. Gerüchte sind Wesen, die sich von heißer Luft ernähren und in einem italienischen Sommer schnell auf ein Vielfaches ihres Körperumfangs anwachsen. Tatsächlich, um nur das einzuwenden, wäre ein toter Hund keinerlei Abschreckung für aasfressende Vögel, viel eher ein Festmahl. Auch der dümmste Bauer hätte das gewußt.

In Wahrheit war Folgendes passiert:

Cola, mit einer großen Süßkartoffel im Maul, wühlte sich eben unter einem Zaun hindurch, als ihn etwas am linken Vorderlauf traf. Er ließ die Kartoffel fallen und stieß einen lauten Schrei aus, der sich in ein Gerücht verwandelte und in Richtung der Ruinen flog. Cola humpelte fort, suchte Schutz hinter einem Baum. Johlende Bauernkinder zielten mit Sportzwillen auf den Hund. Das silbern glänzende Geschoß, das ihn getroffen hatte, war eine zweckentfremdete Flipperkugel. Cola schleppte sich über die Äcker, geduckt, mehrmals zischten weitere Geschosse knapp an seinem Kopf vorbei. Endlich erreichte er ein Birkenwäldchen und grub sich in den kühlen Boden. Der Schmerz wurde schlimmer, das Bein schwoll an, die Wunde blutete und entzündete sich. Bald wußte er, daß die drei, die auf ihn warteten, vergeblich warten würden.

Jetzt, am Abend, wirkte die Via dei Sepolcri doch unheimlich. Zwischen hohen Säulenzypressen, blaugrau im Mondlicht, schimmerten Grabmäler zu beiden Seiten des Weges. Skulpturen von Göttern und Gutsbesitzern. Spitze Türmchen und Kapitelle. Geziegelte Altäre. Steinerne Tiere und Schiffe. Reliefs voller Sphinxen oder radschlagender Pfauen. Es gab mehrere Nekropolen rund um die Stadt, aber diese hier war die eindrucksvollste. Sehr reiche Pompeiianer hatten sich hier prunkvoll begraben lassen, in Tuffstein, Marmor und Travertin, in Gruften, die kleinen Häusern glichen. Andere, die ärmer gewesen waren, hatten ihre Sarkophage ins Freie gestellt, bei einigen hatte es nur zu einem schmalen Urnengrab gelangt. Ich sah neben zerborstenen Säulen zwei gelbe Augen funkeln.

«Habt ihr das auch gesehen?»

«Das Funkeln? Eine Katze?»

«Ich rieche was. Keine Katze. Irgendwas anderes.»

Wieder funkelten die gelben Augen, diesmal von der linken Straßenseite. Plötzlich schob sich ein kleiner, drahtiger Körper ins Nachtlicht, tiefer gelegt, fast kriechend.

«Um Himmelswillen», flüsterte Saxo. «Ich weiß, was das ist.»

Ich wußte es auch.

Wir standen einem Fuchs gegenüber. Plin hatte mir über diese Tiere manches erzählt. Füchse sind im weitesten Sinne auch Hunde, werden aber von Hunden nicht wie solche behandelt. Sie genießen einen miserablen Ruf, riechen aufdringlich, gelten als schmutzig und tückisch, manche sollen eine Krankheit übertragen, die Tollwut genannt wird. Sie sind bevorzugt nachts unterwegs, lichtscheues Gesindel, ohne Stolz und Stil. Maden, Larven, Würmer, Vogeleier, Mäuse, Ratten, Eichhörnchen, Schnecken mit oder ohne Gehäuse – sie fressen, was zu finden ist, und wo nichts zu finden ist, fressen sie eben das.

Ich hatte mal einen Fuchs gesehen. Das Vieh mußte sich nach Pompeii verirrt haben, es wurde aufgespürt, gejagt und mit viel Gebell aus dem Stadttor gehetzt. Schon der Umstand, daß es tagsüber unterwegs war und den Mut besaß, in fremden Revieren zu streifen, wies bei einem von Natur aus so feigen Tier auf Tollwut hin. Vor nichts, nicht mal vor Bandwürmern oder der Staupe, hatten wir ähnlich viel Angst. Tollwut bringt einem nicht nur den Tod, sie bringt ihre Opfer auch dazu, auf beste Freunde loszugehen, als wären es die schlimmsten Feinde. Manche behaupten, der geisteskranke Keiler, der von Ferox getötet wurde, sei gar nicht geisteskrank, sondern tollwütig gewesen. Manche gehen noch weiter und sagen, Ferox habe sich bei dem Keiler angesteckt und sei nur deshalb nicht gestorben, weil sein Inneres bereits tot war.

Wir waren verblüfft, weil der Fuchs vor uns nicht fortrannte. Verblüfft und gewarnt. Ein Fuchs, der bei unserem Anblick nicht die Flucht ergriff, mußte verseucht sein. Wir hätten ihn leicht töten können, aber ein Biß, ein einziges winziges Bißchen aus seinem verseuchten Maul konnte unser Ende bedeuten. Wir wußten nicht, wie wir uns verhalten sollten. Empfanden wohl alle Ekel für ein Tier, das auf nächtlichen Friedhöfen hauste, aber wir befanden uns außerhalb Pompeiis, es ging uns genaugenommen nichts an, wie dieser Abschaum lebte und wovon.

«Was wollt ihr denn hier?»

Der Fuchs redete mit uns. War das als Provokation gemeint? Überrumpelnd. Die Stimme klang weiblich. Der Fuchs war eine Füchsin. Ich hätte es riechen müssen. Grippi wies mich flüsternd darauf hin. Das Vieh roch nach Mutter, sie mußte noch Milch haben. Im Mondschein konnte man erkennen, daß sie sehr abgezehrt war. Ihr Bauchumfang war kaum breiter als ihr buschiger, von Dornen und Bissen zerrupfter Schwanz, der ein paar kahle Stellen aufwies.

«Wir sind», sagte ich, «auf dem Weg zur Villa der Mysterien.»

«Aha! Zu welcher von beiden?»

«Wie – welcher von beiden?»

«Schon gut – das ist eure Sache!» Die Friedhofsfüchsin drehte sich um und schlängelte sich sehr elegant unter einem tiefhängenden Ast hindurch, bevor sie an einem glatten Altar hochsprang und sich in dessen Windungen schmiegte. Mir fiel ein, was mein toter Teil mir gesagt hatte. *(Gebt euch bloß nicht zufrieden damit. Ihr müßt ihr die* wahre *Villa der Mysterien suchen!)*

«Hee, bleib doch mal hier!»

Vielleicht wußte die Füchsin eine Abkürzung? Sie sah vom Altar gelangweilt auf uns herunter.

«Was denn? Es ist heller Mondschein. Geht immer die Via dei Sepolcri entlang, dann könnt ihr die Villa nicht verfehlen.»

Saxo knuffte mich ständig von der Seite, wie um zu fragen, warum ich mich mit solch einem widerlichen Wesen abgab. Grippi schnüffelte und flüsterte mir ins Ohr, daß mindestens ein Dutzend Füchse ganz in unsrer Nähe sein mußten.

«Jaja, das ist bekannt. Sind ja nicht doof. Wir müssen aber zur *wahren* Villa der Mysterien.»

«Ach so? Seid ihr dafür nicht noch zu jung? Na, geht mich nichts an.»

«Kannst du uns vielleicht helfen?»

Die Füchsin verzog ihr Gesicht, wie unter bösen Erinnerungen. «Helfen? Hunde, die sich von einem Fuchs helfen lassen wollen? Ganz was Neues.»

Saxo knuffte mich nochmal, wir sollten weiterziehen und uns nicht länger um dieses Drecksvieh kümmern.

«Wir persönlich haben Füchsen nie was getan. Saxo nicht, Grippi nicht, und ich auch nicht. Mein Name ist Kaffeekanne.»

Ich muß zugeben: *Einen* positiven Aspekt hatte mein Name. Ich mußte ihn nur nennen, schon mußte mein Gegenüber lachen oder konnte zumindest nicht mehr völlig ernst bleiben. Die Füchsin besaß ein sehr hohes, fiependes Lachen.

«Na wundervoll. Man ist ja dankbar für jede Art Humor. Gibt nicht viel zu lachen hier. Ich bin Vespa.»

«So heißen nur Mopeds», meinte Saxo.

«Mein voller Name lautet Vespasiana Valeria Vulpismagnifilia, du Schlauberger!»

«Du hast doch sicher Tollwut?» fragte Saxo.

«Gib Ruhe!» Ich entschuldigte mich für meinen Freund und bat Vespa erneut um Hilfe.

«He, warum entschuldigst du dich für mich? Was fällt dir ein, Kaff? Woher willst du wissen, ob du diesem Fuchsvieh trauen kannst?»

«Dein Freund scheint ein Hellseher zu sein. Er fragt sich jetzt schon, ob man mir trauen kann, dabei hab ich gar keine Lust, euch zu helfen, und es ist völlig einerlei, ob ihr mir traut oder nicht. Aber er fragt sich trotzdem, als wüßte er bereits, daß er mir doch, falls ich ihm helfen werde, trauen wird.»

Saxo sah mich unsicher an. «Was hat sie gesagt?»

«Sie möchte bezahlt werden», meinte Grippi.

«Bezahlen?» rief Saxo, «Wir sollen sie auch noch bezahlen, dafür, daß wir ihr nicht trauen können?»

Wir berieten uns. Da Grippi in mich vernarrt war, bekam meine Meinung in Streitfragen stets eine Zweidrittelmehrheit. Saxo brachte das in Rage, aber er konnte wenig dagegen unternehmen.

Clabauta konnte es nicht glauben. Ihr geheimer Vorrat an Kontaktpilz war aus dem unauffälligen Mauerspalt, in dem sie ihn seit Jahren aufbewahrte, verschwunden. Frische Pilze zu finden war im trockenen Hochsommer Glückssache.

Wie hatte jemand diesen Schatz aufspüren können? Schwarzbuddler und Sondengänger konnten mit ihren Detektoren höchstens metallische Gegenstände orten, und Tiere außer ihr selbst rührten dieses Zeug nicht an. Rätselhaft.

Clabauta machte sich Sorgen. Sie hatte die Spur der drei Hunde verloren. Was normalerweise kein Problem gewesen wäre, sie hätte einfach Kontakt zum Geisterreich aufgenommen, zu Xenia, Ares oder dem toten Teil von Kaffeekanne, die hätten sich kurz umgesehen und ihr den Standort der drei mitgeteilt. Nun war die Verbindung unterbrochen, und Clabauta fühlte sich zum stinknormalen Lebewesen erniedrigt.

Wohin konnten die drei gegangen sein? Vielleicht zur Villa der Mysterien, wie alle Hunde, die erwachsen werden wollten? Auf gut Glück bewegte sich die Viper in Richtung der Gräberstraße, auch wenn sie sich vor Füchsen fürchtete. Füchse waren ihrer bernsteingelber Augen wegen nahezu resistent gegen Clabautas hypnotischen Blick. Außerdem fanden Füchse Schlangen delikat, wie eigentlich alles Eßbare. Und sie waren derart wendig, daß selbst der Biß einer Sandviper ein akzeptables Jagdrisiko darstellte.

Clabauta hielt kurz inne. *Wozu mache ich das alles?* fragte sie zischelnd und horchte tief in sich hinein. Kein Sterbenswörtchen drang aus dem Jenseits herüber.

Großmütig bot ich der Füchsin unsere Freundschaft an, wenn sie uns etwas über die wahre Villa der Mysterien erzählen und uns den Weg dorthin zeigen würde.

«Freundschaft? Wozu soll die gut sein? Ein etwas altmodisches Zahlungsmittel, findet ihr nicht?» Die Füchsin strich sich über die Schnurrhaare.

«Wir haben nichts anderes», sagte ich. Beleidigt, weil unser Freundschaftsangebot so abschätzig behandelt wurde.

«Höchstens ein bißchen was zum Kauen», sagte Grippi hinter meinem Rücken.

«Was zum Kauen?» fragte Vespa.

«Was denn zum Kauen?» fragte Saxo.

Grippi meinte, sie habe die Pilze in einer kleinen Mauerhöhlung gewittert und mitgenommen, für magere Zeiten. Ich warf einen Blick darauf: ein paar alte dunkelgraue Trockenpilze. Nährstoffarm und saftlos. Erstaunlicherweise schien sich die Füchsin für das winzige Bündel zu interessieren, schnupperte daran und lächelte verzückt.

«Gut. Abgemacht. Kommt mit. Ich zeig euch den Weg.»

Vespa schnürte voran, auf eine breite, von hohem Gras umstandene Lichtung jenseits der Gräber. Etwas verwirrt folgten wir. Wenige hundert Meter entfernt erhoben sich die Reste eines alten Gebäudes im Mondschein. Vespa zeigte darauf und behauptete, das sei die *eine* Villa der Mysterien, die *andere*, wahre, trügen wir *bei* uns, wie auch, teilweise, *in* uns.

Wir verstanden kein Wort von dem, was sie sagte.

«Jeder hat seine eigene Villa der Mysterien in sich, die er irgendwann aufschließt und betritt. Danach ist man erwachsen. Habt ihr Lust, erwachsen zu werden?»

Wir sahen uns an. Grundsätzlich sprach nichts dagegen.

«Dann lass ich euch hier allein. Bereitet euch vor auf die Mysterien, entspannt euch, und wenn ihr euch stark genug fühlt, geht in das Gebäude. Ach, und – hier ... Ihr könnt das gerade besser brauchen als ich.» Vespa warf uns die Pilze hin, erklärte, sie habe einen Wurf, der auf sie warte, Trockennahrung sei nicht gut für ihre Milch, die Welpen bekämen Blähungen davon. Außerdem würden die Pilze unsre Wahrnehmung schärfen.

Man kann nicht sagen, daß sie uns anlog. Vespasiana Vulpisirgendwas verschwand im Gebüsch.

«Gar nicht schlecht.»

Ich drehte mich nach den Gefährten um. Saxo kaute auf einem Pilz herum. Wir nahmen alle davon. Sehr würzig. Beinahe pfeffrig.

«Für einen Fuchs war die Frau ganz in Ordnung», meinte Saxo und kratzte sich an der Silberdistel, die aus seiner rechten Schläfe wuchs.

Dunkel erinnerte ich mich an etwas, das Pilze betraf. Irgendwer hatte mir darüber etwas gesagt. Oder hatte ich das nur geträumt?

Clabauta schlängelte sich vorsichtig zwischen den Grabmälern hindurch. Es roch schwer und gefährlich nach Fuchs, nach sehr viel Fuchs auf einmal. Dann hörte sie das Gelächter. Grelles, fiependes Fuchsgelächter. Sie schlich vorwärts, nutzte jeden bekriechbaren Schatten, kroch steinerne

Rillen entlang, schmiegte sich an Grabsockel, mischte sich unter Pinienwurzeln, erreichte so, als wulstige Wurzel getarnt, die Lichtung, auf der Kaffeekanne, Grippi und Saxo sich wälzten. Die drei hatten Schaum vorm Maul und zuckten in heftigen Spasmen, warfen sich wild hin und her im Gras, keuchten und wimmerten. Um die Lichtung saßen in einem großen Halbkreis etwa zwanzig Füchse und lachten. Keckerten, wieherten schrill, vergruben die Schnauzen in ihren buschigen Schwänzen, hämmerten mit den Pfoten aufs Erdreich, so prächtig amüsierten sie sich.

Die Silberdistel auf Saxos Schläfe war wunderschön. Sie wuchs sehr schnell und blühte auf, sporte silbergrau blubbernde Bläschen aus, die im Gras zersprangen. Aus jedem Bläschen hüpften winzige Lichtflecken und besetzten die umliegenden Grasspitzen. Es wurde ganz hell, die Luft sprühte vor Energie – und um uns her stülpte sich ein Zelt aus majestätischem Blau über der Landschaft.

Grippi probierte ihre Flügel, die, irgendwie anders als sonst, klebrig waren wie Honig und bei jedem Flügelschlag zusammenpappten, daß es schmatzte. Zugleich war sie damit beschäftigt, die kleinen Drachen zu küssen, die aus ihrem Brustkorb herausbrachen. Das blaue Zelt enthielt haufenweise neue Welten, alte Welten, so genau war das nicht zu unterscheiden, denn sie waren beschäftigt damit, sich einander schön zu trinken und untereinander Miniaturozeane zu tauschen, blaue, grüne, rote, schwarze und einen karierten gebrauchten.

Erwachsen zu werden war spektakulär.

Die Villa der Mysterien kam uns entgegen. Genauer gesagt: sie hüpfte uns entgegen. Sie war ihres Alters wegen etwas behäbig und schaffte oft nur kleine Sprünge, aber auch unter denen zitterte die Erde. Hüpf, alte Villa, hüpf! Wir sangen, wir winkten ihr zu und klatschten unbeabsichtigt ein paar Lichtflecken dunkel.

«Ist so eine Villa nicht schwer?» fragte Saxo. Sie hüpfte auf uns drauf. Wumm. Uns fielen die Ohren ab. Wir standen im Atrium der Villa der Mysterien und sahen unseren Ohren hinterher. Sie wieselten an bunten Freskenbildern entlang und horchten in alle möglichen Winkel und Ritzen hinein. Was es da alles zu hören gab, ließ sie rot anlaufen und spitz zulaufen und immer schneller fortlaufen, schneller, als wir unsere Augen hinterherschleudern konnten, die von den Wänden wie Gummibälle zurückprallten.

Musik erklang, aus Farben und Gedanken, und der Rhythmus fächerte die Klänge zu Treppen auf. Ich hörte mein Herz pochen, es hing zwischen zwei seidenen Fäden, schlug abwechselnd gegen meine Brust und gegen meinen Rücken. Über mir hockten einige Hunde, darunter war jener, den ich aus meinen Träumen kannte, er rief etwas, aber unter so vielen Pauken, Tschinellen, Blas- und Streichinstrumenten war nichts davon zu verstehen, die Hunde trieben alle fort, als hätte ein riesiges Maul die Wolke, auf der sie hockten, weggepustet. Grabstätten liefen überall durchs Haus, um entlaufene Tote einzufangen, das war ein Deckelklappern, kaum auszuhalten, mein Herz schlug schneller als vier oder fünf Kastagnetten. Die Zeit, eine dünne Linie, die von der großen Sanduhr auf die Landschaft gestreut wurde, verirrte sich, blieb orientierunglos stehen. Der Sand landete auf ein und demselbem Punkt, bis ein beachtlicher Haufen Zeit daraus erwachsen war. Die Figuren auf den Fresken hatten es eilig, sich in diesem Zeithaufen einzubuddeln. Mit dem Wasser aus dem karierten gebrauchten Ozean formten sie eine Burg, in der sie Feste feierten, eins nach dem anderen. Es gab eine verstörende Liebesgeschichte, aber sie endete, indem sie begann, oder umgekehrt, ich sah schamerfüllt weg. Die Grenze von Tod und Leben war aufgehoben, eine Stimme rief: «Staub und Schatten!» Der Zeitsand, ein hochexplosives Pulver, lief weiter, kreuz und quer, wurde von mumifizierter Musik unterlegt und brach im Erdreich ein, stürzte mehr als drei Hochhäuser tief ins Tal der schönen Erinnerungen. Lidschläge setzten den Takt.

Drachen, die kleinen aus Grippis Brustkasten, fraßen den Klang von meiner Haut, bis sie ganz taub war und meterweit von mir entfernt. Hunde ohne Ende hechelten. Manche hatten viel gesehen, manche davon (wovon?) nur aus schlechtinformierten Quellen gehört. Wieviel das war, und wie wenig das sein konnte. Gleißendes Licht, leise von oben, und schwammiges Licht, laut von unten. Daß Licht so laut sein kann. Eine gigantische Rachenhöhle. Ein Gaumenzäpfchen. (»Wir kennen uns noch nicht? Stella.») Meine Mutter sagte guten Tag, meine Oma sagte ihr guten Tag, und so weiter, das verknüpfte sich alles zu einem sinnvollen Ganzen, und, nebenbei: Sonntag ist der Tag vor Montag. Mehr blieb mir nicht in Erinnerung, obgleich Erinnerungen auf meine innere Windschutzscheibe wie Tomaten klatschten. Wütend, wenn ich mal so sagen darf. *Nichts behält seine Gestalt,* brüllte jemand im Hintergrund, und er verfinsterte sich sofort, mein Herz schlug mich währenddessen windelweich, mein Herz schlug auf mich ein wie zwei Boxer ohne Regeln und Gedächtnis. Ich war ein Spielball. Jemand schoß mit mir ein Tor, und dieses Tor spannte sich um alles, alles, was je gewesen war. Massig Geschrei. Tore fielen ohne Ende. Das triumphale Gefühl, dabei gewesen zu sein. Noch dabei zu sein. Inmitten. Alldem.

Grippi und Saxo wankten blind durchs Gras, auf zwei Beinen, stolperten übereinander, ihre Köpfe stießen zusammen, während Kaffeekanne um die eigene Längsachse rotierte.

Alle drei hatten ihre Augäpfel nach innen gewandt, wo es interessante Dinge zu sehen geben mußte. Den Zuschauern bot sich der gruselige Anblick weißer Porzellantischtennisbälle mit ein paar blauen und roten Äderchen darin. Johlendes Gelächter. Applaus. Anfeuerndes Fiepen.

Die Füchse waren zu abgelenkt vom dargebotenen Schauspiel, um Clabauta zu bemerken, die durchs hohe Gras kroch, dem einzigen Pilz entgegen, den die drei nicht gefressen hatten.

Sie schnappte ihn, schlang ihn hinunter und wartete ein paar Sekunden, bis der Kontakt zu den Geisterhunden wieder hergestellt war.

Wie wohl mir war, eins zu sein unter all den vorüberfliegenden Dingen. Auszuruhen, wenn man alles gesehen, gekostet, geschmeckt hat. Eins mit allem zu werden. Nicht mehr lebendig, nicht ganz tot, eins von allem, Teil davon. Das größte Monster, das ich besiegen mußte, war ich selbst. Das war leicht. Einfach nicht mehr atmen.

Die drei Körper lagen nun bewegungslos im Gras, ohne Bewußtsein. Der Todeskampf hatte begonnen, die letzte Flimmerphase vor Kreislaufkollaps und Herzversagen, wenn katatonische Starre die Glieder befällt und die Muskeln so verkrampft sind, daß kein Bulldog sie auseinanderzwingen könnte. Dieses äußerlich unspektakuläre Stadium fanden die Füchse langweilig und verzogen sich nach und nach. Der Tod der Hunde war ihnen keine Herzenssache, ja sogar unangenehm, war nur die hinzunehmende Begleiterscheinung einer ergötzlichen Komödie. Vespa taten die drei sogar leid. Den todbringenden Pilz hätten die dummen Hunde aber sicher auch so gefressen – was soll's? Und als Vespasiana Valeria Vulpismagnifilia, gewählte Königin ihres Stammes, mußte sie ihren Leuten hin und wieder etwas Ablenkung bieten. Das Leben nachtaktiver Friedhofsfüchse war deprimierend genug.

Im Meer der Ruhe, wo von allen Seiten untergehende Sonnen ihr Glitzern aufs leicht schunkelnde Wasser schicken. So schön, so friedlich. So sonnig. Alles rotgelb und gelbrot, nur an den Kanten des Sichtbaren etwas schwarzblau und blauschwarz, und weit oben, ganz ganz weit oben schrie ein weißweißer Vogel. Die Glitzerseile, die wie Wasserschlangen von Sonne zu Sonne wuselten, umfingen mich, webten eine Art Gewand aus Licht – und das Meer der Ruhe schwappte träge und schwer über mir zusammen.

«Sie sind am Krepieren. Seht ihr das nicht? Tut doch was!»

«Wir sehen die ganze Zeit zu. Was könnten wir tun? Wir sind Geister.» Xenia brachte die Sache mit zitternder Stimme auf den Punkt.

«Verdammt. Kann *ich* irgendwas tun?» Clabauta fragte mehr pro forma. Keiner der Geisterhunde gab Antwort. Sie waren mit ihrem Latein am Ende.

«Gibt nichts mehr zu tun. Leider.»

«Schade.»

«Wirklich schade. Ein schlimmes Ende.»

«Verdammt schade.»

«Die Welt funktioniert so. Bleibt nichts übrig, als ihren Seelen guten Flug zu wünschen.»

«So eine Verschwendung», murrte Ares.

«So ein Mist», zischte Clabauta.

«Mist.»

«Verdammt.»

«Traurig.»

«Ich hätt' ne Idee.» Es war die Stimme des toten Kaffeekanne. «Ob sie gut ist, weiß ich nicht.»

«Was denn für ne Idee?»

«Beiß sie, Clabauta. Dein Gift macht, daß *du* den Pilz verträgst, warum soll es bei den dreien nicht ebenso wirken? Aber es muß die richtige Dosis sein. Beiß sie und injiziere dein Gift, aber nur ganz wenig.»

Der Vorschlag verblüffte alle. Ares schnaubte skeptisch, hauptsächlich deshalb, weil nicht er darauf gekommen war.

Clabauta reagierte sofort. Schaden konnte es nicht. Sie biß dreimal zu, sanft, drosselte dabei ihre Giftdrüse, spritzte jeweils ein paar Tropfen ihres Sekrets in die Halsschlagadern der kaum noch lebendigen Hunde. Keine Sekunde zu früh.

Seelenentbeiner hockten den dreien bereits in den Mägen. Seelenentbeiner, deren Aufgabe es ist, pflückreife Seelen behutsam von absterbenden Schädeldächern zu schaben, machten sich an die Arbeit, kletterten erkaltende Speiseröhren und Wirbelsäulen hinauf Richtung Feierabend. Bis sie, in den Nackengegenden angekommen, Clabautas Gift schmeckten. Das war, so frisch und unvermischt, nicht einmal hartgesottenen Seelenentbeinern zuzumuten. Verwirrt und angeekelt verloren sie Berufsmoral und Lebenslust und spurteten in die frische Nachtluft hinaus.

Mein toter Teil beschwerte sich. Zu Recht, wie er mehrmals betonte. Er habe mich vor dem Pilz gewarnt. «Aber was ich sage, das geht dir ja zum einen Ohr rein, und, weil es sich nirgendwo festhalten kann, zum anderen raus. So wird man nicht berühmt. Wenn du lebensmüde bist und unbedingt ganz schnell mit mir, deinem offensichtlich sehr viel intelligenteren Teil, wiedervereinigt werden willst, dann mach es kurz und spann mich nicht auf die Folter, ja? Glotz mich nicht so ungläubig an. Wie wärs übrigens mal mit einem simplen ‹Danke›?»

Ich hatte schon bessere Träume gehabt. Wovon redete der dumme Hund? Mir war das Geheimnis des Universums zuteil geworden, und wenn mir auch die genauen Zusammenhänge nicht mehr ganz so logisch erschienen wie noch eben, war ich dankbar um diese Erfahrung. Daß der Tod erneut bei mir hereingesehen, mich zum zweiten Mal beinahe abgebucht hatte, war mir keineswegs bewußt.

«Jaja, jetzt erwachst du, machst es dir leicht, drückst dich um eine Antwort. Aber es bleibt dabei – ohne mich wärst du, wären wir jetzt – gar nicht auszudenken, *wo.* Du mußt härter an dir arbeiten. Ich hab doch gesagt – wir können einander auch verstehen, wenn du wach bist, aber dazu mußt du –»

Er hatte recht. Ich erwachte. Wollte mir diesen Sermon nicht länger anhören. Neben mir lagen Grippi und Saxo. Beide atmeten. In diesem Moment wurde jedes Geheimnis des Universums zur Nebensache. Nichts besaß einen Wert, nur die Freundschaft.

X

Mit angebrochenem Oberschenkelknochen hatte ein wild lebender Hund keine Chance, ein so alter wie Cola schon gar nicht. Er hätte auf ein Wunder hoffen können, auf Menschen, die den Zottel bei sich aufnahmen und gesund pflegten. Diese Hoffnung wäre Zeitverschwendung gewesen.

Selbst extrem großherzige Tierschützer hätten ihn nicht mehr in ein Tierheim gebracht, höchstens zum Einschläfern. Er zitterte beim Gehen und zog das verwundete Bein hinter sich her. Es gab hier nicht mal Hunde, von denen Hilfe zu erwarten gewesen wäre. In den Ruinen von Pompeii vielleicht, der alte Plinius, aber auf dem Weg dorthin konnte er leicht auch Ferox und seinen Gesellen begegnen. Bei diesem Gedanken lachte Cola. *Es könnte tatsächlich noch schlimmer kommen.*

Nein, sagte er sich, die Sache war erledigt. Er wollte noch einmal aufs Meer hinaussehen und in Würde sterben, bevor irgendwelche Dreckskölter sich auf ihn stürzten und ihn aus purer Mordlust zerfleischten.

Wie oft bei sehr schönen, komplizierten Träumen, verflüchtigen sie sich im Sonnenlicht, man vergißt das Meiste, nur ein paar wenige Details bleiben. Kaffeekanne ärgerte sich deswegen und suchte in seiner Erinnerung nach einigen wundervollen Bildern, von denen jetzt nur zerlaufene Kleckse übrig waren. Noch ärgerlicher war, daß er sich an manche Sätze aus seinem Traum gut erinnern konnte. Zum Beispiel so banales Zeug wie NICHTS BEHÄLT SEINE GESTALT oder, noch schlimmer: SONNTAG IST DER TAG VOR MONTAG. Na toll.

Die drei Hunde saßen zusammen hinter einem schattigen Grabmal, weit und breit keine Füchse zu sehen, und jeder erzählte, was er unter dem Einfluß des Pilzes gesehen hatte.

Grippi sprach von Blumenfeldern im Wind, von herrlichen Terrassengärten im alten Pompeii, von fremdartigen, exotischen Gerüchen aus den Tempeln der Antike, die sie wie auf Wolken getragen hätten. Einer Feder gleich sei sie durch die Luft geschwebt, Tulpen seien aus ihrer Brust gewachsen und hätten die Erde nach Trüffeln durchwühlt. Glitzernde Fontänen aus marmornen Springbrunnen hätten Spiralen aus klarem Gebirgswasser in die Luft geschossen, jeder Tropfen sei von sonderbarem Licht durchdrungen gewesen, wenn sie davon trank, habe sie sich an Träume erinnert, die andere Hunde vor ihr geträumt hatten, von Jagden auf Füchse und Hirsche, von unbekümmerten Spielen am Strand. Die Gischt habe mit ihr geplaudert, über die Liebe, über den Schmerz, über die Kette aus Schmerz und Liebe, die alles Leben verbindet, einige Menschen in altmodischer Kleidung hätten sie an sich gedrückt und gekrault und vom Feuer erzählt. Und das Feuer sei wie ein Gewitter übers Land gekommen, habe Springbrunnen und Wasserspeier gelöscht, habe alles auf seinen Kern abgeschält, auch Grippi, immer neue Wesen und Leben seien aus ihr herausgezupft worden wie Läuse aus dem Fell, wie ein Fell nach dem anderen. Bis nur ihr Herz übriggeblieben sei, das um sich schlug, ein kleines rotes Laternchen in der Nacht. Es habe geblinkt wie ein Leuchtturm, sei geflogen, ein geflügeltes Herz. Sei lange vom stürmischen Wind aus Stein dahin und dorthin gelenkt worden, bis es die Gärten der Gnade erreichte, eine grüne kühle Wiese voller Spätnachmittagslicht, wo Ruhe ihr Herz umfing und Liebe.

Grippi beendete ihre Erzählung und blickte Kaffeekanne in die Augen, als habe sie das Allerbeste nicht erwähnt. Kaffeekanne sah, peinlich berührt, in eine andere Richtung.

Saxo sprach ebenfalls von Gerüchen aus den Tempeln der Antike, wie es ihm gelungen sei, das Bratfett aus den Opfertieren vergangener Kulte zu naschen, vom großen Hunger, der alles Lebendige miteinander verband. Von alten Zeiten, als er sein Gebiß in Sumpfwaldwild schlug, vom rohen Fleisch, das er aus der Jagdbeute riß, von Würsten und Schinken, die man aus dem Rest gewann. Alles drehte sich ums Essen, selbst der entrückte Teil seiner Erzählung, der in eine Beschreibung der großen Tafel am Ende des Daseins mündete, von der allumfassenden Sattheit an den Dingen. Wie sich alles Leben in Fressen und Gefressenwerden teilte. Was Grippi mit Liebe und Schmerz umschrieben hatte. Feuer kam auch vor, aber stets hing Bratfleisch darüber und tropfte saftig in die Glut. Seine abartigste Vision gipfelte darin, zuletzt sich selbst zu essen und Geschmack daran zu finden. Bis er ganz gegessen war, und im Magen seiner Träume recht gut aufgehoben. Er erinnerte sich an einen gewaltigen Rülpser, mit dem alles ins Gleichgewicht kam. Vielleicht war er auch nur zu ungeschickt, um seine Delirien poetisch zu verbrämen.

«Und du?»

«Na ja.» Kaffeekanne räusperte sich. «Da waren so Meere. Bunt. Lichtseile. Typen aus einem Wandbild. Und sone Art Gaumenzäpfchen. Das sagte was. Hab ich vergessen.»

Grippi und Saxo sahen ihn an, als habe er einen Sonnenstich. «Sonst nichts?»

«Nö. Na ja. Jemand sagte: *Sonntag ist der Tag vor Montag.*»

«Wer? Das Gaumenzäpfchen?»

«Nein. Ach, ist doch egal.» Kaffeekanne war wütend auf sich selbst. Er hatte zusätzlich zu seinem Kopfweh noch Störgeräusche im Ohr, sowas wie sehr weit entferntes Winseln, Jaulen, Bellen. Kratziges Geräusch. Einen halben Moment später wurde ihm bewußt, daß gestern Sonntag gewesen sein mußte. Über das Grabmal hinweg kam etwas geflogen. Landete. Ein Netz.

Cola sah von der Steilküste aufs Meer hinaus, wie es herrlich blau und glitzernd unter ihm lag. Er hatte ein gutes Leben gehabt, frei und alles in allem erfüllend. Hatte sich an keinem Tier je vergriffen. Wie Ferien. Das Leben ist ein Urlaub vom Totsein, dachte er, sah in den Abgrund nicht hinab und sprang.

Der Hundefänger und sein Lehrjunge zurrten das Netz an drei Ecken zusammen, schleppten die zappelnde Beute zum Wagen, warfen Netz samt Inhalt auf die Ladefläche und klappten das Verdeck zu. Für den Hundefänger hatte der Tag ideal begonnen. Nun mußten noch ein paar Todeskuchen ausgelegt werden, vielleicht war sogar ein Fuchs in die Fuchsfalle gegangen, dann, nach erledigtem Pensum, konnte man vorzeitig in die Strandbar, um der Mittagshitze aus dem Weg zu gehen.

Später am Tag konnte man einen Abstecher zur Seifenfabrik machen, wo für Tierkadaver ein paar Münzen gezahlt wurden. Unter der Hand, selbstverständlich.

Das italienische Tierschutzgesetz verschont gesunde und freundliche Straßenhunde. Sie werden gefangen und in eines der völlig überfüllten Tierheime eingeliefert, werden kastriert und bei magerer Kost in engen Käfigen gehalten. Nur unheilbar kranke und sehr aggressive Tiere dürfen getötet werden. So, wie sich die drei im Netz eben aufgeführt hatten, waren sie eindeutig als sehr aggressiv einzustufen. Und unheilbar krank ist strenggenommen jedes sterbliche Wesen.

Uns aus dem Netz zu befreien, war kein Problem. Saxo biß sich da einfach durch. Alles andere *war* ein Problem. Die Ladefläche des alten, dreirädrigen Lieferwagens roch muffig, nach Benzin, Blasenschwäche und Tod. Das Verdeck über den metallenen Querstreben bestand nur aus grobem Zeltstoff, aber der war überall straff gespannt und bot keine Beißfläche. Selbst wenn er Beißfläche geboten hätte, hätte es Stunden gedauert, ein Loch in dieses zähe Zeug hineinzukauen. Die hölzernen Seitenwände mit den Blechbeschlägen konnten bestimmt irgendwie umgeklappt werden, leider nur nicht von innen. Durch winzige Risse im Dach drangen Rinnsale von Licht herein. Wir brauchten eine Idee. Knatternd setzte sich der Motor des alten Vehikels in Gang.

Der tote Teil von Kaffeekanne, der minutenlang vor den heranmarschierenden Hundefängern gewarnt hatte, durch Jaulen und Winseln und Bellen, verlor langsam die Lust an seinem Schützling. Wenn diese Töle, der er einst physisch angehört hatte, nur endlich mal auf ihn hören würde. Es bedurfte dazu keiner Träume mehr. Kaffeekanne war spätestens seit letzter Nacht erwachsen genug, um mit ihm, seiner sehr viel besseren Hälfte (seinem allerbesten Fünftel, präzise ausgedrückt), auch im Wachzustand Kontakt aufzunehmen. Nur konzentrieren mußte er sich. Der lebenseitle Köter war stur wie fünf Maulesel mit schwersten Hirnverbrennungen. Das hatte er nun davon.

Was war das? Da schob sich etwas unter dem engen Schlitz durch. Eine Schlange! – und sie spuckte Rauch. Ach nein, keine Schlange. Ein Rohr. Eins aus Gummi oder Plastik, vielleicht ein Staubsaugerrohr, das sich wie eine Schlange bewegte. Der Motor heulte. Auspuffgase quollen aus dem Rohr. So mußten die Hunde der Antike auf den ausbrechenden Vesuv gestarrt haben, wie wir auf dieses Abgas spuckende Rohr starrten. Der Lieferwagen fuhr los.

Langsam füllte sich die Luft mit beißendem Qualm. Wir preßten uns auf den Boden.

Der Hundefänger saß am Steuer, sein Gehilfe schenkte aus einer Thermosflasche Tee in zwei Plastikbecher, sie waren mit dem Tag soweit zufrieden. Würden die Kadaver in der Seifenfabrik abliefern und den Rest des Tages am Strand verbringen. Aus dem Autoradio lief Tanzmusik. Der Wagen bog in die kurvige Straße unterhalb der Steilküste ein. Prächtiges Wetter. Der Gehilfe beugte sich eben vor, um Zuckertütchen in die Tassen zu streuen, als er auf der Straße einen Schatten wahrnahm und durch die Windschutzscheibe nach oben sah.

Grippi, Saxo und Kaffeekanne waren kurz davor, das Bewußtsein zu verlieren. Das Abgas brannte in Lungen und Augen. Einzig Grippi gewann der Sache ein wenig Gutes ab – es war ihr vergönnt, gemeinsam mit ihrem Geliebten zu sterben. Hätte er sie bloß wahrgenommen. Kaffeekanne preßte seine Schnauze auf den Boden, hielt die Augen geschlossen. Er und sie würden Teil einer unglücklichen Liebesgeschichte sein, die niemand je erzählen würde, und das sind die wirklich ganz ganz unglücklichen Liebesgeschichten.

Plötzlich tat es einen lauten Knall. Der Transporter schlingerte, keine Sekunde darauf wurden die drei Hunde umhergeschleudert, als hätte sich der Wagen in eine wildgewordene Waschmaschinentrommel verwandelt.

Das ist das Ende, dachte Kaff. Vielleicht sollte ich Grippi eine Freude machen und ihr was Schwülstiges sagen, was sie freut. Ach nein. Warum das Leben mit Lügen beenden? Ihm war so schlecht. Alles tat ihm weh. Und jetzt auch noch dieses salzige, nasse Zeug.

Als Cola durch die Windschutzscheibe brach, war er nicht sofort tot, sein letzter Gedanke war, daß er doppelt versagt hatte. Er hatte die drei jungen Hunde enttäuscht, die nun hilflos durch Pompeii irren mußten, er hatte zwei Menschenleben auf dem Gewissen. Der Laster war von der Straße abgekommen und in die Tiefe gestürzt. Sterbend lag Cola auf dem blutverschmierten schwarzen Lenkrad und schämte sich. Welche Tragik, dachte er, welche Tragik. Binnen Sekunden lief das Führerhaus mit Salzwasser voll. Wie aus weiter Ferne hörte er hinter sich ein rätselhaftes Japsen und Hecheln, dann tat Cola seinen letzten Atemzug. Seelenentbeiner drangen in seinen Körper ein.

Der Lieferwagen landete in zwei Meter tiefem Wasser und ging sofort unter. Wir hatten keine Ahnung, was passiert war, nur daß der Motor gurgelnd absoff und daß das Gas um uns her von Meerwasser ersetzt wurde. Es wurde ganz dunkel. Zu ersaufen, wo man eben noch geglaubt hatte, vergast zu werden, ist kein echter Fortschritt. Felsen, auf die der Wagen geprallt war, hatten den Zeltstoff zerfetzt. Wir waren so kraftlos. Ich hörte meinen toten Teil rufen: *Schwimm! Schwimm hinauf!* Obwohl mir jede Lust fehlte, diesem toten Teil zu gehorchen, sagte mir mein Überlebensinstinkt genau dasselbe: Schwimm!

Ich sah die Gefährten, sie zwängten sich durchs zerrissene Dach. Grippi sah sich nach mir um. Schwimm! schien ihr Blick mir zu sagen. Na gut. Just in der Sekunde, als meine Lungen sich endgültig von mir lossagen und platzen wollten, brach ich durch die Wasseroberfläche.

Wie schön das war, wie ergreifend. Wie eine zweite Geburt. Wir schwammen dem Ufer entgegen. Sonderbarerweise mußte ich, als wir das Ufer erreichten, an Cola, den Zottelhund denken. Was wohl aus ihm geworden war? Mein toter Teil versuchte mir irgendwas zu sagen, doch als ich neben Grippi und Saxo keuchend im Ufersand lag, war ich sowas von lebendig, dagegen kam nichts Totes an. Nichts.

Zweiter Teil

I

Wenn Orakel etwas vorhersagen, dann geschieht es entweder, oder das Orakel hat nichts getaugt. Möchte man meinen. Keiner muß was dafür tun, alle könnten am Strand liegen und den Rest dem Schicksal überlassen. Das Schicksal wird anständig meckern, aber es wird die Zähne zusammenbeißen, aus der hohlen Hand improvisieren und schlußendlich alles so hinbiegen, wie es bestimmt und vom Orakel vorausgesagt war.

Schicksale haben sich dergleichen wohl ein paarmal gefallen lassen, aber das ist lange her. Wenn ein seriöses Orakel (eins, das nicht einfach das Blaue aus dem Bauch erfindet), beim jeweiligen Schicksal um Information anfragt, bekommt es schon lange nicht mehr die volle Wahrheit zu hören. Eher diffuse Umschreibungen. Da gibt es die beliebten Wenn-Dann-Vorhersagen, die jede Haftung ausschließen, da gibt es kryptische Metaphern, die wie bei einer Gedichtinterpretation entschlüsselt und gedeutet werden müssen. Da gibt es die Methode der intoxinierten Herolde, wie damals in Delphi, als die Orakelpriesterinnen unter soviel Erdgasdämpfe gesetzt wurden, daß sie die ihnen anvertrauten Offenbarungen zwangsläufig nur sehr halbverständlich weitergeben konnten.

Hinzukommt, daß moderne Schicksale ihre fade Unabänderlichkeit längst satt bekommen haben und Wert auf eine gewisse Flexibilität legen.

Wenn man ein zeitgenössisches Schicksal trifft, auf der Straße, im Schwimmbad oder beim Frisör, wird es sicher erst mal lamentieren und laut rufen: *So und so wird das alles kommen!* Und leise wird es hinzufügen: *Aber mir ist die Feststellung wichtig, daß ich auch anders könnte.*

Der Auftritt der Schicksale hat sich im Lauf der Jahrhunderte gewandelt. Sie stülpen sich niemandem wie früher einfach über, jene finsteren Zeiten sind vorbei. Sie bieten sich an, lassen durchaus Spielraum für Zufall und Mutwillen, und wo sie auf heftigen Widerstand stoßen, da bestehen sie nicht unbedingt auf sich, lassen mit sich reden und finden manchmal sogar Gefallen daran, sich in letzter Minute komplett umzugestalten.

Das alles muß man wissen, wenn man Beistand bei Orakeln sucht. Wenn ein Orakel die reine und unverdünnte Zukunft verspricht, ist das ungefähr so ernst zu nehmen wie ein Arzt, der behauptet, er werde jede Krankheit heilen.

In Pompeii hat es einst Hunderte konkurrierende Orakel gegeben. Kultisch geprüfte, mit dem Qualitätssiegel des dazugehörigen Tempels, Privatorakel mit individuell abgestimmter Kundenbetreuung, profitorientierte mit Zehn-Jahres-Vorhersage, alle Arten dreister oder durchgeknallter Scharlatane sowie die überhandnehmenden Ketten der Schnellorakel am Straßenrand, die billig waren und ausnahmslos Gutes prophezeiten.

Beinahe alle waren mit dem Vulkanausbruch begraben worden, und das einzige, das immer noch tätig war, hatte eine ganz besondere Eigenart, um auf die Gestaltungsmöglichkeiten moderner Schicksale zu reagieren. Es war bekannt als das *Palaverorakel*. Schicksale wurden dort nicht einfach offenbart, sondern lang und breit diskutiert. Es besaß nun mal eine Monopolstellung.

«Drei Hunde werden kommen, um Pompeii zu Hilfe zu eilen.»

«Drei? Nein, vier.»

«Zwei. Behaupte ich.»

«Fünf. Ich biete fünf!»

«Sicher ist das nicht. Es sind nicht mal drei Hunde. Es sind zwei ganze Hunde und vier Fünftel Hund.»

«Die drei bis vier Hunde werden dem Gift und vielleicht dem Himmel widerstehen.»

«Nur einer dem Gift!»

«Naja, kann man diskutieren, aber wenn dem Gift und wenn dem Himmel, dann vielleicht dem Rauch, wenn dem Rauch, dann vielleicht dem Wasser ...»

«Ein bißchen Wasser! Das ist nicht erwähnenswert.»

«Ist es doch! Wasser, Wasser, Wasser!»

«Übrigens – ich sehe noch einen fliegenden Hund.»

«Pah! Fliegen ist maßlos übertrieben. Er fällt.»

«Fallen klingt so passiv! Für mich fliegt er. Mit Absicht. Nach unten. Es tut ihm leid, was er anrichtet, aber nur, wenn sonst alles gut verläuft.»

«Wüßte er, was er anrichtet, täte es ihm nicht mehr leid.»

«Könnte man diskutieren. Jedenfalls: Der fliegt oder fällt. Und stirbt.»

«Ja, der stirbt auf jeden Fall.»

«Hinterher tut es ihm auch nicht mehr leid.»

«Er fühlt sich erleichtert.»

«Seh ich auch so.»

«Ganz klar.»

An diesem Punkt war das Orakel verstummt, erschrocken über zuviel Einig- und Eindeutigkeit. Zog sich in seine Felsspalte zurück, um neue Ahnungen zu sammeln.

Xenia rekapitulierte. *Knapp drei Hunde widerstehen Gift,*

Himmel, Rauch und Wasser, ein anderer Hund stirbt und richtet etwas an, was ihm leid tut oder auch nicht – das hatte schwer delphisch und nach Erdgas geklungen.

Bis Xenia Wochen danach auf Kaffeekanne stieß, der zu vier Fünfteln dem Schlangengift widerstanden hatte. Nun waren auch die restlichen Vorhersagen bestätigt worden. Zeit, dachte Xenia, das Orakel neu zu befragen.

Wir waren unsicher, in welcher Richtung Pompeii lag. Liefen an der Steilküste entlang, über schroffe Klippen, voller Krebse und Meerschnecken. Über Algenteppiche, auf denen man ausrutschen, über Felsspalten, in die man hineinschlittern konnte. Bis wir ein paar Badestrände erreichten. Kein Mensch hieß Hunde wie uns dort willkommen, man scheuchte uns fluchend von einem Strandabschnitt zum nächsten. Erst auf einem weit ins Meer hineinragenden, steinernen Kai konnten wir uns in Ruhe umsehen. Möwen und Katzen starrten uns an. Die ersten freilaufenden Katzen, die wir zu Gesicht bekamen.

Ein Angler warf uns gestenreich Fische zu, die ihm für sich selbst zu mickrig erschienen. Saxo probierte davon, unter den geschlitzten Blicken einiger Katzen. Ich wußte, ehrlich gesagt, nicht, wie wir uns gegenüber Katzen verhalten sollten. Ignorieren? Sie sahen mal böse, mal nervös aus.

Saxo schlang den Fisch hinunter und verzog den Mund. Der Angler lachte und schlug sich auf die Schenkel. Das hier war nicht unsre Welt. Wir hatten keine Ahnung, was schon Spott war, was noch Freundlichkeit. Grippi fragte eine der Katzen nach dem Weg. Die Katze tat, als wüßte sie nicht, was mit *Pompeii* gemeint sei. Vielleicht wußte sie es wirklich nicht. Auch die Möwen blieben stumm.

«Ihr seid schon richtig. Den Hügel da hinten hinauf und immer den Touristenbussen nach!»

Es war die Stimme meines entschlafenen Fünftels. Er klang etwas anders als im Traum, mich gruselte. Aber wozu zweifeln an dem, was er mir sagte?

«Verstehst du mich?» fragte das Fünftel, und ich beschloß, meinen toten Teil ab sofort einfach nur *Fünftel* zu nennen. Um die Größenverhältnisse klarzustellen.

«Laut und deutlich, Fünftel.»

«Na endlich, du sturer Hundling, ich rede mir hier das Maul fusslig, und du stellst die Ohren auf Durchzug. Na komm! Ihr habt genug Zeit verloren!»

«Kommandier mich nicht herum!»

Grippi und Saxo gafften mich an. Seit wann ich Selbstgespräche führen würde, fragten sie. Es wurde Zeit, die beiden in mein Geheimnis einzuweihen. Das war gar nicht einfach.

«Du siehst tote Hunde?» Saxo hielt mich für übergeschnappt.

Grippi wurde melancholisch. Jemanden zu lieben, der nur noch zu vier Fünfteln am Leben ist, scheint für Mädchen ein Problem darzustellen. Mich amüsierte das.

«Dann führst du also ein Doppelleben», flüsterte sie, «und einen Teil von dir bekomm ich nie zu Gesicht. Das ist doch eigenartig.»

«Ich führe kein Doppelleben, Fünftel ist nämlich tot, *total tot*, während *ich* lebe. Basta! Und was *du* drüber denkst, ist mir *egal*.»

«Hast ja recht. Verzeih! Natürlich liebe ich, was immer von dir übrig ist.»

Wie mir dieses andauernde Gesäusel auf die Nerven ging! «Wenn du der letzte Hund auf Erden wärst, ich würde nichts mit dir anfangen, nein. Kapier das endlich!»

Grippi wandte sich ab. Ich hatte nicht so hart klingen wollen. Es tat mir leid.

Saxo meinte, er habe schon früher von Hunden gehört mit Stimmen und Visionen im Kopf. Sehr alte Hunde seien das gewesen, die nicht mehr alle beisammen gehabt hätten. Nur hätten *die* das nie freiwillig zugegeben. Im Gegensatz zu mir.

Wir stritten uns. Saxo blieb die Sache nicht geheuer. Ob ich diesem Fünftel denn trauen könne, bedingungslos?

Schwere Frage. Ich zögerte.

«Du *kannst* mir vertrauen.» Gähnte das Fünftel.

«Ich *kann* ihm vertrauen.» Sagte ich Saxo.

Er schien von meiner Antwort nicht überzeugt, aber weil ihm kaum etwas übrigblieb, als sich mit der Situation abzufinden, knurrte er vieldeutig und kündigte an, mich schärfer als bisher im Auge zu behalten.

Wir machten uns auf den Weg. Der Nachmittag war zum größten Teil unter sinnlosen Debatten dahingegangen, verschwendet worden. Als hätte sie nur auf unseren Aufbruch gewartet, senkte sich die Dämmerung über den Strand.

«Drei Hunde betreten das Reich der rotierenden Farben.»

«Sie reiten auf unbeweglichen Tieren, die sich bewegen.»

«Nein, tun sie nicht.»

«Sie könnten es tun.»

«Könnten sie. Wäre egal.»

«Sie essen Fetzen von den Zuckerwolken.»

«Der eine, ja, vielleicht auch die beiden anderen. Aber das ist egal.»

«Sie trinken vom schaumigen Getreidesaft und werden unaufmerksam.»

«Das ist nicht egal.»

«Nein. Obwohl, im Endeffekt vielleicht schon.»

«Eingetütet wird einer und von zweien getrennt.»

«Vielleicht werden auch zwei eingetütet und von der einen getrennt?»

«Nein, nur fast.»

«Na gut, nur fast.»

«Die anderen treffen eine Hündin, die von viel mehr Hunden getrennt wurde.»

«Das ist aber völlig egal.»

«Ich finde, es ist nicht ganz egal.»

«Möglicherweise, jedenfalls vereinigen sich die Getrennten nicht.»

«Noch nicht.»

«Wieso noch nicht? Vielleicht auch nie.»

«Möglich.»

«Zwei betreten die Unterwelt, die beiden anderen die Bühne einer anderen Unterwelt.»

«Nicht die Bühne. Nur die eisernen Garderoben.»

«Ja, aber einer betritt auch die Bühne. Der Eingetütete.»

«Dort trifft er King Kong.»

«King Kong? Im Ernst?»

«So sehe ich das.»

«Gut.»

Soweit das Palaverorakel im Wortlaut. Selbst eine gebildete, erfahrene Geisterhündin wie Xenia konnte nicht sicher sein, mehr zu wissen als zuvor.

Es war dunkel geworden hinter uns. Meer und Himmel verschmolzen zu kantenloser Schwärze. Wir liefen über noch sonnenwarmen Asphalt, sahen, nicht weit entfernt, Lichter in vielerlei Farben. An der Straße stand ein Karussell, wir wußten weder, was ein Karussell war, noch wie es genannt wurde, aber es drehte sich. Fröhliche Menschenkinder saßen auf hölzernen Tieren. Eis wurde verkauft, und es gab eine Schießbude, und im Kies lagen Schleckereien, die wir nie zuvor gekostet hatten. Fetzen von Zuckerwatte, ein halber kandierter Apfel, geschmolzene Eiskugeln, die ungeschickten Kindern von der Waffel gefallen waren. Herrlich. Das Fünftel mahnte, wir sollten nicht noch mehr Zeit vergeuden, aber es gelang mir, seine Stimme leise zu stellen. Wir wollten doch nur eine Viertelstunde aus dem Vollen leben. Im Glanz der vielen bunten Lichter.

Wir fuhren ein paar Runden auf dem Karussell mit, bis uns schwindlig wurde. Überall hingen gelbe, rote und blaue Lampions. Der Lunapark war ein Paradies. Wir wurden sogar gefüttert. Ein Mann schüttete Nüsse und Rosinen auf seine Handfläche und ließ sie uns leer schlabbern. Es sprach nichts dagegen, mit vollem Magen nach Pompeii zurückzukehren.

Saxo drängte sich vor. Der Mann streichelte ihn, gab ihm alle restlichen Nüsse und Rosinen, bewunderte Saxos Gebiß.

Ich sah mir mit Grippi den Autoscooter an. Menschen saßen in kleinen Gefährten und hatten offensichtlich Spaß dabei, diese Gefährte gegen andere zu fahren, das gab dann jeweils ein lautes, dumpfes Geräusch. Menschen konnten nicht ganz dicht sein, ich hatte es immer gewußt. Junge

Menschen schütteten aus einer schmalen Flasche goldfarbenes Blubberwasser in einen Plastiknapf, hielten es uns hin. Wir nippten davon. Es schmeckte leicht bitter, aber kühl. Prickelte in der Kehle. Wir baten um mehr. Es machte uns leicht. Und lustig. Die jungen Menschen grinsten, freuten sich mit uns. Hinter dem Autoscooter ging der Mann mit den Rosinen vorbei. Er trug einen zappelnden Sack. Wir lachten. Die Menschen besaßen schon komische Dinge. Zappelnde Säcke. Zum Totlachen. Ich hörte eine Stimme. Das Fünftel. Es rief etwas wie: *«Besoffeneriot!»* Hä? Grippi rieb ihren Kopf an meinem Bauch. Wenn sie das gern hatte, bitte. Das Fünftel meinte mich. Oder? Es war schwer zu verstehen, wie ein zerhacktes Hintergrundgeräusch.

«Deschleppsaxofott!»

«Was?» Der Mann mit dem Zappelsack stieg in einen Wagen. Der Wagen fuhr los. Irgendwie verstand ich, was passiert war. Irgendwie auch nicht. Schwer zu beschreiben. Mir war so gut. Mir war anders. Mir war schlecht. Aus weiter Ferne die Stimme von Fünftel. Irgendwas sagte er wohl.

Der Lunapark schloß. Die vielen bunten Lichter gingen aus, einfach aus, irgendwohin.

II

Bei den Geisterhunden ist Lesen sehr beliebt. Fast alle haben es im Lauf der Jahrtausende gelernt, und obwohl Langeweile unter Geisterhunden offiziell verpönt ist, gibt es doch Stunden, die sie begeistert mit Lektüre verkürzen.

Sie kannten alle antiken Graffiti Pompeiis längst auswendig, auch ein paar neue, und wenn ein Tourist seine Zeitung auf der Sitzbank vergaß, sammelten sie sich darum, lasen und warteten ungeduldig, bis der Wind die Seite umwehte. Obwohl auch Ungeduld offiziell verpönt ist unter Geisterhunden. So erfuhren sie dank des Lokalteils zum Beispiel, daß der Stadtrat Neapels beschlossen hatte, endlich Herr der Hundeplage zu werden. Mit neuen, kompromißlosen Maßnahmen. Sie lasen die Nachricht mit genau jener Gleichgültigkeit, die Toten oft nachgesagt wird, wenn es um die Probleme noch Lebender geht. Was hätten sie auch unternehmen können? Daß es dann so schnell ging, rang ihnen immerhin ein kurzes Staunen ab.

Fünftel hackte auf meiner bleiernen Kopfhaut herum, erst im Traum, sehr wirr, wahrscheinlich in Geistersprech.

«Blökleinrund!!! Faschwenztinezeit!!! Nimmstofremdenachendidunikens säufbisobehikatstrof!!! Nizuglaub!!!

Ich verstand nicht viel mehr als die Ausrufezeichen.

«Demdemlagmussajajamandishirnkschissahab!!! Kanidvaschtewiwimazusamawanvadam!!!»

Später, als ich mitten auf der freigeräumten Fläche des Autoscooters erwachte, wiederholte Fünftel seine Vorwürfe, hackte sie mir in den Schädel, schmerzhaft klar und mit vollem Recht.

Wir schämten uns, wie wir uns noch nie geschämt hatten. Ich konnte mir nicht verzeihen. Hatte betrunken und lachend zugesehen, wie mein bester Freund in einem Sack verschleppt wurde. Fürchterliches Gefühl. Wir wollten ihm zu Hilfe kommen. Fünftel meinte, das sei unmöglich, Saxo befinde sich viele Kilometer entfernt, für noch lebende Hunde eine zu weite Strecke. Ebenso riet er uns davon ab, sofort nach Pompeii zurückzukehren, obwohl wir die westlichen Ausläufer des Geländes bereits erkennen konnten. Es sei da was im Gange, sagte er.

«Was denn?»

Auch bei den Füchsen gab es Unruhe. Nicht daß man den Hunden nachgeweint hätte. Aber im Zuge der Maßnahmen, die der Stadtrat gegen die Hundeplage beschlossen hatte, sollten künftig auch Füchse härter kontrolliert werden.

Da sie fast nur nachts unterwegs waren und kaum ein Tourist sie je wahrnahm, galten sie nicht unbedingt als Plage. Jedoch standen sie im Verdacht, die Tollwut zu übertragen. Gut, für ein paar vereinzelte schwarze Schafe unter den Füchsen traf das zu. Solche Exemplare jedoch hätte Vespa nie in ihrem Hoheitsgebiet geduldet. Hier war alles sauber, und solange Vespa regierte, würde das so bleiben. Die Hundefänger legten, weil das zu ihren Aufgaben gehörte, immer auch ein paar Fuchsfallen aus. Kein Fuchs von halbwegs intaktem Verstand verfing sich je darin, weswegen man mit den Hundefängern bisher gut ausgekommen war.

«Was, verdammt?»

Grippi erschrak, so laut bin ich geworden. Fünftel meldete sich nicht mehr, stellte auf stur.

«Liegst du mit deinem toten Teil in Streit?» wollte Grippi wissen, und ich wußte ihr keine Antwort zu geben. Ich war wütend auf mich, auf Grippi übrigens auch. Wenigstens sie hätte nüchtern bleiben können, Mädchen tun sich ja so gern damit hervor, vernünftiger zu sein als Jungs. Säuferin. Ach, ich war ungerecht und selbstgerecht, merkte das auch bald und versöhnte mich mit ihr und mir. Wir trotteten durch den Morgendunst, verunsichert, schwerfällig. Tauchten unsre Köpfe in einen Eimer kühlen Wassers.

Erst nach einer halben Stunde hörte ich wieder Fünftels Stimme. «Ihr könnt Pompeii jetzt betreten.»

Er klang ein wenig traurig und nicht bereit, Näheres zu erläutern. Grippi und ich rannten am Südzaun entlang, durch die Porta Marina.

Alles friedlich.

Vitello T. lag fett und angekettet vor dem Kiosk, dessen Fensterläden Mario mit frischer grüner Farbe bestrich. Alles wirkte normal und ruhig. Unnormal ruhig. Keine Touristen waren da, und, außer Vitello T., keine Hunde. Pompeii schien, soweit man sehen konnte, wie ausgestorben.

Wir riefen. «Hallo?» Und wieder und wieder: «Hallo?» Das Echo unsrer Rufe brach sich in den Mauern der Ruinen. Keine Antwort.

Gespenstische Stille. Als hätte sich ein großes Vakuum über die alte Stadt gelegt.

Plötzlich, von Norden her, tönte der höhnische Gesang der Outlaws.

Mit Plinius ist Schluß. Mit Plinius ist Schluß.
Und alle seine Schisserhündchen haben nun Verdruß.
Alle töten, alle töten! Johehollahoo ... Johihollahee ...

9

Ferox hatte als Erster begriffen, was vor sich ging, als er durch den Zaun hindurch, frühmorgens, kurz bevor er schlafen gehen wollte, auf der Straße die heranrollenden Transporter sah, voller Menschen mit riesigen Käschern. Hatte all seine Besserwölfe zusammengerufen und rund ums Gebiet der Schoßhündchen postiert. An diesem Dienstag morgen blieb Pompeii für Touristen gesperrt.

Ein gutes Dutzend von Hundefängern aus ganz Campanien mit ebensovielen dreirädrigen Lieferwagen kam in die Stadt und traf auf völlig überrumpelte Hunde. Die, die sich versteckten, wurden von Ferox' Leuten aufgespürt, verbellt und in Netze und Käscher getrieben. Die Hundefänger schmissen jeden Vierbeiner, den sie erwischten, auf die nächste Ladefläche, ohne Federlesen. Sie waren abergläubisch und rachsüchtig. Weil in der Fahrerkabine ihrer verunglückten Kollegen ein toter Hund gefunden worden war, glaubten sie allen Ernstes, dieser Hund könne den Unfall verursacht haben.

Die Aktion wurde ein voller Erfolg. Zum Bersten gefüllt mit harmlosen Tieren, rollten die Transporter aus Pompeii heraus. Selbst den erfahrenen Plin hatte man erwischt. Von den Outlaws hingegen war keiner ins Netz gegangen. Sie feierten den Tag als Befreiung und sangen sich die Kehlen wund. Gegen elf Uhr endlich wurden all jene Touristen aufs Gelände gelassen, die zuvor in ihren Reisebussen hatten ausharren müssen.

«Fünftel? Wo sind alle hin?»

«Weg.»

«Drück dich genauer aus! Wir müssen ihnen doch helfen.»

«Müßt ihr nicht. Könnt ihr nicht.»

«Du bist gefühllos.»

«So ist der Tod. So ist das Leben. Hättest es ja schnell hinter dich bringen können, aber nein, du mußtest dran hängen, wolltest es auskosten, jetzt mußt dus eben auslöffeln.»

«Was ist mit Saxo? Was macht er gerade?»

«Bin ich dein Laufbursche? Hättest du weniger Bier gesoffen, dann wüßtest du über Saxo Bescheid.»

Das saß. Und stach tief.

«Was sollen wir deiner Meinung nach tun?»

«Keine Ahnung. Zur Abwechslung weniger Blödsinn?»

Grippi stupste mich. Es sei alles ganz deprimierend, aber jetzt wären nur noch wir beide übrig – und das sei doch irgendwie auch romantisch. Vielleicht sollten wir, sagte sie, das Beste aus der Sache machen, eine neue Familie gründen, Pompeii wieder bevölkern und –

«Irgendwer wird schon noch da sein!» unterbrach ich sie schroff.

Als die Transporter aufs Forum rollten, war Calista unterwegs, um sich nach einer hübschen Blume umzusehen, die sie für die Touristen im Maul tragen würde. Als sie eine besonders blaue gefunden hatte, sah sie zwei von Ferox' Outlaws vorbeihetzen und verbarg sich vor Schreck in einem trockengelegten Zierbrunnen. Es gab viel Motorenlärm und Geschrei, Laute der Angst und des Zorns. Sie zitterte, duckte sich, zerkaute die hübsche blaue Blume und wagte sich lange nicht aus ihrem Versteck.

Etwas Schreckliches mußte geschehen sein, dem sie nicht ins Auge sehen wollte. Stattdessen sah plötzlich *ihr* etwas ins Auge. Und ausgerechnet eine Schlange! Calista blieb das Herz stehen. Obwohl sie nie gelernt hatte, wirklich furchterregend zu knurren, tat sie ihr Möglichstes. Was sich dennoch eher kläglich anhörte.

«Mal ruhig, junge Dame», zischte die Schlange. «Du hast rein gar nichts zu befürchten. Ich beiße keine Hunde. Naja, von einer Ausnahme abgesehen, wie du vielleicht weißt. Aber das war ein Unfall, ein tragischer Unfall. Sind nicht alle Unfälle tragisch? Könnte man einwenden. Aber im Fall von Kaffeekanne scheint der kleine Unfall ja doch eher ein Segen gewesen zu sein. Ja, ich bin das, Clabauta, die Sandviper. Hörst du mir zu? Verstehst du, was ich sage?»

Calista nickte, konnte ihr Entsetzen jedoch nur langsam abschütteln.

«Also, weiter im Text. Paß genau auf, was ich dir sage, ich habe es aus einer gut informierten Quelle, die hat es direkt von einem ziemlich zuverlässigen Orakel. So richtig werde ich daraus selber nicht schlau, aber du kannst mir vertrauen. Behaupte ich jetzt mal so.

Ich weiß, richtig überzeugend klingt das alles nicht, aber was bleibt dir übrig, so gesehen – deine Familie ist fort, du kämst hier vielleicht ganz gut über die Runden, als Fotomotiv mit Maulblume, schön, aber es wäre ein sehr langweiliges Leben. Und völlig nutzlos.»

Calista, am ganzen Körper zitternd, hörte der Schlange zu und rätselte vergeblich, worauf sie hinauswollte. Immerhin, das registrierte sie erleichtert, ging wohl keine direkte Gefahr von ihr aus.

«Du kannst von großem Nutzen sein, wenn du auf mich hörst, junge Dame. Du wirst jetzt gleich zum Forum gehen. Dort wirst du zwei Hunde treffen, die du kennst. Denen möchtest du dich anschließen. Sollst du aber nicht. Die beiden kommen ohne dich viel besser zurecht. Sie haben nämlich eine Mission, du aber eine andere. Glaub bitte nicht, ich sei verrückt oder hinterhältig, nur weil ich mit gespaltener Zunge rede, ja? Du mußt dich von den beiden fernhalten und deiner eigenen Wege gehen. Raus aus Pompeii. Einen langen einsamen Weg.

Such denjenigen, der dir am Herzen liegt, rette ihn und bring ihn hierher. Wie du das machst, davon habe ich keinen blassen Schimmer, es wird auch sehr gefährlich sein, aber am Ende machst du dir damit selber das größte Geschenk. Ich kann dir ungefähr den Weg beschreiben und den Ort, zu dem du finden mußt. Es wird dich zwei Paar wunde Pfoten kosten, aber es wird sich lohnen. Vermutlich. Da war sich das Orakel nicht ganz einig. Ich will dir nicht das Blaue vom Himmel versprechen, aber ich bin, wenn du gestattest, deine Freundin. Die dich gerne begleiten würde, wärst du nicht ohne mich viel schneller. In Gedanken werde ich bei dir sein. Schau mir in die Augen – können diese Augen lügen? Nein, können sie nicht, Augen sind stumm, vertrau mir. Du bist jung und von, na sagen wir: reinem Gemüt. Jetzt lauf!»

Calista hatte noch nicht endgültig entschieden, was sie über die Viper denken sollte, aber irgendwo tief in sich sah sie plötzlich einen blechernen, unheimlichen Ort und einen Weg dorthin, und sie sah Saxo, den Hund ihrer Träume, und seltsamerweise gab ihr, was sie da verschwommen sah, ein Gefühl unbezweifelbarer Wichtigkeit. Sie war jung und, wie gesagt, begeisterungsfähig – und lief einfach los.

Clabauta zog sich seufzend zurück. Immer diese Liebesgeschichten überall, die irgendwas in Gang brachten, was sich später vielleicht *Geschichte* nennen würde.

Calista rannte an uns vorbei. Grippi hatte sie eben gewittert und mir ihre Anwesenheit freudig verkündet, da erblickten wir sie bereits.

Sie sah, muß ich sagen, hübsch aus, hübscher als in meiner Erinnerung. Inzwischen ahnte ich, was Saxo so an ihr gefallen hatte. Ich rief ihren Namen. Sie ignorierte mich einfach.

Ich rannte ihr hinterher, rannte neben ihr her, brachte sie schließlich zum Stehen. Sie sah umwerfend aus. Warum war mir das zuvor nie aufgefallen?

«He, Calista, was ist los mit dir, kennst du mich nicht mehr?»

«Hallo, Kaff.»

«Sag mir, was ist passiert? Wo sind denn alle hin?»

«Ich weiß es selbst nicht. War Blumen pflücken. Aber ich hab zu tun. Darf mich mit euch nicht aufhalten. Läßt du mich vorbei, bitte?»

Ihr Betragen kam mir höchst eigenartig vor. Warum war ausgerechnet Calista verschont geblieben? Und wer zum Teufel hatte ihr gesagt, sie dürfe sich nicht mit uns aufhalten?

«Bleib doch mal hier, rede mit mir!»

Aber Calista beachtete mich nicht, lief weiter, und ich hatte nicht ausreichend Grund, sie mit Gewalt zurückzuhalten. Sie hetzte durchs Tor auf die Straße hinaus.

«Kann es sein, daß sie was mit den Outlaws zu tun hat?»

«Calista? Calista doch nicht.» Grippi schüttelte vehement den Kopf. «Die ist doch eher ein Hase als ein Hund.»

«Aber ein hübsches Häschen. Verdammt hübsch. Findest du nicht auch?»

«Pffft ...»

Grippi wurde hinter meinem Rücken eifersüchtig, ich spürte es und muß sagen: angenehm.

Plin und die anderen kauerten zusammengepfercht auf den Ladeflächen. Der weise alte Hund beruhigte die Welpen, man fahre an einen schönen Ort, wo es Futter gebe und klares kühles Wasser aus Leitungen. Plin versuchte selber daran zu glauben, denn es gibt Situationen, wo alles Wissen nichts nutzt und gern gegen ein wenig guten Glauben eingetauscht wird.

Bisher war ich in jede Gefahr selbstverschuldet geraten, und jedesmal war ich von irgendwem gerettet worden. Helden sehen anders aus.

Fünftel beurteilte das ähnlich. Ich glaube, er verachtete mich. Selbst ich hatte mich kaum noch gern. Grippi sagte nie ein böses Wort. Versuchte meiner Niedergeschlagenheit mit Witzen zu begegnen. Das war lieb gemeint, aber mit Saxo an meiner Seite hätte ich mich besser gefühlt.

Pompeii wurde jetzt von Ferox beherrscht. Wir hörten seine dunkle Stimme aus dem Chor heraus. Er hatte uns längst entdeckt.

Kaffeekanne und das Veilchen,
leben noch ein kleines Weilchen,
dann, in einer schwarzen Nacht
wird mit ihnen Schluß gemacht.
Töten töten beide töten … usw.

Tagsüber, unter den Touristen, waren wir einigermaßen sicher, danach war hier niemand mehr sicher, der nicht zu Ferox' Meute gehörte. Wir beschlossen, die Nacht außerhalb der Mauern zu verbringen, passierten die Porta Herculanea in Richtung der Mysterien-Villa. Die wir bisher ja nicht erreicht hatten. Füchse liefen uns diesmal nicht über den Weg. Wir erreichten die Villa in der letzten Dämmerung und konnten uns sogar noch ein paar der bunten Wandgemälde ansehen, für die sie berühmt ist. Schließlich begriffen wir auch, warum uns Plin geraten hatte, im Notfall hierher zu kommen. Hinter der Villa der Mysterien lag der Bahnhof des modernen Pompeii. Bahnhöfe werfen immer Futter ab.

Saxo wurde begutachtet. Die beiden anderen Hunde auf dem Rummel hatten nichts getaugt, aber dieser Terriermischling besaß ein vielversprechendes Gebiß und starke Muskeln. Die armdicken Äste, die man ihm in den Zwinger warf, biß er durch wie Bleistifte. Und er war richtig wütend.

Eine Kämpfernatur. Ihm wurde rohes Fleisch durch die Gitterstäbe geschoben, aber Saxo hörte nicht auf, an den Eisenstäben zu nagen. Ein guter Fang. Vielleicht nicht erste Sahne, aber für einen Dahergelaufenen recht ordentlich.

Wir waren keineswegs die einzigen, die sich in den Abfällen des Bahnhofrestaurants nach Essen umsahen. Ein paar Katzen taten das auch, aber die stellten kein Problem dar, hielten Abstand und kamen uns nicht in die Quere. Wir sahen einen Fuchs hinter den Gleisen, er wagte sich ebenfalls nicht in unsre Nähe.

Anders die drei Hunde, die auftauchten, als Grippi eben eine Schüssel kalter Spaghetti gefunden hatte und mir ihre tomatenverschmierte Schnauze zum Ablecken anbot.

Zerzauste, dabei fettleibige Köter mit schorfigen Fellen. Sie wirkten nicht gerade erfreut über uns. Wollten wissen, was wir hier machen, woher wir kämen undsoweiter. Wir erzählten, was in den Ruinen geschehen war, und daß es dort nachts nicht mehr sicher sei.

Die drei, sie nannten sich Carlo, Luigi und Lola, wollten mit Pompeii nichts zu tun haben, jedenfalls nicht mit dem alten Pompeii. Das wäre, sagten sie grob, ein *Ort für Verlierer.*

Ach so? Redeten die mit mir? Meinten die mich? Ich wollte mich nicht als Verlierer bezeichnen lassen.

«Als was würdest du dich denn lieber bezeichnen lassen?» fragte Luigi, und Lola meinte, ich solle meiner kleinen Freundin doch mal die Schnauze ablecken, das sähe ja aus, als hätte jemand ihr Mäulchen blutig gebissen. Der Ton verschärfte sich.

«Hört mal, ihr drei Neidhammel, wir essen uns heute Nacht hier satt, danach gehen wir zurück nach Pompeii, in Ordnung?»

«Ich denke», antwortete Carlo, «da drüben herrscht jetzt dieser Ferox und seine Bande. Was wollt ihr zwei blassen Gestalten gegen den ausrichten?»

«Eins nach dem anderen. Wir holen uns Pompeii schon zurück. Vielleicht habt ihr ja Lust, uns zu begleiten?»

«Nein, eigentlich nicht», lachte Luigi.

«Wirklich, eher nein», meinten die beiden anderen. Wozu als vernünftiger Hund in Ruinen hausen? Die schmerbäuchige Lola fügte hinzu, daß es gesünder für uns sei, wenn wir uns schleunigst verkrümelten.

Das ging entschieden zu weit. Die drei flößten mir keinerlei Angst ein. Ich hatte eine Kampfausbildung bei Ferox hinter mir und sollte mich von verfilzten Bahnhofspennern anmachen lassen? Andererseits hatte Grippi eben keine Kampfausbildung hinter sich. Sie war ein Klotz am Bein. Ich wünschte in dem Moment, nur einmal keine Rücksicht auf sie nehmen zu müssen. Grippi schien meine Gedanken zu erraten, drängte sich eng an mich und begann zu knurren. Das kam wirklich unerwartet. Mit ein paar Sekunden Verzögerung stimmte ich in ihr Knurren ein, wir knurrten gemeinsam die drei Mistviecher an, und dieses Gefühl von Verbundenheit, das war schön. Irgendwie erhebend. Carlo, Luigi und Lola erwiesen sich als feige Schaumschläger. Kündigten an, daß sie bald mit Verstärkung wiederkommen würden.

«Wozu denn? Ihr seid drei, wir sind nur zu zweit.» Grippi rief ihnen das hinterher. Mathematisch präziser hätte es niemand formulieren können. Das schmierige Trio verdünnisierte sich.

Ich gab Grippi einen Schmatz. Sie schmeckte nach Spaghetti Pomodoro, deshalb.

III

BAR SCAMBATI
Hamburger · Pizza
Gelati · Ice Cream
TAVOLA CALDA
Cornetto

Saxo wußte nicht, wo er gelandet war. Das waren keine Hundefänger, die ihm den Sack über den Kopf gestülpt hatten, soviel stand fest. Die Männer brachten ihn nicht um, und ein Tierheim war das auch nicht, jedenfalls nicht im gewöhnlichen Sinn. Sie fütterten ihn zweimal am Tag. Fütterten ihn sogar gut, mit fettem rohen Fleisch und bunten Pillen. Der Zwinger stand mit anderen Zwingern in einer halbverfallenen Lagerhalle. Manchmal öffnete sich das große scheppernde Tor, Hunde wurden hereingebracht, andere Hunde weggeholt, immer angeleint und mit Maulkorb. Alles imposante Exemplare.

«Was ist das hier?» rief Saxo in die Düsternis, denn es gab keinen Strom in der Halle und nur das wenige Licht, das durch verstaubte schmale Fenster von hoch oben hereinfiel.

«Das ist die Hölle, Frischling! Willkommen!»

Calista hielt sich von fremden Hunden möglichst fern, was nicht immer gelang. Einige Streuner blieben von ihrem Aussehen nicht unbeeindruckt, boten ihre Begleitung an, ihre Hilfe, unterbreiteten sogar noch andere, ganz unschickliche Vorschläge. Mit knapper Not entkam Calista mehreren Situationen, die gefährlicher waren, als ihr selbst bewußt.

Einmal wurde sie von einem korpulenten Hund namens

Moltopotente verfolgt und mußte Zuflucht in einem Abflußschacht nehmen, in den ihr Verehrer sich nicht hineinzwängen konnte.

Moltopotente gab nicht auf und belagerte den Schacht. Seine fast geflöteten Balzsprüche wichen schnell unverschämten Drohungen. Glücklicherweise kam ein anderer dicker Hund des Wegs und lenkte ihn ab.

«Carlo! Wir brauchen dich!»

«Was willst du, Luigi?»

«Da sind Eindringlinge am Bahnhof. Parasiten. Die müssen wir loswerden.»

«Nicht jetzt! Ich hab hier was am Laufen.»

«Komm gefälligst! Es geht um unseren Bahnhof!»

«Ach, verdammt!»

Die beiden entfernten sich. Calista atmete tief durch.

Frischling? Hölle? Das klang nicht gerade anheimelnd.

«Wer spricht da?»

«Mal lieber der Reihe nach. Wer bist *du* denn?»

«Mein Name ist Saxo. Ich bin Pompeiianer.»

«Ein Pompeiianer!» Abfälliges, stark widerhallendes Gelächter aus etwa einem Dutzend Kehlen.

Saxo wunderte sich über den rauhen Ton, der hier herrschte. Waren jene, die da lachten, nicht ebenso Gefangene wie er selbst?

«Worauf bildet ihr euch was ein? Wer seid ihr?»

«Wir sind Gladiatoren. Grüß dich, Todgeweihter!»

Wir hatten neben der Eisbox geschlafen, bei angenehm kühlen Temperaturen.

Ich besorgte uns Frühstück. Liegengelassene Pizzataschen vom Vortag. Mit Auberginen und Mozzarella gefüllt. Sagenhaft. Der Bahnhof war ein Himmel auf Erden, an dem ein findiger Hund sorgenfrei hätte leben können. Eine verlockende, sehr leckere Aussicht, das muß ich eingestehen. Option fürs Rentenalter.

Carlo, Luigi und Lola kehrten tatsächlich zurück, mit sechs oder sieben anderen, ähnlich dickwanstigen Kollegen. Endlich fühlten sich diese Halunken stark genug, um uns Schimpfwörter an den Kopf zu werfen. Beeindruckend war das nicht. Ich hatte Lust, zu kämpfen. Grippi riet davon ab, es seien zuviele. Ungern gab ich ihr Recht. Wir zogen uns taktisch zurück.

Gladiatoren? Saxo runzelte die Stirn. Sowas gabs doch seit tausenden Jahren nicht mehr, höchstens im Kino. Plin hatte von Gladiatoren erzählt. Das waren arme Kerle gewesen, die gegeneinander in der Arena auf Leben und Tod kämpfen mußten, zur Belustigung der Zuschauer.

Der Hund, der Saxo als *Todgeweihten* begrüßt hatte, stellte sich als Kingkong vor. Die Hunde in den anderen Zwingern trugen meist ähnlich klotzige Namen, die der Phantasie ihrer Peiniger entsprungen sein mußten. Giaco da Ripa, Stalins Letzter Wille, Prügeltüte, Killbilly, Vampirello, Tyrannocanis Rex, Jaws, Zombiedog, Eviscerator, Bloodybutmerry und der mit einem stolzen Stammbaum ausgestattete Koloß von Moloss.

Fast alle waren hier in dieser Halle geboren und zu Kampfhunden trainiert worden.

Saxo konnte sich bei ihnen bald auf gewisse Art beliebt machen, indem er Geschichten von der großen weiten Welt erzählte. Aber er wurde stets gewarnt, daß es unter Gladiatoren keine Freundschaft geben könne. Man würde irgendwann gegeneinander kämpfen müssen, spätestens dann würde Freundschaft nichts mehr wert sein. Das beste sei, zu gewinnen, das zweitbeste, zu sterben. Schlecht wäre, nur verletzt zu werden. Einen verletzten Gladiator wieder hochzupäppeln lohne sich nicht. Verletzte Gladiatoren würden mit einer Plastikschlinge erdrosselt.

«Aber wer», fragte Saxo, «kann euch denn zum Kämpfen zwingen?»

«Ganz einfach», meinte Kingkong, «Hunde, die nicht kämpfen wollen, werden auch erdrosselt, nur viel langsamer und qualvoller.»

«Ach?»

Calista marschierte Tag und Nacht, und wenn sie schlafen mußte, tauchte sie zuvor die wunden Pfoten in Salzwasser, um sich abzuhärten. Sie lief am Golf von Neapel entlang nach Nordwesten, ohne klare Anhaltspunkte zu besitzen, wonach sie genau suchen sollte. Nur eine grobe Richtung hatte die Schlange ihr gewiesen.

«Tuts weh?»

Calista schnellte herum. Der Hund, der sie angesprochen hatte, lehnte lässig im fahlen Mondlicht an einer Tonne. Sie erkannte ihn, seufzte erleichtert. Es war der Geheimniskrämer, der fahrende Hund, dem sie als Kind so gerne zugehört hatte.

«Valta!»

«Oh, kennen wir uns? Warte mal! Pompeii, hab ich recht? Bist aber hübsch geworden. Wie war der Name noch?»

«Calista.»

«Es lag mir auf der Zunge! Wie wärs mit nem Geheimnis?»

«Ich hab nichts zu bezahlen da.»

Valta lächelte. «Bitte nicht diesen Satz – aus dem Mund eines so schönen Mädchens …»

Calista wurde rot. Valta schnupperte in der Luft, summte eine Melodie und wollte wissen, wohin sie unterwegs sei. Sie beschrieb ihm, was sie vor ihren geistigen Augen hatte, das war in Worten nicht viel. Es ginge um Saxo.

«Dein Freund?»

Calista errötete wieder und gab keine Antwort.

«Verstehe. Er solls erst werden, stimmts? Und was macht er an diesem düsteren Ort mit dem vielen Blech?»

«Ich glaub, er ist in Gefahr. Hat die Schlange gesagt. Ich seh sein Bild mit Gitterstäben vor mir. Da sind auch noch andere Hunde. Große.»

«Aha?» Valta grübelte. Ihm schien etwas zu dämmern. Als umherziehender Geheimniskrämer kannte er die Welt, samt ihrer Sonnen- und Schattenseiten.

«Wo soll dieser Ort denn liegen?»

Calista zeigte in die ungefähre Richtung. Valta setzte ein ernstes Gesicht auf.

«Na gut, weißt du was, heute gibts ausnahmsweise ein Geheimnis umsonst. Es heißt: *Wer sich in Gefahr begibt, kommt darin um.*»

«Kenn ich schon. Hat Plin uns oft gesagt.»

«Also schön, dann noch eins hinterher: *Wer sich nicht in Gefahr begibt, kommt anderswo um.*»

«Das ist ein gutes Geheimnis.»

«Finde ich auch. Eins meiner allerbesten. Weißt du was? Ich werde dich ein Stück begleiten. Wenn du nichts dagegen hast.»

Valta konnte die junge Hündin nicht so einfach ins Unglück laufen lassen. Seinem Naturell entsprechend fand er es hingegen ganz angenehm, mit einer jungen hübschen Hündin egal wohin zu laufen.

IV

Fünftel mahnte mich zur Eile. «Wir haben keine Zeit mehr, Kaff. Das Orakel sagte, drei oder vier oder sogar fünf Hunde würden Pompeii retten, aber es wollte sich in diesem Punkt nicht festlegen, also muß es zur Not auch mit euch beiden gehen. Ihr müßt nach Unterird, in die Tiefe. Und weder ich noch sonst jemand kann euch dorthin begleiten.»

«Warum nicht?»

«Weil, äh, Geisterhunde an eine Art, naja, horizontale Schwerkraft gebunden sind. Wir können, bevor wir nicht erlöst werden, weder weit nach oben noch nach unten. Unser Platz ist in Pompeii.»

«Dann bin ich da unten also nur ein ganz normaler Hund?»

«Ja, ähmm. Leider.»

«Warum schickt ihr denn dann *mich* dahin? Warum nicht –» Mir fiel gerade niemand anderer ein.

«Eben – warum nicht dich? Vielleicht ist ja doch was Besonderes an dir, das da unten zum Vorschein kommt. Ihr habt einen weiten Weg zurückzulegen. Bis zu den Wurzeln des Vulkans.»

«Ein Vulkan hat Wurzeln?»

«Bildlich gesprochen.»

«Aha. Und was machen wir da?»

«Verhindern, daß er ausbricht.»

«Wir sollen –? Oh, verdammt!»

«Was ist, Kaff?»

«Mir fällt wieder was ein. Die Visionen, die ich hatte, als ich im Sterben lag.»

«Welche?»

«Ich hab den Vesuv gesehen. Er spuckte Feuer und Asche. Und –»

«Na?»

«Er spuckte auch zwei Hunde aus. Oder was von ihnen übrig war. Ich sah sie fliegen. Das waren nur noch verkohlte Häufchen.»

Fünftel grübelte eine Weile, meinte danach, daß Visionen nicht immer die Zukunft zeigten. Oft seien sie auch Restschatten der Vergangenheit.

«Was du gesehen hast, geschah vermutlich vor zweitausend Jahren, und die beiden Hunde waren jene, die *damals* losgingen, um den Vulkanausbruch zu verhindern.»

«Die haben es also nicht geschafft?»

«Nein, haben sie nicht. Aber das waren schließlich ganz andere Zeiten.»

Aus Fünftels Stimme hörte ich heraus, daß er mir Mut machen wollte, in Wahrheit aber große Angst um mich hatte. Nicht eigentlich um mich. Vielmehr um sich.

«Und wie bitte kommen wir nach Unterird?»

«Die Fledermausgrotte. Sie ist der Einstieg. Ihr werdet auf ein sonderbares Wesen treffen, das den Zugang verteidigt. Du und Saxo, ihr habt es schon gesehen.»

«O ja.» Ich konnte mich nur allzugut erinnern. «Wie kann man es überwinden?»

Fünftel meinte, darüber lägen ihm leider keine Informationen vor. Man habe eifrig recherchiert, jedoch ohne Erfolg. Wir seien ganz auf unsere Erfindungskraft gestellt und unser Improvisationstalent.

«Jetzt kannst du berühmt und ein Held werden, Kaff! Versuch dein Bestes. Ciao.»

«Aber worin besteht denn nun die Gefahr? Ich meine, *warum* droht der Vesuv neu auszubrechen? Und was bitte soll *ich* dagegen tun? Oder Grippi? Hee! Kannst du mir darüber nichts sagen? Hallo?»

Im engsten Kreis seiner Kapos hielt Ferox eine Rede, derzufolge es auf der allzu toleranten Erde jene abartigen Kreaturen gebe, die zwar entfernt mit dem Hund verwandt seien, aber nicht einmal wie Unterhunde behandelt werden dürften. Füchse.

«Füchse werden von nun an die neuen Trainingsgeräte in der Ausbildung zum Besserwolf. Und das ist sogar eine Ehre für schäbige Füchse. Es wird bald nächtliche Stoßtrupps geben, um den Kampf bis zur gründlichsten Vertreibung an lebenden Gegnern zu trainieren! Damit löschen wir zugleich den Blutdurst unsrer Soldaten. Man muß Kämpfern schließlich Möglichkeiten bieten, ihr Können auszuprobieren.»

Vespa besaß ihre Späher, um die neuesten Entwicklungen in der Ruinenstadt zu verfolgen.

Das Unternehmen *Fuchsjagd* aber verlief so geheim, daß der erste Überfall völlig unerwartet kam.

Ferox selbst führte den Stoßtrupp an. Vespa mußte dreizehn tote Füchse beklagen, ihre eigenen Welpen entkamen nur knapp dem Gemetzel. Die von den Kapos zu absoluter Gnadenlosigkeit erzogenen Besserwölfe steigerten sich in einen Blutrausch.

Ferox war stolz auf seine Auszubildenden. Vespa hingegen hatte als Regentin versagt und wurde, so wollte es das strenge Fuchsgesetz, von den wenigen überlebenden Füchsen verstoßen.

Manchmal, immer abends, öffnete sich das scheppernde Metalltor und jeweils zwei der Hunde wurden an Schlingstöcken ins Freie geführt. Draußen hörte man großen Lärm, anfahrende Autos, brüllende Menschen, das Geräusch zusammenstoßender Flaschen, Wettquoten, Gebell, Geknurre, Winseln, und wenn einer der beiden Hunde wieder zurück in seinen Zwinger gebracht wurde, sah er meist reichlich mitgenommen aus. Immer kehrte nur einer von beiden zurück. Derjenige hatte meist nicht viel Lust darüber zu reden, was geschehen war.

Man konnte sichs auch denken. Die illegalen, von Mafia-Clans organisierten Hundekämpfe waren in der Gegend von Neapel überaus beliebt. Das neue Tierschutzgesetz stellte sie unter Strafe, aber dadurch änderte sich wenig. Gut fünfzehntausend Hunde pro Jahr, hieß es, gingen italienweit bei diesen Spektakeln drauf.

Saxo war, im Vergleich mit den anderen, ein Leichtgewicht. Höchstens für Vorkämpfe geeeignet. Ein *Appetithäppchen*, wie Kingkong sich ausdrückte. Hier gab es auf Kraft und Wut gezüchtete Staffordshires und seltene spanische Alanos, Rottweiler und Pitbulls, argentinische Doggen, brasilianische Filas und alle sonstigen Arten Molosser.

Es gab Mastinos, die größer waren als Ferox und genauso verrückt, wenn auch nicht so böse. Aber manche kämpften durchaus gern, der Kampf war die einzige Abwechslung in ihrem tristen Leben. Viele waren der Meinung, daß sie nicht verlieren könnten, einige liebten den Geruch von Blut und fast alle lebten für den Applaus des Publikums.

Kingkong, ein aus Fernost importierter Tosa-Inu, war sowas wie der Superstar. Nicht brutal und beschränkt wie ein Mastino, aber er hatte zwölf Hauptkämpfe überlebt und war inzwischen so abgebrüht, daß er mit seinem Schicksal nicht länger haderte. Und einen gewissen Stolz auf sich entwickelte.

«Heut hab ich Kangfufaita ins Jenseits geschickt. Ging ganz schnell, sie hat nicht leiden müssen. Die Wetten auf mich standen anderthalb zu eins.»

«Toll», murmelten die anderen Hunde, die von so einer Wettquote nur träumen konnten.

Kingkong, dachte Saxo zuerst, will uns beeindrucken, einschüchtern, möchte uns überreden, einen leichten Tod dem ernsthaften Kampf vorzuziehen. Sehr geschickt.

«Heut hab ich Drac den Würger ins Jenseits geschickt», erzählte Kingkong nach dem dreizehnten Kampf. «Ging nicht ganz so schnell, er hat echt leiden müssen, der Arme. Die Wetten auf mich standen einskommaeins zu eins.»

«Toll.» Murmelten die anderen Hunde.

Saxo gab das Denken auf. Hier schienen Gedanken fehl am Platz. Kingkong war anscheinend wirklich toll. Und einfach an nichts anderem als seinem Überleben interessiert. Es hieß, er trete und beiße nicht einfach zu, er ringe mehr mit seinen Gegnern, bis er auf ihnen lag, ihnen die Luft abdrückte und sich zur Kehle vorarbeitete. Eine in Japan entwickelte Kampftechnik.

Xenia und Ares machten sich langsam Gedanken um eine Alternative, einen Plan B.

«Ach, Xenia, weißt du noch, wie es uns beide damals aus dem Vesuv herausgeschleudert hat? Ich meine, wir hatten nichts erreicht und schämten uns deswegen, aber es war doch auch ein schneller Tod, das ging zack, zack, und der letzte Eindruck vom Leben war sofort der erste Eindruck *nach* dem Leben, dieses Naturschauspiel – bei all seiner Grausamkeit besaß es aus neutraler Perspektive doch auch etwas Gewaltiges, das man durchaus auch – naja – schön oder prachtvoll nennen könnte. Findest du nicht?»

«Worauf willst du hinaus, Ares?»

«Was wäre so schlimm, wenn Pompeii mal wieder unter Asche läge? *Wir* könnten uns darin wie gewohnt bewegen. Die Menschen würden es irgendwann wieder ausgraben. Warum kümmerst du dich so sehr um das, was drunten in der Vergänglichkeit geschieht?»

«Ich weiß nicht. Vielleicht ist ein winziger Teil von mir noch lebendig.»

«Echt? Also in mir ist alles tot.»

«Ich weiß.» Sagte Xenia mit einem Hauch von Bedauern in der Stimme.

Ares, leicht verstimmt, fand, daß es an der Zeit sei, Klartext zu reden.

«Die beiden werden es nicht schaffen, Orakel hin und her. Genausogut könnten wir zwei Perserkätzchen dort hinunterschicken.» Er brachte die Sache, wie er meinte, auf den Punkt.

«Sie allein schaffen es wahrscheinlich nicht», meinte Xenia. «Aber womöglich gibt es dort unten jemanden, der ihnen helfen kann.»

«Wen denn? Wer sollte das sein?»

«Jemand, den wir hier immer vermisst haben. Vielleicht ist er dort unten irgendwo. Irgendwo *muß* er ja sein.»

«Wen meinst du?»

«Max.» Xenia sagte diesen Namen wie ein Kosewort, wie eine zärtliche Erinnerung.

«Du hast die Hoffnung nicht aufgegeben?» Ares seufzte laut, wie über eine unsinnige Sentimentalität.

«Nein», sagte Xenia. «Nie.»

Schließlich war es soweit. Saxo wurde die Schlinge um den Kopf gelegt, am Stock zerrte man ihn ins Freie. Es war dämmrig. Ein paar Scheinwerfer strahlten in eine betonierte Grube, vielleicht zwei Meter tief, zwei Meter lang und drei Meter breit. Das Drumherum mußte eine Art stillgelegter Schrottplatz sein, es gab rostige Autowracks zu sehen, Berge davon. Rund um die Grube, in der einmal Mechaniker die Unterböden von Autos repariert hatten, waren Klappstühle und Tapeziertische aufgestellt. Achtzig bis hundert Menschen bildeten einen Pulk, manche saßen im Unterhemd da, andere trugen feine Anzüge, Seidenkrawatten und fette goldene Ringe. Es wurde viel geraucht und getrunken, gegrölt und gelacht. Aus einem Autoradio kam Musik.

Es war demütigend. Manche Zuschauer streichelten eine Grinsekatze in ihrem Schoß.

Der schnurrbärtige Mann im Trainingsanzug griff sich ein rotes Megaphon und kündigte Saxo an. «Freunde! Gleich beginnt der erste Vorkampf des heutigen Abends. Plaziert eure Wetten! Das ist Rummel. Er heißt Rummel, denn wir haben ihn vom Rummel. Ein Naturbursche, ein echter Streuner. Mal sehen, wie er sich schlägt, denn heute feiert er sein Debüt. Womöglich auch seine Abschiedsvorstellung. Aber ziehen wir keinen voreiligen Schluß. Macht ihm Mut! Applaus, Leute! Applaus für Rummel, den Streuner!»

Viele lachten, keiner klatschte so richtig. Ein anderer, ebenfalls schnurrbärtiger Mann hob den Schlingstock, so daß Saxo, um Luft zu bekommen, Männchen machen mußte.

«Schaut ihn euch an. Wer setzt auf ihn? Er kriegt ne gute Quote! Drei zu eins gibt es, drei zu eins!»

Saxo knurrte. *Rummel.* Was bildeten sich diese Menschen nur ein?

Drei zu eins.

Bedeutete: der andere Hund war hoher Favorit. Saxo hatte keine Angst. Nach der Fledermausgrotte war Angst ihm beinahe fremd geworden. Ein leichtes Unbehagen fühlte er schon, so wie man – aber mehr theoretisch – mit dem Gedanken spielt, die nächsten Minuten könnten die letzten sein.

Saxo erblickte seinen Gegner. Man ließ die argentinische Dogge an einer breiten Lederschlaufe um den Bauch in die Grube herab, damit sie sich auch ja keinen Zeh verstauchte. Saxo hatte man einfach hineingestoßen.

«Hallo, Kleiner. Wir beide?»

Giaco da Ripa musterte den tatsächlich um einiges kleineren Saxo erstaunt, fast peinlich berührt. Während er aus Gründen der Show wild zu knurren begann, versprach er, ganz ohne Worte, nur mit einem zwinkernden Blick, für ein schnelles Ende zu sorgen, ohne allzu viele Schmerzen. Keine drei Sekunden später lag Giaco da Ripa mit zerbissener Kehle auf dem Boden der Grube und dachte noch, bevor er starb: *Verdammt! Wieso?*

V

Wir waren bereits tief in Ferox' Gebiet. Grippi erschnüffelte uns einen Pfad zwischen den Patrouillen hindurch. Wir hetzten durchs Gebüsch, nutzten jeden Schatten, hörten hinter uns gebellte Befehle. Von links und rechts. Jeden Moment konnten Besserwölfe um die Ecke biegen. Es gab kein Zurück.

Mit klopfenden Herzen betraten wir die Fledermaushöhle. Keine halbe Minute später setzte die Dusche ein, das furchtbare Monstrum aus vierhundertvierundvierzig Fledermäusen fügte sich zusammen und schwebte über uns, ledrig flatternd, pulsierend, Urin abspritzend. Wir drückten uns nahe an die Höhlenwand und fanden eine Nische, in der wir uns für den Moment relativ sicher fühlen konnten. Dicht neben uns schlug ätzende Flüssigkeit zischend auf die Felsen. Unerträglicher Gestank.

Das Monster war offenbar dafür zuständig, den Zugang nach Unterird für lebendige Wesen zu sperren. Deshalb traf sein Zorn Grippi mehr als mich, ich war nun mal um zwanzig Prozent toter als sie. Dieser Umstand schien das Monster zu verwirren. Fünftel hatte sich geweigert, die Höhle zu betreten, angeblich sei ihm das unmöglich. Ich rief nach ihm, er antwortete auch, aber es klang weit entfernt, wie eine sehr schwache Radioquelle, von Rauschen und Störfrequenzen überlagert. Das Monster hatte sich inzwischen eine neue Taktik zugelegt, es rotierte in rasender Schnelligkeit um sich selbst, schleuderte so seine Flüssigkeit in einem schrägen

Winkel von sich, einige Tropfen trafen uns an den Vorderbeinen, drangen zischend in unser Fell. Grippi winselte.

In diesem Moment kam Hilfe von unerwarteter Seite. Drei junge, mir völlig unbekannte Hunde sprangen in die Höhle. Sie waren noch kaum ausgewachsen, und in ihren Gesichtern lag blankes Entsetzen. Das Monster ließ von uns ab und flatterte auf das Trio zu, um es unter Beschuß zu nehmen. Die Hunde brüllten, als sie die ersten Tropfen spürten, und machten sofort kehrt, aber draußen vor der Höhle war eine schreckliche Stimme zu hören. Jene von Ferox.

«Sofort wieder rein mit euch! Das wird euch Schissern die Angst aus dem Leib brennen! Habt ihr etwa Angst, eure Angst zu verlieren? Es tut ein bißchen weh, das gibt sich bald. NA LOS!»

Die drei trauten sich nur zögerlich wieder in die Höhle, hielten sich die Pfoten vor die Augen und jaulten.

Das war unsere Gelegenheit. Wir rannten. Erst nach ein paar Sekunden ließ das Monster von Ferox' Zöglingen ab und flog uns hinterher. Wir rannten in die Dunkelheit, ständig in Gefahr, gegen eine Wand zu knallen, der Boden unter uns war rauh und spitz. Grippi lief vorneweg, orientierte sich mit ihrem Geruchssinn.

«Da vorne muß irgendwo Wasser sein!»

«Du kannst Wasser riechen?»

«Es ist schwefelhaltig.»

Das Monster holte uns schnell ein. Allerdings verlor es an Kraft, hatte den Großteil seiner Munition bereits verschossen, außerdem mußte es sich wegen der engen Felsspalten, in die wir blind hineinsprangen, aufteilen. Dann entwischten wir ihm. Stürzten in ein Loch, etliche Meter hinab, vielleicht nur vier oder fünf, aber in gefühlten Metern waren es einige Dutzend. Zum ersten Mal in meinem Leben war ich auf Katzen und Eichhörnchen neidisch. Wir prallten hart auf. Blieben benommen liegen. Das Monster kam uns nicht hinterher. Vielleicht dachte es, wir seien tot. Vielleicht waren wir tot. Ich faßte mir an die Stirn, es war noch alles da, sogar ein wenig mehr als zuvor.

«Grippi?»

«Hmm?»

«Hast du dir was gebrochen?»

«Das ist so lieb, daß du danach fragst.»

«Hast du oder nicht?»

«Nein.»

Wir befanden uns in einer riesigen Höhle. Es gab einen ganz ganz schwachen Lichtschimmer, irgendwoher, orange gefärbt. Unsere Augen gewöhnten sich an die Düsternis. Wir lagen neben einem breiten Fluß. Grippi tunkte eine Pfote hinein, zog sie schnell wieder zurück. Das Wasser war beinahe siedend heiß.

Ferox' Auszubildende verließen die Fledermaushöhle, traten ihrem Herrscher gegenüber.

«Na, war das sooo schlimm?»

Alle drei schüttelten den Kopf.

«Fühlt ihr euch nicht gleich viel mutiger?»

Die drei nickten eifrig.

Ferox schmunzelte. Auf die Idee, seine Rekruten in die Höhle zu schicken, hätte er schon früher kommen sollen. Er würde ein Heer beinahe furchtloser Krieger aufstellen. Mit deren Hilfe sich die Welt erobern ließe. Natürlich durfte man mit den Urinduschen nicht übertreiben. Ein kleiner Rest Furcht mußte bleiben. Vor ihm, vor Ferox, dem ungekrönten Kaiser aller Besserwölfe.

«Chef?»

«Was?»

«Wir haben da drin zwei Hunde gesehen.»

Saxo betrachtete Giaco da Ripa voller Mitgefühl, froh, ihm ein schnelles Ende bereitet zu haben, ohne allzu viele Schmerzen. Zögerlicher, sehr zögerlicher Beifall. Auch einige Pfiffe. Der Underdog hatte gewonnen, aber kaum jemand hatte Geld auf ihn gesetzt. Saxo verbeugte sich kurz. Fortan würde er bessere Quoten bekommen.

Die Angst, dachte er. Unglaublich, was Angst ausmacht. Keine Angst zu haben, ist mindestens zwanzig Kilo Körpergewicht wert.

Die jungen Rekruten rückten stotternd damit raus, in der Fledermaushöhle zwei gesuchten Verrätern begegnet zu sein. Diese hätten den Kampf leider verweigert, seien blind drauflos, in die Dunkelheit gestolpert.

Ferox verfiel in tiefes Nachdenken.

Was wollten die beiden da unten? Ihm entkommen? Oder gar angstloser werden als er selbst? Ferox gab seinem schnellsten Krieger den Befehl, nachzusehen, was es damit auf sich hatte. Und dementsprechend einzugreifen. Im Falle eines gründlichen Erfolgs stellte er ihm einen Posten als Kapo in Aussicht, samt dazugehöriger Besserwölfin.

Cinna, der ehrgeizige Musterschüler, gehorchte. Er dachte nicht lange über eine Strategie nach, sprintete einfach unter dem Fledermauswesen durch, ohne viel von ihm abzubekommen. Das Fledermauswesen stürzte er damit in eine tiefe Sinnkrise. Zum zweiten Mal innerhalb kürzester Zeit hatte es versagt, hatte etwas Lebendiges hinab nach Unterird gelangen lassen. Seine Einzelteile brachen auseinander, jedes suchte die Schuld bei den anderen. Die Vorwürfe wurden bald so massiv, daß die Fledermäuse etliche Splitterparteien gründeten, die miteinander nichts mehr zu tun haben wollten.

Wir hinkten am Flußufer entlang. Jeder Knochen tat uns weh. Grippi roch etwas. Wir liefen ihrer Nase hinterher. Fanden, zwischen Felsklüften versteckt, ein halbverfaultes Binsenboot.

«Liegt das hier zufällig herum?»

«Es liegt nun mal da rum.»

«Sollen wirs riskieren?»

«Was bleibt uns übrig?» Grippi hatte recht. Denn vor uns lag eine Felswand, unter der der Fluß gurgelnd verschwand, genauso, wie er in der anderen Richtung unter einer Felswand hervorgesprudelt kam. Es gab keinen anderen Weg, und wir mußten froh sein, daß es diesen einen gab. Vielleicht.

Cerbera schreckte hoch in ihrer schmalen, mit Mumienleder ausgekleideten Felsspalte. Irgendetwas hatte sie aus ihrem Dämmerzustand gerissen. Das klang nach – sie mochte es kaum glauben. Eindeutig Geräusche organischen Ursprungs. Ängstliches Winseln. Ganz in der Nähe. Praktisch Musik. So gut wie Musik. Ein Orchestertusch mitten hinein in das endlose, furchtbare Schweigen. Cerbera hielt den Atem an.

Die Höllenhündin war ein bedauernswertes Überbleibsel.

Als die gilbfleckig gewordene Antike vom frühen Mittelalter abgelöst wurde, war Cerbera das von niemandem mitgeteilt worden. Alle alten Götter, mit ihnen ihr gesamtes Inventar an Medusen, Sphinxen, Harpyien, Zentauren, Basilisken und anderen Fabelwesen, räumten resignativ das Meer, die Erde, selbst den Hades, wie Unterird damals noch genannt wurde. Nur Cerbera blieb übrig, rotäugig und feist. Neben ihrem sehr viel prominenteren Gatten hatte sie ein echtes, kaum je irgendwo erwähntes Schattenleben geführt. Cerberus war die Aufgabe übertragen gewesen, all jene Schatten zu fressen, die aus dem Hades lieber wieder hinauswollten. Das tat er. Wo sein Speichel auf den Boden fiel, wuchs giftiger blauer Eisenhut, eine der wenigen Pflanzen in Unterird. Er galt als grausam und unbestechlich, wurde gefürchtet und gehaßt – dennoch liebte er seine Gattin fast ein Dutzend Jahrhunderte lang. Danach eben nicht mehr.

Als der Hades aufgegeben und geräumt wurde, hatte Cerberus die Gelegenheit genutzt, seine ihm überdrüssig gewordene Frau loszuwerden, beziehungsweise zurückzulassen. Alles hat seine Zeit auf Erden, darunter ist es nicht anders. Mit den Göttern waren auch die Seelen der Verdammten verschwunden, in irgendein Reservat jenseits des Sternenhimmels, und die einsam zurückgebliebene Höllenhündin überwachte seither ein Vakuum, das kaum überwacht zu werden brauchte. Das ihr andererseits wenig Mühe machte.

Auch Cerbera besaß, genau wie ihr zu den Sternen versetzter Gatte, drei Köpfe.

So gab es immer jemanden, mit dem sie sich unterhalten konnte. Leider führten alle drei Köpfe ungefähr dasselbe Leben mit den fast gleichen Wahrnehmungen, weswegen ihre

Selbstgespräche selten aufregend waren, nicht mal während der ab und an einsetzenden schizophrenen Schübe.

Dreiköpfige Höllenhunde schlafen von Natur aus nicht. Cerbera war in den vielen Jahrhunderten, die sie hier schon mehr oder minder allein zubringen mußte, auf einen Trick verfallen, mit dem sie ihren öd dunkelgrauen Alltag ein wenig auffrischen konnte. Immer nur einer ihrer Köpfe blieb wach, die beiden anderen soffen sich ins Delirium und ließen sich später von dem wachen, nüchtern gebliebenen Kopf erzählen, was es Neues gab. Wobei es selten nennenswert Neues gab. Fast nie – eigentlich.

Zwei Drittel von Cerbera waren Tag und Nacht betrunken von Lavagulin, dem Fusel, den sie hier aus gärender Magmamaische, Eisenhutextrakt, Lethewasser, verirrten Honigameisen und Lavawürmerferment brauen konnte, gebrannt mit dem Feuer aus ihren eigenen Mäulern. Scharfes, ungesundes Zeug, selbst für vergessene Fabelwesen.

An sich gutmütig, litt Cerbera sehr oft unter doppelt- bis dreifachem Kopfweh. Das machte sie reizbar.

Als jener ihrer Köpfe, der gerade nüchtern war, zwei Hunde erblickte, die auf dem fast verschimmelten, seit Jahrtausenden unbenutzten Binsenboot den unterirdischen Fluß überquerten, war das soviel Neuigkeit auf einmal, daß sie ihre restlichen Köpfe zu wecken versuchte. Die jedoch lallten nur, schnarchten kurz auf und klappten kraftlos zur Seite.

Allen Ernstes – kein Traum, kein Suff, kein Wunschdenken: Da waren zwei *Hunde* auf dem Weg zu ihr. Offensichtlich ein Pärchen. Wie sollte sie darauf bloß reagieren? Cerbera wälzte sich zum Flußufer, um die seltsamen Gäste zu inspizieren. Das waren keine Geisterhunde, waren Kreaturen aus Fleisch und Blut und Fell. Wesen von *oben*. Wieviel Neues war von denen zu erfahren! Cerbera johlte und rief die Neuankömmlinge zu sich. Die aber schienen sich aus irgendeinem Grund vor ihr zu fürchten, paddelten mit ihren Pfoten ungeschickt im heißen Wasser. Und kreischten wie angesengte Schweinchen.

Der siebte Sinn der Hunde für feinste seismische Veränderungen diente früher in den Tempeln als natürliches Warnsystem. Bei den Geisterhunden war diese Fähigkeit noch vorhanden, sogar gesteigert, verfeinert. Sie nahmen beinahe jede Erdbewegung wahr, und es konnte ihnen nicht verborgen bleiben, daß die Erdbewegungen seit Wochen allesamt auf einen Punkt zielten: das Gebiet um den Vesuv. Die Erdbewegungen schienen sich unter dem Vulkan treffen zu wollen, ein großes europäisches Treffen der Wanderbeben, auch Nomadenbeben genannt. Man muß sie sich wie Raketenwürmer vorstellen, die keinen festgelegten Leibesumfang haben, sondern aus Druckwellen bestehen, mit denen sie sich langsam durch die Erde schieben, vom feinen grazilen Tremolo bis hin zum preßlufthammerharten Hecheln beim Paarungstanz. Ganze Herden waren unterwegs. Sie bohrten sich aus jeder Himmelsrichtung in den Golf von Neapel.

Xenia hatte Ähnliches schon einmal gespürt, vor knapp zweitausend Jahren, als ihre Warnungen im Tempel niemand recht ernst genommen hatte, bis es zu spät gewesen war und sie und Ares auf eigene Faust gehandelt hatten – bekanntermaßen vergeblich.

Die Analyse der diversen Herdengeräusche ließ nur eine Diagnose zu:

All jene Wanderbeben von Afrika bis Mitteleuropa hielten eine große Versammlung ab, wollten sich unter dem Vulkan mal wieder treffen und es so richtig krachen lassen.

Das Monster mit den drei Köpfen und den Stummelflügeln hatte uns angeschnaubt und seine Zähne gezeigt. Zähne, jeder größer als ein Bleistift. Furchterregend. Grippi schob ihren Kopf unter meinen Bauch, drückte so ihr Entsetzen aus.

Selbst ich, ein doch sehr tapferer, nahezu todesmutiger Zeitgenosse, hatte Mühe, Haltung zu bewahren und mir nicht ins Fell zu pinkeln. Nur weil zwei seiner Köpfe mit heraushängenden Zungen halb von den Schultern hingen und schnarchten, wirkte das Monster nicht weniger gefährlich. Es sprach mit uns. In einem sonderbaren, altertümelnden Akzent, aber wenn man sich konzentrierte, war es halbwegs zu verstehen.

«He, ihr zwei, kommt doch mal her!» rief es.

Na klar, dachte ich, damit du uns leichter fressen kannst. Das Monster wälzte sich plump am Ufer entlang, schien Probleme zu haben, seine Gliedmaßen zu koordinieren.

«Ich tu euch nichts!»

Ja, du uns auch. Was für ein höllisches Vieh. Wir paddelten um unser Leben, allein, das Vieh war so groß, daß es uns am Ufer abfangen würde, egal, wie schnell wir paddelten, egal, wie mühsam es sich fortbewegte. Kurz überlegte ich, in den heißen Fluß zu springen.

«Tust du uns auch wirklich nichts?»

«He – Nicht so laut! Bitte! Hier muß man nicht brüllen. Wo kommt ihr beiden denn her?»

Manchmal, wenn sonst nichts bleibt, ist Vertrauen, selbst zu Monstern, die letzte Lösung.

Das gilt vor allem für Monster, die, im Grunde, wenn man ganz genau hinhört, flehentlich klingen.

«Gönnt mir ein paar Worte. Ich tu euch nichts, versprochen. Hier kommt sehr selten jemand vorbei, und es gibt kaum wen, mit dem ich mich unterhalten kann. Stella und Stoa wollen für sich sein, das verstehe ich, vor Liebenden habe ich Respekt. Mit Lavawürmern kann man sich über fast gar nichts unterhalten. Kolmonox ist ein Widerling, mit ES redet man lieber nicht, und Max, der Trübselige, zieht es vor, für sich zu bleiben, also hab ich nur mich selbst. Und wenn ihr mir ein bißchen was Neues erzählt, ein klein wenig nur, werde ich euch ewig dafür dankbar sein. Aber sagt doch mal, bitte – was wollt ihr hier?»

Wir zogen das Boot ans Ufer, und weil mir auf die Schnelle nichts halbwegs Glaubhaftes einfiel, bemühte ich die Wahrheit.

«Die Welt retten.»

«Ach nein? Ist ja toll. Wie sagt man bei euch: *Wau!* Aber: Wieso?»

Es drohe, sagte ich, ein neuer Vulkanausbruch.

«Ja? Na und? Ist doch sehr hübsch, so ein Vulkanausbruch. Und lustig.»

«Nicht für uns.»

«Ich sehe. Ihr seid durch und durch fleischlich. Geistanteil nahe Null.» Das Monster stellte es mit einigem Bedauern fest. «Und was wollt ihr dagegen tun? Gegen den Vulkanausbruch, meine ich.»

«Wissen wir noch nicht. Erstmal hingehen, wos wehtut, dann wird mir – uns – schon was einfallen. Oder eben nichts.»

«Hmmm. Ihr seid anscheinend verrückt. Wißt ihr was? Verrücktheiten mag ich. Ihr wollt hingehn, wos wehtut? Bitte. Ich zeig euch den Weg. Wenn was einen Vulkanausbruch auslösen kann, sinds die Wanderbeben. Sie treffen sich dieses Jahr direkt unter dem Magmabecken. Es gibt einen Pfad hinab, und eine Plattform, von der aus man sich das ansehen kann. Gigantisch. Aber das wird sehr heiß für euch beide werden. Seeehr heiß.»

Das Monster, es stellte sich uns als *Cerbera* vor, lächelte mit allen Köpfen, selbst jenen, die gerade schliefen und schnarchten.

«Was sind denn Wanderbeben genau?»

«Wanderbeben? Das sind, wie soll man sagen, sone Art Erdblähungen, ziehen rum und randalieren. So genau weiß ich das auch nicht.»

Einer von Cerberas betrunkenen Köpfen richtete sich kurz auf und versuchte was zu sagen: «Wennse Wanderbebe Erdbläh sinn, (hic!) dann is flüssig Magma sone tektonische Dünnfiff unda (hic!) Vesuv ne Hämorrhodings am Asch der Edde!»

Unmöglich, zu verstehen, was der Suffkopf lallte. Ich verbeugte mich dennoch, machte meine Augen groß, hechelte niedlich, heuchelte Respekt und Dankbarkeit, sehr raffiniert, und zog Grippi von dem Monster fort, in jene Richtung, in die sein Mittelhaupt gedeutet hatte. Da klaffte ein Spalt im Fels, vielleicht ein Weg, auf jeden Fall mehr als wir eben noch erhofft hatten.

«Hee! Bleibt doch ein bißchen! Erzählt mir was! Bevor ihr sinnlos krepiert. Blöde Köter!»

Die Stimme des Monsters hallte uns noch lange in den Ohren. Beinahe tat es mir leid. Wir hatten zum Glück Wichtigeres vor. Und Grippi ging mir auf die Nerven, weil sie sich ständig umsah und winkte.

VI

Vitello T. langweilte sich. Es gab in der Nähe des Restaurants keine Hunde mehr, die er verscheuchen konnte. Andererseits war er auch längst zu fett, um schwungvoll auf alle Viere zu kommen. Sein Anblick hätte, wenn überhaupt, nur aus Mitleid noch jemanden erschreckt. Es gab auch keine wilden Hundemädchen mehr, mit denen er schäkern konnte. Außerdem hatte er sowieso nie Erfolg bei ihnen gehabt. Er überlegte hin und her, in welcher Sackgasse sein Leben verlaufen war. Wenigstens hatte er zu fressen. Naja. Wie unbedeutend. Nicht mal das Essen schmeckte noch. Dabei wars einigermaßen gutes Essen. Vitello stemmte mühsam seinen schwabbeligen Körper hoch und zerrte an der Kette. Nicht mal die Kette taugte was. Ein Kettenglied zersprang, und Vitello trottete schwitzend davon, an blöden Touristen vorbei, die nach Pasta und Limonade anstanden. Eklige Limonade. Mario sah ihm verdutzt hinterher und rief etwas, aber Vitello T. hörte nicht zu, sein eigenes Keuchen und Schnaufen hätte die Worte ohnehin übertönt. Pfeif auf Mario. Das Blut pulste ihm schwer im Hals. Er lief in die nichtssagenden Ruinen, bis er nicht mehr konnte und im Schatten einer banalen Pinie rasten mußte. Die Welt war dumm und öde. Vor ihm auf der Mauer saßen zwei Eidechsen und starrten den unförmigen Schäfer an. Er drehte sich zu ihnen um und murmelte: «Eines Tages erwisch ich euch.»

Da lachten die beiden Eidechsen.

Vitellos neues Leben begann mit einem Nickerchen. Im

Traum erschien ihm ein wunderhübsches, majestätisch schlankes Mädchen mit rotbraunem Fell und spitzer Schnauze. Als er bei Anbruch der Nacht erwachte, war das Mädchen noch immer da. Und sah ihn an, mit großen gelben Augen. Vespa hatte sich tagelang zwischen den Rebstöcken versteckt, die hier und da gepflanzt waren, um Wein nach alter Art zu keltern.

Einsam, ihres Hofstaats beraubt und aus gutem Grund ängstlich, wünschte Vespa sich dringend jemanden, mit dem man eine Unterhaltung führen konnte, ohne daß derjenige zu Ferox' Bande zählte. Nun war ihr ausgerechnet dieser tonnenartige, unbewegliche Kettenhund über den Weg gelaufen. In der Not sieht man über manches gnädiger hinweg, selbst über so viel davon. Was er hier wolle, fragte sie ihn.

«Abnehmen. Du?»

«Eher das Gegenteil.» Vespa, die sich und ihre Welpen zuletzt von sauren Trauben ernährt hatte, betrachtete Vitello fast ein wenig neidisch.

«Dann lass uns ein Team bilden. Ich möchte wieder der schöne Hund werden, der ich gewesen bin. Danach kann ich dich auch beschützen.»

«Ich bin eine Füchsin», antwortete Vespa. «Stört dich das gar nicht?»

«Füchsin?» Vitello T. hatte dieses Wort nie zuvor gehört. Seine Bildung ragte nicht über den Horizont jenes engen Radius hinaus, den ihm die eiserne Kette gesetzt hatte.

«Egal, du bist so, so – schlank.» Die Fuchskönigin schien ihm das graziöseste, anmutigste Wesen, das er je hatte betrachten dürfen.

Wieder einmal fand der alte Spruch Bestätigung, demzufolge auf dieser Welt nichts unmöglich ist. Als der Morgen kam, hatte Vitello bereits anderthalb Kilo verloren, Vespa aber einen Gefährten gewonnen.

Wir stiegen einen engen Felsgrat hinab, folgten dem orangefarbenen Schimmer, der uns von weit unten entgegenkam und immer mal wieder hinter einem Spalt hervorglimmte. Die Dunkelheit glich einer riesigen schwarzen Tapete mit feinen Rissen, durch die eine Art müder Honig aus Licht quoll. Mir hing was in den Nackenhaaren. Erst dachte ich an Spinnweben, aber es war nichts, was man sich aus dem Fell kratzen konnte.

Irgendetwas folgte uns.

«Riechst du was?»

«Nö.»

Grippi konnte es zwar nicht riechen, aber da *war* etwas und beobachtete uns. Mal näher, mal weiter entfernt. Manchmal auch sehr nahe. Ganz sicher.

«Hallo?» Ich blieb stehen und rief ein paar schüchterne Hallos ins Schwarze. Direkt vor mir, zwischen kegelförmigen Felsblöcken, regte sich eine Art, naja, ich weiß nicht, man könnte es mit dünnem, fasrigem Nebel vergleichen.

«Grippi, siehst du das?»

«Nö, was denn?»

Grippi schien blind zu sein. Gut, der Nebel war dünn, zupfte sich aber nach und nach, sozusagen, in Form.

Eine verhuschte Gestalt war zu sehen. Wie ganz grob hingetuscht, wie etwas, das nur gerade soweit Form annahm, um von uns erkannt zu werden.

«Wer seid ihr?» fragte die sonderbare Gestalt, ein Hund – oder war ein Hund nur das, was ich in ihm erkennen wollte, damit es mir vertrauter vorkam?

«Ich werde Kaffeekanne gerufen, das ist Agrippina, Grippi, wir sind hierher gekommen, um den neuerlichen Ausbruch des Vesuvs zu verhindern. Wer immer du bist, hilf uns, oder laß uns zumindest in Frieden!»

«Wie kommst du zu einem so saublöden Namen?»

«Namen sind Schall und Rauch. Mein leicht seniler Lehrer hatte eine Vision von einem Mosaik. Das führt zu weit.»

«*Mosaik?* Ah, verstehe! Ich weiß, welches Mosaik du meinst.»

«Ehrlich?»

«Na klar, es lag unter dem Fußabstreifer, im Haus, das ich bewachte.»

«Dann weißt du vielleicht auch, wer dieser Hund gewesen ist?»

«Der Hund, den das Mosaik darstellt? Das war mein Vater. Dein Urahn.»

«Woher weißt du denn, daß er mein Urahn war?»

«Weil du mich wahrnimmst. Also müssen wir in direkter Linie verwandt sein.»

«Du siehst mir aber gar nicht ähnlich.»

«Und wenn schon. Alles verwandelt sich. Oft schneller, als einem lieb ist.»

Am heißen Fluß, der Untermittelird von Oberunterird trennte, las Cinna die Fährte der beiden Verräter und folgte ihr, bis er am gegenüberliegenden Ufer ein vergammeltes Boot erblickte. Und, beinahe zeitgleich, von irgendwoher seltsam zirpende Stimmen hörte.

«He, Cinna!»

«Tapferer Krieger!»

«Hör doch mal!»

Er blieb stehen. Über ihm leuchtete etwas bunt und wußte seinen Namen. Wie war das möglich? Und wie war das zu beschreiben?

Eine Ampelkoalition dreier um ein leeres Zentrum kreisender Riesenglühwürmer, einer gelb, einer rot, einer grün, jeder vom Umfang eines kleinen Apfels.

«Ja, genau dich meinen wir, du schnellster Läufer, den die Welt je gesehen hat.»

«Wir beobachten dich schon eine Weile.»

Cinna wurde beinahe hypnotisiert von dem bunten Gekreisel und hielt sich eine Pfote über die Augen.

Was sie von ihm wollten, fragte er die Glühwürmer mißtrauisch.

«Wir sind hier, um dir den Weg zu zeigen. Du hast einen Auftrag, wir haben auch einen Auftrag. Unter Auftragshabern hilft man sich. Siehst du da drüben das Boot? Mit dem haben die beiden, die du suchst, übergesetzt.»

«Na und?»

«Es ist das einzige Boot, das es hier unten gibt.»

Cinna schnaubte mißmutig. «Das seh ich alles selbst! Soll ich umkehren, oder was wollt ihr mir sagen?»

«Klar könntest du umkehren. Oder präziser: *Vielleicht* könntest du umkehren. *Mußt* du aber nicht.»

«Du bist der schnellste Hund der Welt. Wenn nicht des gesamten Kosmos.»

«Genaugenommen bist du der einzige Hund, der in dieser Situation *nicht unbedingt* umkehren muß.»

«Ihr meint –?»

«Genau. Wasser ist zäh. Seine Oberflächenspannung trägt dich. Wenn du schnell genug bist.»

«Das soll ich euch glauben?»

«Das ist so. Wir sind der Wahrheit verpflichtet. Beziehungsweise allen vorhandenen Wahrheiten, die miteinander noch streiten. Aber das eine ist gewiß: Wenn du schnell genug bist, kannst du über den Fluß rennen wie ein Laufkäfer.»

Max – so nannte er sich – nahm immer mehr die Gestalt eines Hundes an. Ich entdeckte sogar Ähnlichkeiten zwischen uns. Vermutlich inspirierte unser Anblick seine wandlungsfähige Gestalt und erinnerte ihn seines Hundseins. Während er die Jahrhunderte davor nichts zu tun gehabt hatte, als groben Felsen oder Rauchschwaden ähnlich zu werden.

«Warum kannst du in Unterird sein? Als Geisterhund? Wie ist das mit der horizontalen Schwerkraft?»

«Ooch, das geht mit der Zeit. Man muß sich nur richtig schwer machen, am besten mit düsteren Gedanken, Trauer, Verzweiflung und Wut, dann kann man bis tief nach Unterird sinken.»

«Aber warum wolltest du nichts mehr mit der Oberfläche zu tun haben? Warum hast du dich hier unten verkrochen?»

«Naja. Ich hing, als die Katastrophe hereinbrach, an einer Eisenkette fest, bin langsam krepiert. Bin quasi gebacken worden. Das war ein fürchterlicher Tod. Alles, was mir am Herzen gelegen war, ging Knall auf Fall unter. Wie hätte ich nach dieser Tragödie nicht deprimiert sein können? Mein Herrchen lief um sein Leben, er rettete es nicht, aber daß er mich so einfach vergessen, daß er mich nicht losgebunden hat – das war eine schlimme Erfahrung. Ich wollte nicht ständig an die Katastrophe erinnert werden, all die Asche, die Leichen – hier unten gibt es immerhin ein bißchen Freiraum. Und die Magma leuchtet. Es ist nicht so finster wie in der begrabenen Stadt.»

«Aber – das bedeutet – wie lange warst du denn nicht oben?»

«Seit damals nicht. Warum?»

«Du würdest dich wundern, wie gut die Stadt inzwischen wieder aussieht. Man hat einen großen Teil von ihr ausgegraben und restauriert. Schick sieht das aus!»

Max legte den Kopf schief.

«Ausgegraben? Man hat Pompeii *ausgegraben*? Ehrlich?»

«Schon vor einiger Zeit.»

«Das ist ja interessant. Ich hätts mir denken können. *Nichts behält seine Gestalt.* Kennst du das? Mein Herrchen liebte den Dichter Ovid, hat ihn gerne zitiert.»

Ich sagte ja, irgendwo hätte ich das schon mal gehört.

«Was wollt ihr nun unternehmen?»

«Keine Ahnung. Wie entsteht denn ein Vulkanausbruch?»

«Der Druck auf die Magma wird zu hoch, sie sucht sich eine dünne Erdschicht, bricht da durch und schießt heraus.»

«Würdest du uns vielleicht zu dieser dünnen Erdschicht hinführen?»

Max blieb stehen, verformte sich nacheinander in einen Esel, eine Schreibtafel, einen dampfenden Braten, einen Sarkophag, in ein Häufchen Staub. Zuletzt nahm er den Umriß eines Fragezeichens an.

«Das könnte ich wohl tun. Wenn alles Treiben auf oder unter der Welt irgendeinen faßbaren Sinn besäße. Da es den nicht besitzt, also, warum sollte ich es tun?»

«Weil wir dich nett darum bitten?»

«Na gut. Folgt mir.»

Cinna kehrte lieber um. Kehrte nochmal um, dann nochmal und ein letztes Mal. Selbstverständlich, dachte er, bin ich der schnellste Hund der Welt. Er stellte sich als Motivationshilfe vor, ein wütender Ferox sei ihm auf den Fersen, er spannte die Muskeln, nahm einen langen Anlauf und spurtete los, dem Wasser entgegen.

Prompt ergab sich die interessante Diskussion, ob Cinna es geschafft hatte, zu ertrinken, bevor er gesotten wurde.

Die drei Riesenglühwürmer, Fabelwesen aus uralter Zeit, schwebten nach Mittelird zurück, konnten ein Schmunzeln nicht unterdrücken. Xenia, der guten, langjährigen Kundin einen Gefallen abzuschlagen, dazu hatte das Palaverorakel keinen Grund gehabt. Und es hatte ja nur die Wahrheit gesagt. *Wenn du schnell genug bist, kannst du über den Fluß rennen wie ein Laufkäfer.* Für den Rest hatte Cinna selbst gesorgt.

«Er ist ertrunken.» Sagte der grüne Glühwurm.

«Er wurde gesotten.» Meinte der gelbe Glühwurm.

«Er hat überlebt.» Flüsterte der rote Glühwurm.

«Hä?»

«Was?»

«Das ist Quatsch», riefen seine Kumpel, «das hätten wir doch vorhergesehen!»

«Haben wir aber nicht. Cinna hat überlebt. Ich sehs ganz deutlich vor mir.»

«Jetzt sehe ich es auch.»

«Ich auch. Aber wie kann das sein?»

«Vielleicht sind wir alt geworden?» Meinte der grüne Glühwurm.

«Und die Zeit hat uns überholt?» Wimmerte der gelbe Glühwurm.

«Oder die Dämpfe haben uns die Sicht getrübt.»

«Das muß es sein.»

«Bestimmt!»

«Dennoch: Wieso hat Cinna überlebt?»

«Keine Ahnung.»

«Gehen wir in Rente?»

«Gehn wir. Glaub ich.»

VII

Ein ergreifender Moment war, als wir unter dem Vulkan hindurchliefen. Oben gab es durch Risse im Kraterboden das Firmament zu sehen, oder Fetzen davon, Sterne, umrahmt vom runden Schlot des Vesuv. Es konnte der letzte kurze Blick ins Freie sein, den wir genießen durften. Nun ging es abwärts, Röhren entlang, die der Ausstoß der Magma aus dem Fels getrieben hatte. Max trabte uns voran. Ein mattes Leuchten ging von ihm aus, gerade genug, damit ich in einigen stockdunklen Grotten links und rechts von mir Abgründe erkennen konnte. Grippi blieb dicht hinter mir, orientierte sich an meinem Geruch, und ich hab mich einmal kurz bepißt, damit sie meine Fährte nicht verlor, das ist die Wahrheit, egal, was behauptet wird.

Wir kamen in eine riesige leere Stadt, der von Pompeii ein wenig ähnlich, nur kälter. Leblos und grau, mit finsteren Fenstern, die den Charme von Zahnlücken ausstrahlten. Kahle breite Plätze, in die viele Straßen sternförmig zusammenströmten. Strömen ist nicht das falsche Wort, denn alles hier schien auf ungesunde Weise an der Oberfläche flüssig. Ganz merkwürdig war das leichte, vollkommen lautlose Vibrieren des Bodens, wo immer man hintrat. Selbst das uns hier umgebende Licht war furchterregend, kam von nirgendwo her, lag wie ein feuchter Film auf allem, eisig grau, ganz anders als der ferne Schimmer der Magma.

Hier hätten einst, erzählte Max, die Schatten der mittelmäßigen Toten gehaust, all jene, die weder gut genug fürs

Elysium noch böse genug für den Tartaros gewesen seien. Es habe reges Treiben geherrscht, doch ohne Fleisch und Blut, Sinn und Zweck. Wie Zombies, die sich an die Rituale ihres alten Lebens dumpf erinnern, seien die Einwohner der Totenstadt umhergetaumelt, ohne Ziel und Freude. Die Stadt selbst sei aus schattenähnlichem Material gebaut, weswegen sie nie verfallen könne.

Diese Stille. Sie fuhr einem unters Fell und wühlte dort. Immer neue leere Straßen und Häuser, einem Friedhof ähnlicher als einer Metropole. Diese Stille.

Hinter der Stadt, auf dem Plateau eines schroff aufragenden, kegelförmigen Hügels, thronte die Burg des Pluto, schwarz, mit spitzen Zinnen und schmalen Erkern. Sie sei längst verlassen, meinte Max, wir sollten keine Angst haben. Es wäre übrigens billig, zu fragen, warum ich durch keines der Fenster gesehen oder eines der Häuser betreten habe. Grippi mußte auch was zu tun haben. Sie fand aber nichts von Interesse. Diese Stille.

Dann, von irgendwoher, ein Geräusch. Ein bumperndes Rumpeln. Von vorne, aus einer der glatten grauen Felswände, in die gewaltige, giftig schimmernde Bleiportale eingelassen waren. Ein Lebenszeichen. Gut. Jedes Geräusch war mir willkommen. Selbst ein dumpf wummerndes.

«Was ist das?» fragte ich.

Max zuckte mit den Schultern. Wir sollten uns darum nicht kümmern. Eine der Bleikammern für besondere Fälle sei bis heute noch belegt, sei vergessen worden, vielmehr absichtlich vergessen worden, damals, als man den Hades aufgegeben habe. Genaueres wisse er nicht.

Ich horchte. Das Wummern ging in ein Scharren und Grummeln über.

«Du hast dich nie gefragt, was dahintersteckt?»

«Wozu? So, wie sich das anhört, ists besser, wenn es bleibt, wo es ist. Das muß ganz übler Sondermüll aus der Antike sein.»

«Ja, aber ...»

«Was?» Max sah mich an. Grippi sah mich auch an. Ständig. Max blieb für sie unsichtbar.

«Naja, es ist doch so – wir sind hier unterwegs um einen Vulkanausbruch zu verhindern. Aber seien wir ehrlich ...»

«Und?»

«Wir können nicht ernsthaft irgendwas tun. Der stärkste Hund könnte das nicht. Aber das da drinnen – das hört sich gewaltig an. Monströs. Mächtig. Vielleicht können wir uns damit verbünden?»

«Du spinnst.»

«Und du, du bist doch ein Geisterhund! Kannst durch Wände gehn, warum siehst du nicht einfach nach, was da drin rumpelt?»

«Jungchen, das sind keine normalen Wände. Das sind Wände, die eigens für Geister und Schatten gebaut wurden. Da komm ich nicht einfach durch. Da komm ich nicht mal schwierig durch.»

«Irgendwie muß sich die Kammer öffnen lassen.»

«Mag sein, nur wie? Ich sehe weder Schloß noch Schlüssel –»

Da hatte Max leider recht. Das Grummeln hinter der Bleikammer ging in ein tiefes, angeekeltes Grunzen über.

«Ich habe Durst», sagte Grippi. «Gibts hier irgendwo einen Brunnen?»

«Nein. Doch. Sowas ähnliches. Kommt mit.»

Selbst Unterird hatte eine Liebesgeschichte, sogar eine herzzerreißende, jene von Stella und Stoa, sie eine Stalaktite, er ein Stalagmit. Sie waren seit 150 000 Jahren in Liebe einander entgegengewachsen, Stella von oben, Stoa von unten. Das Wasser, das an der Stalaktite hinabrann und pro Tropfen ein Zillionstel Gramm Kalk auf ihr zurückließ, tropfte genau auf Stoa (der dabei aufstöhnte!) und hinterließ auf ihm ebenfalls ein Zillionstel Gramm Kalk. Nach beider Berechnungen dauerte es nur noch knapp 1800 Jahre bis sie endlich vereint sein würden. Eine lächerlich geringe Zeitspanne.

«Ich warte auf dich!»

«Ich rase dir entgegen, Liebste!»

«Bald sind wir beieinander!»

«Ich kann es kaum noch erwarten, dich zu berühren!»

«O Geliebter, wir werden vereint sein!»

«O Geliebte, wir werden vereint sein!»

«Wir werden eins sein und für immer beieinander!»

«Ja, für immer, du einzige Liebe meines Lebens.»

«O Gott, wenn mein Kalk endlich deinen Kalk berührt, nicht auszudenken ...»

«O Gott! wenn das erste Atom meines Kalks das äußerste Atom deines Kalks – Ogott!»

«O GOTT!»

So ging das Tag und Nacht.

Cinna schaffte es mit persönlicher Rekordgeschwindigkeit immerhin bis zur Mitte des Flusses, bevor das Wasser über ihm zusammenschwappte. Ein Sog erfaßte ihn, stieß ihn mit Wucht nach unten, der beinahe siebzig Grad heiße Fluß ließ ihn vor Schmerz schreien, Schreie, die als Luftblasen nach oben stiegen. Die Strömung zog Cinna aufs Flußbett hinab, dort war die Temperatur relativ erträglich, frische Bergquellen mischten sich unter das siedende Wasser aus der Tiefe. Der Windhund wurde auf dem Flußbett fortgeschleift, registrierte erleichtert, daß sein Fell nicht allzu versengt war, genoß fast die streichelnde Kühle der Strudel. Blieb das Problem, in Kürze zu ertrinken. Länger als zweieinhalb Minuten konnte er die Luft nicht anhalten.

Die Strudel verloren an Kraft. Der Fluß wurde schmaler, schneller, schob sein Wasser durch eine enge Röhre im Fels und mündete nach ein paar hundert Metern in einen seichten, kreisrunden See, von angenehmer Badewannenwärme. Cinna schnappte nach Luft, was er sofort bereute, die trübe Brühe stank nach Faulschlamm und Krankheit. Über ihm eine Kuppel aus wulstigem Fels, fahl schimmernd, wie kalter Schweiß auf leidender Haut.

Zu seiner Linken sah er einen Wasserfall, der für seine Breite relativ lautlos war. Um nicht zu sagen grabesstill. Die herabstürzenden Fluten schienen nirgendwo anzukommen, fielen in ein Loch, dessen Boden, wenn überhaupt vorhanden, so tief unten liegen mußte, daß keine Schallwelle den Weg nach oben fand. Ein geringer Rest vom Fluß speiste den See, kaum genug, um ihn in Bewegung zu versetzen, seine Oberfläche war träge und schmierig, das Brackwasser graubraun und giftig. Cinna schwamm ans Ufer und schüttelte sich. Seine Pfoten versanken im Boden und er mußte ständig marschieren, um nicht im Schlamm zu versinken. Jeder Schritt rief ein schmatzendes Geräusch hervor, das in einem Gurgeln endete. Weiter hinten, im Dunklen, gab es Felsen, auf die er sich rettete. Und Höhlen in der Felswand.

Es schien so unmöglich wie selbstmörderisch, den Fluß gegen seine Fließrichtung zurückschwimmen zu wollen. Sich mit dem Wasserfall in die Tiefe zu stürzen war ein möglicher Ausweg, wenn auch kein verlockender. Ansonsten blieben die Höhlen. Eine sah so gespenstisch aus wie die andere.

Wie bin ich bloß hierher geraten? Cinna kratzte sich an der Schläfe. Was mach ich hier? Was ist das für ein scheußlicher Ort?

Er wußte fast nichts mehr, das Bad in der Lethe hatte sein Gedächtnis gelöscht, bis auf ein paar Instinkte, die sagten ihm, daß es egal war, welche Höhle er wählte, Hauptsache weg hier. Schnell.

Die einzige Quelle trinkbaren Wassers weit und breit bestand aus den Tropfen, die an Stella, der Stalaktite, herabrannen. Grippi und Kaffeekanne hielten ihre trockenen Zungen darunter. Auf seltsamere Weise ist noch nie ein Liebesspiel unterbrochen worden. Stoa, der Stalagmit rief entsetzt: «He, das ist meins, das brauch ich doch, das baut mich auf!» Aber die beiden Hunde konnten ihn weder hören noch verstehen. Max, der ihn verstehen konnte, bat ihn um Verständnis.

«Jetzt dauert es zehn Minuten länger, bis wir uns vereinen, Liebste.»

«Darauf kommt es nicht an», flüsterte Stella, die Stalaktite.*

PFOTENNOTE: *Fürs Guinnessbuch der Rekorde sowie für den Fall, daß sie dereinst gut ausgehen wird, was nicht mal ein größenwahnsinniges Orakel mit Gewißheit vorhersagen kann, wäre dies die längste Liebesgeschichte der Welt mit Happy End. Ansonsten halt ohne.*

Cinna tastete sich durch nasse Finsternis. Mehrmals glitt er aus. Sein Weg führte immer steiler nach unten, und irgendwann gab es nichts mehr, woran er sich festhalten konnte.

Die Kaverne, die Cinna betreten hatte, hatte einer leeren Augenhöhle ähnlich gesehen, und der Schlund, den er jetzt hinabrutschte, mußte die dazugehörige Speiseröhre sein.

Vielleicht wäre der Wasserfall doch – lautete sein letzter, unvollendeter Gedanke, bevor er hart aufschlug und ohnmächtig wurde.

Mir kam eine Idee. Max sollte die beiden Turteltropfsteine nach der Bleikammer fragen. Sie mußten viel mehr Zeit hier unten zugebracht haben als Max und konnten vielleicht etwas Nützliches gesehen oder gehört haben. Max tat mir den Gefallen. Stella und Stoa rückten mit der Sprache nicht raus, behaupteten, immer nur Augen und Ohren füreinander gehabt zu haben, genaugenommen weder Augen noch Ohren – aber ein tiefes Band der Sympathie ersetze eben vieles. Max dolmetschte – er unterhielt sich irgendwie telepathisch mit den beiden. Vielleicht sagte er mir nicht alles? Im Grunde sagte er mir nichts.

Schweren Herzens ließ ich den Plan fallen. Was immer sich in der Bleikammer befand, ich hätte mein Leben riskiert, um es für unsere Sache zu gewinnen. Das muß man mir hoch anrechnen. Ich machte Grippi nebenbei darauf aufmerksam.

Als Cinna wieder zu sich kam, erkannte er um sich her eine runde schwarze Mauer mit Zinnen und eine offenstehende

Luke, die in das Innere des Turms hinabführte, auf dessen Plattform er gelandet war.

Wer bin ich? Was mach ich hier? Wer baut solche Gebäude? Er überlegte eine Weile, erfolglos, und stieg, weil sich ihm sonst kein Ausweg anbot, die bleierne Leiter hinunter, geriet in die leere Halle eines pompösen Palastes mit hunderten Seitenräumen, lief durch leere Räume, ziellos, kehrte mehrmals in die furchtbar große, furchtbar leere Halle zurück, bis er weit hinten eine Art Terrasse entdeckte.

Von dort war die große Stadt zu überblicken, die sich unterhalb der Burg erstreckte, grau und leblos, bis auf – zwei Punkte, fern am Horizont. Zwei Punkte mit je vier Beinen. Er wollte ihnen hinterherrufen, tat es auch, aber so sehr er sich anstrengte, seine Stimme wurde von der Stille ringsumher verschluckt, und was er hervorbrachte, klang in seinen Ohren kaum lauter als ein heiseres Krächzen.

Unschlüssig, wohin er sich wenden sollte, suchte er instinktiv Gesellschaft und beschloß, den beiden vierbeinigen Punkten zu folgen.

Grippi fragte sich manchmal, ob sie diesen unsicheren, komplexbeladenen, deshalb verzweifelt wichtigtuerischen Vierfünftelhund neben sich auch lieben würde, wäre sie von der Schlange *nicht* mit einem Liebeszauber belegt worden. Ganz klar nein, sagte ihre Logik, sonst hätte es jenes Zaubers ja gar nicht erst bedurft. Folglich liebte sie ihn wider Willen, gleichsam unter Zwang? Ja, gab sie zu, das mochte wohl so sein. War sie deswegen unzufrieden? Nein, es ging anscheinend um eine höhere Sache, und höhere Sachen haben Vorrang vor persönlichen Befindlichkeiten. Und ihre persönliche Befindlichkeit war bestens, durfte sie doch jenen begleiten, den sie, aus welchem Grund auch immer, liebte.

Die Hündin begriff, daß man beim Grübeln über solche Fragestellungen schnell und ohne jede Notwendigkeit verrückt wird.

«He, Hund!»

Cinna vernahm die von irgendwoher heranhallenden Worte, ohne sich gleich angesprochen zu fühlen. Er hatte sogar vergessen, ein Hund zu sein.

«Ja, dich meine ich! Du in der Burg!»

«Wer? Ich?»

«Wer denn sonst? Ich rede mit dir. Ich rede nicht mit jedem, also schenk mir mal ein wenig Beachtung, ja?»

«Wo bist du denn?»

«Na hier, hinter der Bleikammer. Rechts von dir. Die letzte in Betrieb befindliche Bleikammer. Ich hab vorhin schon zwei solche wie dich hier rumlaufen gesehen. Was wollen die hier? Haben wir Tag der offenen Tür? Wenn das so ist, wärs vielleicht ganz nett, würde jemand auch mal *meine* Tür öffnen. Tust du das für mich?»

«Wie denn?»

«Sieh dich mal um! Siehst du irgendwelche Schalter? Da müßten Schalter sein, wo du dich gerade rumtreibst.»

«Nein.»

«Nein? Vielleicht ein Zahlenschloß?»

«Nein.»

«Eine Kordel zum Dranziehen?»

«Nichts.»

«Eine Inschrift zum Lautvorsichhinsprechen?»

«Tut mir leid.»

«Mist. Dann hau doch ab!»

Cinna zuckte bedauernd mit den Schultern, sprang von der Terrasse den Abhang hinunter und rannte durch die tote Stadt, aber als er an der Bleikammer vorbeikam, hörte er die Stimme erneut.

«Warte mal! Nicht so schnell! Halt an, laß uns reden. Was machst du überhaupt hier? Wer bist du?»

«Ich weiß nicht. Und du?»

«Oh, ich ... Ich bin E.S. Wie soll ich sagen: ein Opfer des alten Systems. Nicht größer als ein Bazillus. Keine ernste Gefahr.»

«Warum ist deine Bleikammer dann so riesig?»

«Pure Propaganda! Maßlose Übertreibung. Lenk nicht ab! Deine Kumpel –»

«Was für Kumpel?»

«Die beiden armen Schweine, die vor dir hier vorbeiliefen.»

«Schweine? Das waren Schweine?»

«Nein, Hunde, so wie du.»

«So wie ich?»

«Keine Freunde von dir?»

«Ich weiß nicht.»

«Hättest mal mehr an deiner Allgemeinbildung arbeiten sollen. Na, dein Problem. Nehmen wir einfach mal an, daß es Freunde von dir sind. Artgenossen, ja? Sie laufen geradewegs auf die Kolmonoxhöhle zu.»

«Und?»

«Da kommen sie nicht lebend durch. Niemals. Wenn du sehr schnell bist, kannst du sie noch retten. Und, ehrlich gesagt, bist du so ziemlich das Schnellste was mir je untergekommen ist.»

«Echt?»

«Weißt du, wir könnten einen Handel abschließen und uns gegenseitig helfen. Ich habe nachgedacht. Wenn du sie rettest, wärst du laut Definition sowas wie ein Superheld.»

«Ich?»

«Naja. Ein Superheld hat außergewöhnliche Fähigkeiten, hat einen abartig überzogenen Mut, riskiert für andere sein Leben und – er muß große und nützliche Dinge vollbringen für die Mensch- äh, für die Hundheit. Egal. Und vor allem – ein Superheld könnte mich – ach, weißt du, darüber reden wir später. Werde erst mal einer.»

«Und woraus besteht der Handel?»

«Denkst du immer ans Geschäft? Wo du einfach edel und selbstlos helfen könntest? Aber gut, schau dich um! Ohne mich findest du nie wieder hinaus aus Unterird. Ich könnte dich hier herausbringen, vorausgesetzt, daß du mich vorher aus dieser Kammer herausbringst. Ein fairer Handel. Dir bleibt genaugenommen gar nichts anderes übrig, als ein Superheld zu werden. Oder hier unten zu krepieren. Jetzt verschwende nicht noch mehr Zeit! Renn!»

Unterird war weniger leer, als selbst manche seiner altgedienten Insassen annahmen.

Max ahnte nicht das Geringste von der Gefahr, in die er die beiden Hunde führte. Die Gefahr war farblos, geruchlos, geschmacklos – und für einen Geisterhund völlig gefahrlos. Von daher hatte Max in den vielen Hunderten von Jahren vom Kolmonox nie etwas gesehen, geschmeckt, noch gehört. Das Kolmonox war ein hinterhältiges gasförmiges Wesen, das sich in roten Blutkörperchen festsetzte und alles Rot aus ihnen herausfraß. Noch nie, seit es Götter und Säugetiere gab, war ein Lebewesen mit roten Blutkörperchen bis in diesen entlegenen Teil von Unterird vorgedrungen, weder

Herkules, Aeneas oder Odysseus. Seit der Zeit jener verzweifelten Albino-Saurier, die sich vor den Folgen des Meteoriteneinschlags tief unter die Erde geflüchtet hatten, hatte das Kolmonox kein lohnendes Opfer mehr gefunden.

Dementsprechend gierig und ausgehungert lungerte das Raubgas auf dem Boden seiner Höhle. Als es die beiden mit saftigem Rot gefüllten Hunde erblickte, wurde es beinahe flüssig, so sehr sabberte es den leckeren Blutkörperchen entgegen. Nur noch ein paar Meter, und es würde an diesen dampfenden Blutschüsseln mit Fellbesatz emporkriechen, würde über deren Lungenflügel in prallgefüllte Vorratsadern stürzen. Ein Festmahl! Zwei Hunde, zwei Gänge. Zwei lange rote Teppiche in die Glückseligkeit. Pumpende Herzkammern, voll mit lebenswarmem Kraftfutter. Das Kolmonox geriet in Ekstase, stimmte seinen Glücksseligkeitsgesang an, der sich bei gasförmigen Kreaturen wie ein ganz schwacher Furz anhört, in Wahrheit aber ein komplexes sinfonisches Gebilde darstellt.

Calista und Valta streiften durch übel beleumundete Vorstädte Neapels, bis sie, in einem heruntergekommenen Gewerbegebiet, zu einer Art Schrottplatz kamen. Hinter Bergen von Autowracks lag eine große alte Fabrikhalle mit zerborstenen Oberfenstern. Lärm sowie das Licht von zwei starken Scheinwerfern drang durch den Schrott.

In der Grube begann eben der Hauptkampf des Abends. Der *Eviscerator* trat gegen *Hotdog* an. Aufgeheizte Atmosphäre. Mordsbetrieb. Das Hallentor stand einen Spalt offen.

Valta forderte die junge Hündin auf, möglichst lautlos zu sein, und erklärte ihr, was für eine Art Spektakel hier im Gange war. Er nahm kein Blatt vor den Mund. Gladiatoren seien meist etwas lebensmüde und unberechenbar. Die Wahrscheinlichkeit, daß jemand wie Saxo noch am Leben sei, schätzte er als gering ein. Die Gefahr als umso größer. Calista ließ sich davon nicht abschrecken.

«Versuchen müssen wir's! Bitte, Valta!»

«Na gut. Laß mich vor. Ich lenke die Spinner ab. Die mögen mich. Du folgst mir unauffällig, und wenn sich alle auf mich konzentrieren, dann –»

«Dann?»

«Naja. Dann, äh, sehen wir mal.»

«Nicht da lang!»

Wir hielten an, drehten uns um und trauten unsren Augen nicht. *Cinna*. Was wollte *er* hier?

«Geht nicht da lang! Das ist gefährlich!»

«Weswegen?» fragte Max. Aber Cinna konnte ihn weder verstehen noch sonst irgendwie wahrnehmen.

«Du willst uns doch nur aufhalten!» rief ich. «Hältst du uns für blöde?»

«Ich weiß nicht. Ich kenn euch ja gar nicht. Aber geht nicht durch diese Höhle!»

«Wie – du kennst uns nicht? Wie meinst du das?» Grippi wedelte mit der rechten Vorderpfote vor Cinnas Augen und musterte ihn. Max lief achselzuckend ein Stück weit in die Höhle vor, sah sich nach Gefahren um, fand keine und winkte uns.

«Ich sag's euch nochmal», sagte Cinna nochmal, «geht da lieber nicht hinein!»

«Warum nicht?»

«Ich weiß nicht. Hab vergessen, zu fragen.»

«*Wen* hast du gefragt?»

«Weiß ich nicht.»

«Was weißt du denn überhaupt?»

«Weiß ich nicht.»

«Wieso sollten wir was darauf geben, was du sagst? Du bist einer von Ferox' Leuten.»

«Ferox? Wer ist das?»

Rein körperlich konnte uns Cinna nichts anhaben, Windspiel, das er war. Weshalb er diese sehr durchschaubare, naja, eigentlich eher völlig undurchschaubare Schmierenkomödie vor uns aufführte – wir hatten keinen blassen Schimmer. Und obwohl Grippi anscheinend bereit war, sich mit ihm noch länger zu beschäftigen, dachte ich an unsre Mission und ging schnurstracks Max hinterher.

Cinna lief an mir vorbei. Er war so unglaublich schnell. Unmöglich, mit ihm mitzuhalten. Er überholte mich, rannte in die Höhle und bellte mich an. Dann hustete er. Ich hielt es für Theater. Wenn auch recht gekonntes. Er hustete, röchelte und kippte um. Er starb auch unglaublich schnell. Max stand neben ihm und sah verwundert Cinnas Seele zu, wie sie aus seinem Körper entwich und schmetterlingsgleich nach oben flatterte.

«Ähemm. Also ...» Max geriet ins Grübeln, hob bedauernd die Schultern. «Vielleicht sollten wir doch einen kleinen Umweg machen?»

Cinna, der miese kleine Widerling – war für uns gestorben. Einfach so. Ich reagierte verständlicherweise verwirrt, ja aufgewühlt – und Grippi vergoß sogar drei, vier Tränchen.

Wir machten den kleinen Umweg. Vorsichtshalber.

Das Kolmonox war nur halb zufrieden. An dem Hündchen mit der schmalen Taille war nicht viel dran gewesen. Immerhin – eine Mahlzeit. Endlich. Wehmütig sah es den beiden appetitlichen Brocken hinterher und legte sich nieder, um zu schlafen und zu verdauen.

Aus der Bleikammer aber war ein dumpf wummernder Fluch zu hören. Der Superheld, der Cinna nun zweifellos war, hätte ES befreien, hätte ihm die Tür öffnen können, läge er jetzt nicht tot herum, entseelt, an Geschäften nicht länger interessiert.

VIII

Plin und die fast vierzig Hunde, die mit ihm gefangen worden waren, durften, nachdem man sie tagelang vor militanten Tierschützern versteckt und ausgehungert hatte, endlich die Transporter verlassen. Sie konnten vor Ermattung kaum laufen und wurden in eine leere Pferdekoppel getrieben, mit zwei Meter hohen Lattenzäunen. Hatte Plin noch bis zuletzt die Hoffnung gehabt, sein Leben in einem wenn auch erbärmlichen Tierheim bei dürftigem Futter zu beenden, begriff er nun, daß es aus dieser Koppel kein Entkommen geben würde. Er sah einen Mann, ganz in Weiß, der stehend an einem Klapptisch hantierte, vor sich ein gutes Dutzend medizinischer Spritzen.

Er wird uns einschläfern, dachte Plin. Als alter, erfahrener Hund, der gelernt hatte, immer in allem zuerst das Positive zu sehen, fand er Trost in der Einsicht, daß es weitaus brutalere Möglichkeiten der Tierbeseitigung gegeben hätte.

Endlich standen wir am Abgrund, besser gesagt, am Rande des Hohlraums, der riesigen unterirdischen Blase, die tektonische Gewalten hier aus dem Erdinneren herausgeschält hatten.

Unter uns erstreckte sich das brodelnde Magmabecken, scheinbar grenzenlos, es schwappte wie eine zähe rotorangene Suppe, aus der an tausenden Stellen Fontänen aus flüssigem Feuer spritzten. Die Hitze war so schlimm, daß wir jeden Moment zu schmelzen glaubten. Max machte sie nichts aus, er hatte sogar Spaß dabei, ein wenig im Feuer zu schwimmen, das habe ihm geholfen, erklärte er, das Trauma seines Todes zu überwinden. Hoch über unsren Köpfen irgendwo mußte der Krater des Vulkans liegen, eine dünne Schicht aus Erde und Gestein, durch die sich die Magma einen Weg nach oben bahnen würde, käme das Becken zum Schaukeln, würde der Druck zu groß.

Drunten, mitten im Gebrodel, suhlten sich die Wanderbeben. Einige durchtauchten es wie lebenslustige Buckelwale, dann klaffte die Magma ächzend auf und schwappte wieder zusammen, zischende Strudel entstanden und beruhigten sich nur langsam.

Wir zählten. Da waren weit über neunzig Wanderbeben, behäbige alte und quirlige junge. Man konnte sie nicht direkt sehen, sie bestanden aus komprimierten Druckwellen, eine Ahnung ihrer Form ergab sich durch das verflüssigte Gestein, das sie beim Fortbewegen zur Seite schaufelten.

Valta war in der Gegend viel populärer, als Calista vermutet hätte.

«Valta? Guckt mal! Tatsache! Das ist Valta!» riefen die Gladiatoren begeistert. «He, Valta! Alter Hundling!» Spontaner Applaus brandete auf.

Die Gladiatoren baten Valta, den Geheimniskrämer, nicht etwa um Hilfe, nein, das wäre so ziemlich das Letzte gewesen, um was sie ihn gebeten hätten.

«Tisch uns ordentlich was auf! Ein letztes Geheimnis vor dem Jenseits!»

«Ja, lass hören! Eine Geschichte!»

«Eine schön grausame!»

«Lieber eine lustige!»

«Am besten grausam *und* lustig!»

«Was seid ihr doch», murmelte Valta, «für ein großartiges Publikum. Nirgends trete ich so gerne auf, wie vor euch. Es ist mir immer wieder eine Ehre!»

Im Magmabecken tobte es. Die Strudel wurden immer gewaltiger, die Glutfontänen immer höher. Einschüchternd, gehirnerschütternd, bei aller Besonnenheit, die ich zur Schau stellte.

«Wie soll ich etwas Derartiges aufhalten? Das ist völlig unmöglich.» Ich fragte Grippi, ob sie eine Idee hätte.

«Nein. Bei aller Liebe ...»

«Hmm», meinte Max. «Vielleicht könntest du einfach mal mit ihnen reden.»

«*Reden*? Wie sollte jemand wie ich mit Erdbeben reden? Ich kann nicht mal ihre Sprache.»

«Ach so? Ich schon. Man hat ja nichts anderes zu tun hier unten. Bebisch ist gar nicht schwer. Im Grunde sogar primitiv. Man kommt mit ein paar hundert Begriffen aus. Soll ich es dir beibringen?»

«Dazu fehlt uns, fürchte ich, die Zeit.»

«Ach so.» Max hatte komplett vergessen, wie es war, mit der Zeit im Rücken zu leben.

«Na gut, wenn du willst, kann ich dolmetschen.»

«Ich will. Unbedingt!»

Saxo hörte, wie sich jemand an seinem Zwinger zu schaffen machte. Er nahm einen von früher her vertrauten Geruch wahr. Wer konnte das sein? *Calista*? Er wagte es nicht zu flüstern, nur zu denken. Gleich darauf sah er in ihr lächelndes Gesicht. Unmöglich? Unglaublich.

Sie versuchte, mit ihrem Maul den Metallriegel aufzuschieben, ohne ein Geräusch zu machen. Die Gladiatoren schienen derweil schwer darauf konzentriert, Valtas Vortrag zu lauschen.

So geschah es. Ich stellte mich an den Rand des Abgrunds, rief hinunter, Max übersetzte. Grippi bewunderte mich währenddessen. Oder tat so, um mir Mut zu machen. Egal, es tat mir gut. Ich holte tief Luft. Meine Worte mußten sorgfältig gewählt sein, durften weder unterwürfig noch überheblich klingen.

«Hallo, ihr Beben.» («Hlblb!»)

«Hallo, lustiges Wesen!» («Hluw!»)

Max erzählte mir später, daß es für «lustig» und «lächerlich» im Bebischen nur ein Wort gäbe. Das sei Auslegungssache gewesen.

«Ich muß mal mit euch reden, weil, naja, also, ihr bringt das Magmabecken zum Schwanken. Das ist irgendwie gar nicht gut.» («Brrsergtfgtl.» «Z?»)

«Nein?»

Valtas Vortrag

Es gab einmal ein Monster, das ernährte sich von Odysseusen, Achillen, Herkulessen und ähnlich berühmten Superhelden. Dieses Monster war überaus heikel und selbstverliebt, etwas anderes als Superheldenfleisch kam ihm nicht ins Maul. Die unverdaulichen Sehnen und Haare seiner Opfer benutzte es als Zahnseide und grinste nach jeder Mahlzeit zum Himmel, ließ sein Gebiß am Horizont aufblitzen, verhöhnte die Götter, grausam über jede Vorstellungskraft hinaus.

Mit sicherem Instinkt verschmähte es Wichtigtuer, Angeber, Blender und sogar das, was man als *kleine Helden des Alltags* bezeichnen könnte. Immer mußten es *Superhelden* sein, möglichst solche im besten Alter, auf dem Höhepunkt ihrer Karrieren.

Dadurch entstand ein lästiges Paradox in der antiken Welt – denn Superhelden werden üblicherweise nicht gefressen, sie sind schlank, rank, groß und super und gehen irgendwann in den wohlverdienten Ruhestand, auf einer hübschen Parzelle im Elysium, mit eigenem Garten, immervoller Pralinenschachtel und Kabel-TV.

Superhelden waren beliebt bei Menschen und Göttern. Die alten Götter konkurrierten untereinander um den allerbesten Superhelden, sie bauten die Karrieren ihrer jeweiligen Favoriten mühsam auf, ließen sie, mit kleinen, versteckten Hilfestellungen dutzendfach Heldentaten vollbringen. Das war so eine Art Sandkastenspiel mit lebenden Figuren, und immer wenn es einer jener Göttergünstlinge geschafft hatte, vom ordinären Helden endlich in den Rang eines Superhelden aufzusteigen, kam dieses gnadenlose Monster aus dem Nichts und fraß ihn auf. Das machte die Götter ziemlich wütend, und wütende Götter gehören neben Taifunen,

Springfluten und Vulkanausbrüchen weit und breit zu den beeindruckendsten Erscheinungen. Dennoch – gegen das Monster konnten sie nichts ausrichten, denn es war ähnlich unverwundbar wie seine Mutter, die Zeit. Und der haben sich gemeinhin selbst Götter irgendwann zu beugen. Äußerst depressive Götter hatten ein äußerst deprimierendes Problem.

Was wäre eine Erdbevölkerung ohne Superhelden? Eine graue langweilige Masse.

Etliche, ja Hunderte liebevoll entworfene, mühsam hochgepäppelte Erdbevölkerungen mußten von den Göttern als kläglich gescheitert vom Antlitz der Erde gekratzt werden. Mehrmals versintfluteten sie ausgeklügelte Weltentwürfe samt millionenfachem Personal, nur weil ES, dieses namenlose Monster dessen prachtvollste Geschöpfe mir nichts, dir nichts vertilgt hatte. In jener trüben Vorzeit begegneten sich Götter an Stränden, die Müllkippen glichen, und der eine Gott fragte den anderen: *Was hastn in deim Eimer?* Und der andere antwortete: *Noch ne graue Masse.*

Das war traurig. Ganze Serien an sich meisterhaft gelungener Herkulesse endeten als formlos-stinkende Monsterkacke.

So konnte das nicht weitergehen. In einer Welt, in der Superhelden als Monsterkacke enden, verlieren selbst schlichteste Gemüter schnell ihren Glauben. Und der Glaube ist für Götter gewissermaßen das, was für Artisten der Beifall ist.

Was tun?

Die Himmlischen taten sich ausnahmsweise mal alle zusammen, verzichteten auf jegliches Ambrosia und dachten nach. Wenn Götter denken, ist das bemerkenswert und selten folgenlos. Was da so alles gedacht wurde – unbeschreiblich. Ihre Köpfe rauchten, bis durch den Rauch kaum noch Sonnenlicht auf die Erde fiel. Und plötzlich wurde der Rauch weiß, erhellt von einer großen Idee. Begeistert johlten und schunkelten die Götter und feierten sich.

Woraus bestand ihre Idee?

Sie setzten dem Monster etwas völlig Neues entgegen, mit dem es sich nie zuvor hatte auseinandersetzen müssen: die Kunst.

Kunst? Nie gehört. Muß ich das kennen? fragte das Monster und beschnüffelte die neugeborene Kunst, die es verächtlich für eine schaumweingeborene Schnapsidee hielt. Den ersten damit konfrontierten Erdbevölkerungen ging es übrigens ähnlich. *Was ist das? Kunst? Wozu?*

Kunst war für viele anfangs ein Schimpfwort und von Monsterkacke kaum zu unterscheiden. Aber die Kunst wuchs heran, lernte dazu, entdeckte allerlei Waffen und Überlebensstrategien wie den *Stoff*, den *Spannungsbogen*, das *Sentiment*, den *Witz* und das *Handwerk*. Fortan lief die Kunst – bildlich gesprochen – neben den Superhelden her, beschützte, konservierte und verklärte sie. Mal tarnte sich die Kunst als Gemälde, mal als Lied, mal als Gedicht. Als Mosaik, als Skulptur, als Tondichtung. Sogar als Vase.

Das Monster fraß unterdessen munter weiter, aber nach etlichen Jahrhunderten bemerkte es, daß sein Magen, obwohl doch regelmäßig mit neuem Superheldenfleisch gefüllt, seltsam leer blieb dabei und unbefriedigt. Es hatte sich etwas verändert.

Das Monster fraß quasi nur den Herold, nicht die Botschaft. Dadurch wurde der Superheld zwar körperlich, nicht aber wesentlich zerstört. Sein Wirken blieb unvermindert bestehen. Als Kunstwerk. Besonders clevere Superhelden gingen nur dann noch zur Arbeit, wenn sie sicher sein konnten, daß die Kunst vor Ort war und jede große Tat sogleich in alle Welt übertrug.

Das schmeckte dem Monster nun gar nicht. Kunst als Konservendose von etwas, das vorher stets vergänglich gewesen war, leicht verdaulich und ohne jeden Rückstand entsorgbar.

Zerstören. Zerstören und immer wieder zerstören, um nichts anderes war es dem Monster gegangen. *Vernichten, vertilgen, vermüllen. Schleifen, plattmachen, drauf herumtrampeln, verscharren, in alle Winde zerstreuen und am Ende triumphierend das Hinterbein drüber heben.* Das war seine Welt gewesen.

Was war das nun für eine neue Welt, in der am Ende nicht alles als Monsterkacke endete? Eine unheimliche, ungerechte Welt.

Das Monster schrie und tobte und konnte machen, was es wollte – gegen die Kunst war nicht so einfach zu kämpfen. Unter anderem deshalb, weil sie quasi überall war und gar keine Lust hatte, sich zu verstecken. Stampfte das Monster durch die Welt und schrie: *Wo bist du, Kunst? Tritt hervor!*, dann rief es ihm aus allen Richtungen entgegen: *Hier bin ich, hier, hier, hier, hier und hier!* Ob es sich in jedem Fall um Kunst handelte oder nur um tapfere Sympathisanten, wissen die Götter allein.

Das Monster reagierte mit Verdauungsstörungen, Appetit- und Ratlosigkeit.

Die von sich überaus begeisterten Götter in ihrer rastlosen Göttlichkeit setzten noch eins drauf, setzten einen blinden Sänger in die Welt, der alle Drohungen des Monsters ignorierte und das Epos erfand. Die Helden, die er besang, umgab er mit einem Schutzmantel aus Schönheit, Rhythmus und Poesie. Die einst so schüchterne Kunst wurde selbstsicher, übermütig – und sogleich von Allmachtsphantasien berauscht. Neue Welten zu erschaffen war nicht mehr nur den Göttern vorbehalten, und vor dem alten Monster fürchtete sich niemand mehr. Verbittert dachte ES daran, den blinden Sänger zu fressen, fraß ihn schließlich auch, aber zu spät und ohne rechte Inbrunst. Konnte ein rhapsodierender Blinder mit brüchiger Stimme allen Ernstes sowas Ähnliches wie ein Superheld sein? Das Monster war an kräftiges, volldurchblutetes Muskelfleisch gewöhnt, nicht an labbrige alte Haut mit Schwarten, Tränensäcken und Stirnfalten. Ihm wurde schlecht. Es torkelte zum Strand und kotzte die Reste des blinden Rhapsoden in die Ägäis, und während es sich so über das Meer beugte und Schwall auf Schwall Homerisches von sich gab, nutzten die Götter den Moment, überwältigten das Monster und sperrten ES in eine besonders tiefe Bleikammer des Hades.

Sie gaben ihm auch Kosenamen: *Vergeblichkeit, Verfall* und *Riesengroßes Mistvieh.*

Inzwischen heißt der Hades neutral Unterird, und es melden sich Stimmen, wie immer, wenn ein paar Jahrtausende ins Land gezogen sind, daß man das Monster vielleicht unangemessen, vielleicht gar ungerecht behandelt hätte.

Legenden berichten, daß die Götter eine einzige Möglichkeit übrigließen, wie das Monster je wieder freikommen könnte. (Alte Götter mußten immer eine Möglichkeit übriglassen, das lag in ihrer Natur.) Falls jemals ein *lebendiger* Superheld nach Unterird gelangen sollte und dort *aus freien Stücken* entscheiden würde, daß das Tor zur Bleikammer geöffnet werden solle, dann hätte das eben so zu sein. Auch wenn je ein großer Künstler die Übergröße besäße, JA zum Verfall des eigenen Werkes zu sagen, JA zum großen Recycling, dann bitte. Um dergleichen nie geschehen zu lassen, erfanden die Götter gleich mehrere Schutzvorrichtungen: die Selbstüberschätzung, die Eitelkeit und den Größenwahn.

Wo die Kunst anfangs noch naiv und rein, ganz unkommerziell gewesen war, auf nichts als den allgemeinen ästhetischen Fortschritt bedacht, läuft sie seither beifallsgeil, egozentrisch, korrupt und geisteskrank auf Erden Amok, breitet sich aus wie ein buntes Geschwür und niemand kann sie kontrollieren und bändigen, immer schlimmere, immer miesere Kunst macht sich überall breit – weil jeder unter fadenscheinigsten Gründen berühmt sein will, weil es nirgends mehr Superhelden gibt, die eine echte künstlerische Darstellung lohnten, bis auf – *(jetzt kam der schleimige Teil, um beim Publikum mehr Honorar loszuschlagen. Von Gladiatoren gab es keinerlei Honorar zu erwarten, aber Valta wollte noch ein wenig Zeit schinden)* – ja, bis auf *euch*, ihr tapferen Kampfhunde, ihr letzten großen Heroen der Duellkunst, laßt mich der Welt von euren mühevoll errungenen Siegen berichten, laßt mich eure Taten lobend besingen, deren sublime Details ins Volk tragen *(und so weiter und so fort ...)* Danke sehr. Vielen, vielen Dank. Danke! Ihr seid ein wunderbares Publikum! Ich hatte nie ein Publikum wie euch, niemals ...

Während Valta sprach und die Gladiatoren ablenkte, kletterten Saxo und Calista an der Hinterwand der Halle auf einige Kisten, um von der höchsten durch eine der schmalen Luken hinaus in die Freiheit zu springen. Als beide die oberste Kiste erreicht hatten, zögerte Saxo und blieb dort hocken, geplagt von einem aufdringlichen Gedanken, den er hin und her schwenkte im Kopf.

«Sag mal, Calista – ähem ...»

«Ja?»

«Was zum Teufel machst du hier?»

«Ich hab dich eben befreit.»

«Jaja, schon klar – danke übrigens. Aber – wozu, wie, weshalb?»

«Ferox hat die Herrschaft in Pompeii übernommen.» Calista legte ihm mit wenigen Worten die neue Lage dar.

Saxo staunte, überlegte, staunte, überlegte.

«Dann müssen wir da unbedingt hin.»

«Genau. Auf was wartest du?»

«Ich kann mich nicht so einfach vom Acker machen und meine Kameraden im Stich lassen.»

«*Kameraden*? Die da unten? Saxo, das sind *Killer*. Einige von denen sind sogar *gerne* hier.»

«Nur, weil sie nie eine andere Wahl hatten. Warte mal. Gleich haben sie eine.»

In diesem Moment lachten die Wanderbeben, denn sie fanden Kaffeekanne ein sehr erheiterndes Etwas. Die feistesten von ihnen klatschten mit ihren Bäuchen zusammen, wie es Brauch ist unter erheiterten Wanderbeben. Der Erdstoß warf Kaff und Grippi beinahe um; ein Regen von Felssplittern prasselte auf sie nieder. Selbst Stella und Stoa zitterten, bangten um ihre künftige Vereinigung, registrierten erleichtert, daß es kein schwerer Erdstoß gewesen war und sie immer noch einander entgegenwuchsen.

Die Hunde wurden von den Hundefängern in eine Gasse gedrängt, an deren Ende der Mann in Weiß mit den gefüllten Spritzen stand. Plin beschloß, den Anfang zu machen, um den Tod seiner Freunde nicht mit ansehen zu müssen. In diesem Moment wackelte die Erde. Einer der Lattenzäune fiel um. Dahinter lag freies Land. Ohne Mauern und Hindernisse. Die Hundefänger, die mitsamt dem Zaun zu Boden gegangen waren, rappelten sich auf, fluchten, sie brüllten sogar, konnten aber nicht verhindern, daß fast vierzig Hunde die Gelegenheit ergriffen, über den flachgelegten Zaun zu springen. Selbst der alte, mit dem Tod fast schon versöhnte Plin konnte seinen Überlebensinstinkt nicht unterdrücken und hetzte dem Rest der Meute hinterher.

Alle rannten, so schnell sie in ihrem Zustand konnten, über Felder und Wiesen.

Todesangst, multipliziert mit der Euphorie, noch einmal entkommen zu sein, gaben ihnen die nötige Kraft mit auf den Weg.

Valta war eben mit seinem Vortrag fertig und erntete bellenden Applaus. Da, in die langsam einkehrende Stille, hörten die Gladiatoren Saxos Stimme von oben. Er hatte in den letzten Tagen ihren Respekt gewonnen, und er beleidigte ihre Berufsehre nicht etwa mit dem plumpen Vorschlag, ihn irgendwohin zu begleiten, um dies oder jenes zu tun. Er erzählte mit glutvollen Worten von *Ferox,* dem bösartigsten, grausamsten Hund auf dieser Erde. Mit nichts zu vergleichen und praktisch unbesiegbar. Das genügte. Allen stand das Maul offen, alle brannten darauf, dieses sagenhafte Monstrum kennenzulernen. Unten öffnete Valta kopfschüttelnd die Zwinger, einen nach dem anderen.

Mir schlotterten immer noch alle vier Knie.

«Hört mal!» rief ich zu den Wanderbeben hinunter. «Wenn

ihr euch hier trefft, wackelt das Erdreich, das Magmabecken gerät in Schieflage, das Zeug fließt nicht gescheit ab, der Druck wird zu groß, und alles kracht raus, dann regnet es heiße Glut auf die Städte und Hunde.» («Bltrarmalabum.»)

Ich hatte das Gefühl, Max würde nur einen Bruchteil dessen übersetzen, was ich von mir gab. Berücksichtigte er wirklich jede Nuance?

«Was sind Städte und Hunde? Sowas wie du?» («Grlofbumblab?»)

«Genau. Wollen wir Freunde sein?»

«Hunde niedlich!» sagte eine Babybebe.

«Sie lachen!» sagte Max. Das verstand ich auch ohne Übersetzung. Ich hatte sie bereits auf meiner Seite.

«Ähm, ja, ihr müßt wissen, wir Hunde und alle Wesen sonst, also auch Füchse und Schlangen und Menschen, sogar Heuschrecken und, äh, Rhinozerosse, sterben dann einen qualvollen Tod.» («Malafzkamalibilanikibrrrr.»)

«Echt? Was ist *Tod*?»

«Oje. Also, ähm, Tod ist wie Schlaf ohne Traum mit viel Schmerz.»

Ich übertrieb ein wenig, um es dramatischer zu gestalten.

«Was ist *Schmerz*?» («Z?»)

«Schmerz ist, äh … wenn sich zum Beispiel liebe Freunde nie mehr treffen können.»

«Was sind *Freunde*?» («Fz?»)

«Nun … sowas wie *ihr*.»

Ein seltsam tiefes Heulen war zu hören. Meine Zuhörer verstummten. Augenblicklich. Das Magmabecken lag mit einem Mal ganz ruhig da. Ich fühlte tief im Brustkorb, daß ich den richtigen Ton angeschlagen hatte.

«Ernsthaft?» fragte ein Wanderbeben. Und eine Wanderbebe flüsterte: «Das ist ja schrecklich!»

Bestürzt hielten die Wanderbeben Zwiesprache untereinander. So leise, daß selbst Max eine Weile lang nichts verstehen konnte. Bis die Stimmen lauter wurden.

«Das tut uns leid! Wir wußten ja nicht.»

«Wir sind sonst überhaupt nicht so. Ehrlich!»

«Das hat uns niemand je gesagt!»

«Du mußt uns glauben, wir werden uns bessern. Bestimmt!»

Max riet mir, nichts mehr zu sagen, nur zu lächeln, einfach nur zu lächeln.

Die Wanderbeben versprachen mit bebender Stimme und pathetischen Verrenkungen, hoch und heilig, zutiefst zerknirscht, sich nie wieder dort zu treffen, wo sowohl Vulkane als auch Rhinozerosse hausen. Schamerfüllt und mit tausenderlei Entschuldigungen zogen sie ab in Richtung südliches Mittelmeer. Ich blieb als Retter der Welt reichlich überrascht zurück.

Plin und die Seinen liefen Pompeii entgegen. Viele Kilometer mußten sie zurücklegen, um ihre Heimat zu erreichen, und während der folgenden Tage berichtete manch staunender Bauer der Presse, er habe an seinen Feldern vierzig Hunde vorüberhetzen sehen, das sei ein sonderbarer, ja beinahe wunderbarer Anblick gewesen.

«He, Insasse!»

«Was willst du?»

«Ich durfte kurz in Cinnas Seele sehen, bevor sie sich verflüchtigte. Cinna, weißt du, hieß das klapprige Hündchen, das für dich den Superhelden spielen sollte. Lachhaft. Jetzt greinst du, weil es nicht geklappt hat. Du bist wirklich das Allerletzte.»

«Geht dich nichts an, Grillfleisch, hau ab!»

«Ich weiß genau, worauf du jetzt noch hoffst, bei jedem Zittern der Erde, das die Beben verursachen. Sie allein, und nur alle gemeinsam, hätten die Kraft, dich zu befreien. Aber weißt du was? Das kannst du vergessen! Dafür sorge ich. Vorher könnte ich dich noch ein wenig beleidigen.»

«Halt's Maul, verfluchter Kadaver!»

«Ich könnte dir einige Verse des Ovid aufsagen. Oder lieber Vergil? Horaz?»

«Nein! Keine Kunst!»

«Schrei doch nicht! Hast ja recht. Du bist sie nicht wert. Und wenn ich dich beleidigen würde, egal wie, hieße es ja doch nur, dich zu unterhalten, für Ablenkung zu sorgen in deiner bleiernen Allnacht. Deshalb sage ich jetzt bald gar nichts mehr, und das Letzte, was deine Ohren jemals hören werden, soll Folgendes sein:

Du wirst bis ans Ende der Zeit in dieser Kammer hocken bleiben, die Wand anstarren und vergeblich versuchen, mit deinen Blicken Löcher hineinzubohren. Du widerliches, intrigantes, gemeines, winzigkleines Saftsäckchen!»

«Hört mal!» krächzte Kaffeekanne zu den Wanderbeben hinunter. «Wenn ihr euch hier trefft, wackelt das Erdreich, das Magmabecken gerät in Schieflage, das Zeug fließt nicht gescheit ab, der Druck wird zu groß, und alles kracht raus, dann regnet es heiße Glut auf die Städte und Hunde.»

Max stöhnte leise. *So* würden sich Wanderbeben von niemandem beeindrucken lassen, schon gar nicht von einer Kinderportion Lebendhund. Max beschloß, die Gesprächsleitung heimlich an sich zu reißen.

«Ehrwürdige Beben! Mein Schüler hier grüßt euch, er möchte wissen: Warum trefft ihr euch ausgerechnet hier unten?»

«Hier gibt's das größte Feuerwerk. Was geht's dich an, uralte Leiche?»

«Wir sind nur neugierig. Ihr habt gar keine Angst?»

«Angst haben?» rief eine Babybebe. «Vor dir vielleicht?»

Und alle lachten. Max nickte Kaff zu, er solle weiterreden. Reden, reden, reden.

«Ähm, ja, ihr müßt wissen, wir Hunde und alle Wesen sonst, also auch Füchse und Schlangen und Menschen, sogar Heuschrecken und, äh, Rhinozerosse, sterben dann einen qualvollen Tod.»

Was für ein Schwachsinn. Was ging die Beben das Schicksal irgendwelcher Rhinozerosse an? Max übersetzte:

«Wenn ihr weiter Rabatz macht, zerbersten die alten Bleikammern. Ihr allein habt die nötige Kraft dazu.»

«Na und? Wen scherts? Verpiss dich.»

(Sie fragen: Echt? Was ist *Tod*?)

(Sag ihnen: Tod ist wie Schlaf ohne Traum mit viel Schmerz.)

«Ich bin ja tot, mir kanns egal sein. Ihr Superhelden lebt. Und eine der Kammern, die größte von allen – ist noch nicht leer.»

«Was du nicht sagst, Sabberschnauze.»

(Sie fragen: Was ist *Schmerz*?)

(Sag ihnen: Schmerz ist, äh, wenn sich zum Beispiel liebe Freunde nie mehr treffen können.)

«Ich meine ja nur. ES ist hier zurückgelassen worden. ES ist noch da und rumpelt. Die Älteren unter euch werden sich noch an die Zeit erinnern, als ES frei rumlief. Aber feiert ruhig!»

«Kein Quatsch? Du meinst ES?»

(Sie fragen: Was sind *Freunde*?)

(Sag ihnen: Sowas wie ihr.)

«Das uralte erbarmungslose Es!»

Als Geisterhund beherrscht man sagenhafte Tricks. Man kann sich beispielsweise zweiteilen und Monster verspotten, die Kilometer entfernt in Bleikammern hausen. Genau das hatte Max, frei von jeglichen Schranken der Zeit und Geschwindigkeit, soeben getan, hatte das ES ein widerliches Saftsäckchen genannt – und ES, gerade in miesester Stimmung, antwortete prompt mit einem wütenden, alles durchdringenden, seltsam tiefen Heulen.

Das Magmabecken lag mit einemmal ganz ruhig da.

Max zwinkerte seinem Nachkömmling zu, gab ihm zu verstehen, daß er den richtigen Ton angeschlagen hatte. Unter den Beben griff Panik um sich. Ihr kollektives Gedächtnis reichte Jahrtausende zurück. ES war, von riesigen Asteroiden abgesehen, mithin das einzige, was ihnen je gefährlich werden konnte. Bestürzt debattierten sie, in einer improvisierten Krisensitzung, so leise, daß selbst Max eine Weile lang nichts verstehen konnte. Bis ihre Stimmen lauter wurden.

«Habt ihr das Heulen gehört?»

«Es klang tatsächlich wie … wie ES!»

«Wenn dieses Mistvieh noch existiert, wird es sich auf *uns* stürzen.»

«Wir sind Superhelden am ähnlichsten.»

«Seid still, die Kinder bekommen ja Angst. Oh, nein! Unsere schöne Party!»

«Ganze Stimmung hinüber! Dreckskóter, verfluchte!»

Max übersetzte das alles sehr frei, in weitaus freundlichere Aussagen. Und gab Kaff den dringenden Rat, von nun an zu schweigen, nur zu lächeln, einfach nur zu lächeln.

Die verunsicherten Wanderbeben, um ihr Jubiläumsfest gebracht, sonderten allerübelste Schimpfwörter ab, die mal den Hunden, mal dem gefürchteten ES galten. Danach, um mit ihren pathetischen Verrenkungen nicht etwa noch versehentlich die Bleikammer zu zerstören, traten sie, tief zerknirscht, übersatt von in sich hineingefressener Wut, den Rückzug ins Mittelmeer an.

«Gut gemacht.» Max gratulierte seinem immer noch stur lächelnden Nachfahren.

Kaff wandte sich zu Grippi um, die von alledem rein gar nichts mitbekommen hatte.

Er habe eben, murmelte er, scheinbar beiläufig, in Wahrheit ziemlich entgeistert – die Welt gerettet.

«Ach? Hast du?»

Ich konnte es selbst kaum glauben.

«Das wars? Das war alles?» Das bißchen Gerede sollte gereicht haben, um für alle Zeit berühmt zu werden? Gehirnerschütternd.

«Naja, sei froh, daß es so glatt ging», meinte Grippi. «Du kannst es später immer noch aufbauschen.»

Sie sah die Sache pragmatisch und wohl ganz richtig. Hauptsache, die Welt war gerettet. Ich, und wie mir das gelungen war – zweitrangig. Und wenn mich wer danach fragen würde, würde ich antworten: *Ich habe mich eben im richtigen Moment auf die Kunst einfacher Worte verstanden.* Taten sind was für Grobiane, echte Helden gebrauchen Worte statt Taten.

Genau, das mußte überhaupt nicht mehr groß aufgebauscht werden.*

Jetzt erstmal zurück an die frische Luft. Mir war höllisch heiß, die Zunge klebte mir am Gaumen vor Durst. Grippi drohte, ohnmächtig zu werden, hielt sich kaum noch auf den Beinen.

«Kommst du mit?» fragte ich Max.

Er überlegte hin und her.

«Wenn Pompeii wieder ausgegraben wurde – warum eigentlich nicht?» antwortete der Geisterhund und lief uns voraus, schien dabei immer leichter und leichter zu werden, seine Pfoten berührten den Fels nicht mehr, er schwebte, langsam durchstieß er die Decke und entglitt unserem Sichtfeld. Nahm, wohl neugierig geworden, den kürzesten Weg an die Oberfläche. Beneidenswert.

Ließ uns einfach so zurück. Andererseits.

PFOTENNOTE: *Kaffeekannentapfer – dieses Adjektiv ist inzwischen zum Juwel für besondere Gelegenheiten im allgemeinen Sprachschatz geworden, aber woher es stammt, das weiß vermutlich kein Schwein. Ich möchte mich hier nicht allzusehr in Szene setzen, aber doch der Nachwelt einen dezenten Hinweis hinterlassen.*

Die beiden waren schon ein hübsches Paar.

Wehmütig sah der Geheimniskrämer Saxo und Calista hinterher, wie sie nebeneinander im Mondlicht die Straße entlangliefen, von einer Meute euphorischer Gladiatoren eskortiert, die soeben etwas für sich entdeckten, von dem sie meist nur gehört hatten: Freiheit.

Valta blieb stehen und winkte. Die Liebe ist in dieser blutrünstigen Welt von allen lustigen und grausamen Geheimnissen das größte, dachte er, aber wer will das schon hören?

Wie der Kampf des Eviscerators gegen Hotdog ausgegangen war, das würde Valta am nächsten Morgen in den Straßen und Gassen Neapels zum Besten geben. Sportergebnisse brachten immer was ein.

IX

Wir erreichten, mehr sterbend als lebendig, den heißen Fluß, der Unterird von der Fledermausgrotte trennte. Das zerschlissene Binsenboot lag noch am Ufer. Daneben Cerbera. All ihre Köpfe schienen wach und nüchtern. Und alle drei riefen unisono: «Ihr seid wieder da? Das ist ja schön! Wo wollt ihr denn hin?»

«Zurück an die Oberfläche.»

«Nehmt ihr mich mit?»

Was sollte ich antworten? Wie macht man einem Monster klar, daß es ein Monster ist?

«Offengestanden bist du zu dick für das alte Boot.»

«Ich kann schwimmen. Mir macht die Hitze nichts aus.»

Grippi, die langsam wieder zu Kräften kam, flüsterte, daß die Oberfläche kein angemessener Platz sei für Fabelwesen mit drei Köpfen und bleistiftlangen Zähnen.

«Warum nicht?»

«Man würde dich dort einfangen, aufschneiden, ausstopfen und zur Schau stellen. Die hätten keinen Respekt vor dir.»

Cerbera weitete ihre sechs Augen. «Das klingt entsetzlich. Was ist das nur für ein Leben da oben?»

«Es ist, wie es ist. Vielleicht», sagte ich, «kommen wir dich mal besuchen.»

«Nein, tut ihr nicht. Bleibt doch hier! Leistet mir Gesellschaft. Wir machen es uns bestimmt gemütlich. Ich kann dreistimmig für euch singen! Es gibt Eisenhutblautee und gegrillten Tiefseefrüchtesalat!»

Die alte Dame tat uns ernsthaft leid. Wir murmelten auch andauernd, wie leid es uns täte und daß wir sie bestimmt besuchen kämen. Sie schien uns keinen Glauben zu schenken, begann zu stampfen und zu singen, wobei ihre Stummelflügel in komplizierten Rhythmen knatterten.

Es klang unbeschreiblich. Ob das Kunst war oder Folter? Wir hätten sicher höflicher reagieren können, als uns in den Sand zu pressen und unsre Ohren zuzuhalten. Cerbera, sichtlich gekränkt, nahm das Boot in ihre Mäuler, schüttelte es kräftig und warf die zerfallenden Teile in den Fluß. Ihr linker Kopf sagte, es täte ihr ebenso leid wie uns. Der mittlere meinte, das alte Boot wäre vermutlich eh aus dem Leim gegangen, bevor es das andere Ufer erreicht hätte. Und der rechte Kopf zitierte mich sarkastisch: *«Es ist, wie es ist.»* Danach bot uns der linke Kopf Lavagulin-Schnaps an und der mittlere forderte uns auf, noch ein paar Geschichten von droben zu erzählen. Der rechte Kopf gab zu bedenken, daß wir von Glück reden könnten – *Cerberus* habe unterscheidungslos jeden *gefressen*, der von hier fliehen wollte. Damals. In den goldenen Zeiten.

Monster können durchaus nett sein. Im Kern ihres Wesens bleiben sie Monster.

Es drohte, sehr gemütlich zu werden in Unterird.

Vespa kam dazu, ihr Verhältnis zu Hunden neu zu überdenken, mit jedem Pfund, das Vitello an Gewicht verlor. Er war im Grunde, unter all dem Fett, ein ziemlich imposanter Hund in seinem besten Jahr. Und sorgte für Vespas Welpen, als wären es die eigenen. Die neue Familie versteckte sich vor Ferox' Spähern in einem Haus, das wegen Restaurierungsarbeiten für Touristen gesperrt und selbst für Vierbeiner schwer zugänglich war. Tagsüber schlich Vitello T. zu seinem alten Arbeitsplatz, schnorrte Küchenabfälle, brachte fleischige Knochen und weiches Obst zu den Füchsen, fraß selber nur trockenes Brot. Abends, wenn die Hitze langsam kühlen Winden wich, lief er mit Vespa um die Wette, an den Resten der südlichen Stadtmauer entlang. Hatte er anfangs nicht den Hauch einer Chance, holte er an jedem Abend ein paar Meter auf, bis er der Füchsin halbwegs auf den Fersen bleiben konnte. Die Welpen wuchsen schnell heran. Vitello hatte ihnen beigebracht, was immer er ihnen beibringen konnte, zum Beispiel, wie man sich auf einfache Weise Futter erschleicht, oder wie man sich mit dem Hintern so auf eine Kröte plumpsen läßt, daß es einen dumpfen Knall gibt.

Vespas Söhne, mitten in ihrer pubertären Trotzphase, lehnten Vitellos Ratschläge als hündisch und unfüchsisch ab. Sie suchten und fanden Anschluß bei den wenigen Artgenossen, die Ferox' Feldzug überlebt hatten. Kaum ein Dutzend schlich nachts noch über die Via dei Sepolcri, aber jeder einzelne von denen trauerte glorreichen Zeiten hinterher.

Vespa gestand sich zuletzt ein, daß Füchse auch nur Hunde waren, die sich für etwas Besseres hielten, daß es falsch und überheblich gewesen war, sich voneinander strikt abzugrenzen. Sie erinnerte sich an die drei jungen Hunde, die mit ihrer Pilzvergiftung ein amüsantes Spektakel geboten hatten. Im Nachhinein fand sie das nicht mehr witzig. Ihr Schicksal im Exil schien ihr nicht länger eine ungerechte Strafe zu sein, vielmehr eine Chance, etwas wieder gut zu machen. Vitello T. wollte dagegen nichts anderes, als der schönen gelben Hündin zu imponieren. Eines Nachts sangen die beiden den Mond an, stumm, um ihren Standort nicht zu verraten.

Wenn man zu zweit ist, kann man auch mit dem Herzen singen.

Plötzlich fiel ein Kuß, und es gab seit langer Zeit den ersten wirklich glücklichen Moment in Pompeii.

+++++Newsticker:++++++ Eviscerator – Hotdog – 0 : 1 nach Verlängerung++++++

«Wißt ihr, ich hab mir mein Leben ja nicht aussuchen können, kam mit drei Köpfen zur Welt, da soll man erst mal jemanden finden, für Familie gründen und so, da gabs kein Angebot, außer eben Cerberus, ich mußte froh sein um ihn, wir paßten zusammen, mußten zusammenpassen, welcher Arbeit er nachging, war zweitrangig, und ich hab auch nie viel gefragt, irgendwer mußte den Job ja machen. Daß ich keine Kinder bekommen konnte, das warf er mir vor, obwohl es vielleicht an ihm gelegen hat, egal, muß man nicht drauf rumreiten, er hatte immerhin seine Beschäftigung, Flüchtlinge stellen und in der Luft zerreißen, hätt ich ja auch mal übernehmen können, aber da war er eigen, tat mordsunersetzlich, meine einzige kreative Betätigung hier unten war Singen und Schnapsbrennenlernen mit simpelsten Mitteln, ich hätte wohl mal einen Schluck direkt aus der Lethe nehmen sollen, um den ganzen Mist zu vergessen, aber wärs danach soviel besser geworden? Rumsitzen und sich fragen: wer bin ich, wie komm ich hierher, was soll das, was mach ich? Die alten Götter haben mich vergessen, verlassen, aber irgendwie, wißt ihr, hängt man auch am beschissensten Leben, wird philosophisch, reimt sich alles irgendwie zusammen, notdürftig, ach Kinder ...»

Grippi flüsterte mir was ins Ohr. Wenn Hunde flüstern, klingt das oft wie ein kindisches Quengeln, ihr Vorschlag klang auch seinem Inhalt nach kindisch – ich weigerte mich zuerst strikt, diese ganz vage Idee auch nur in Erwägung zu ziehen. Leider fehlten brauchbare Alternativen.

«Bitte, Kaff, du *mußt* es versuchen!»

«Das kann ich nicht.»

«Du mußt! Du hast die Gabe der Rede.»

Die *Gabe der Rede*. Naja. Wie schnell ein Talent zur Verpflichtung werden kann, wurde mir schmerzlich bewußt. Mein Magen schrumpfte zu einem bleischweren Klumpen.

Und wenn Grippi der letzte Hund auf Erden wäre, ich würde nichts mit ihr anfangen, nein.

Das hatte ich einmal gesagt. Boshaft und eindeutig. Nun war Grippi der letzte Hund *unter* der Erde. Das änderte die Situation. Sie erinnerte mich an etwas, was Cerbera gesagt hatte: *Vor Liebenden hab ich Respekt.* Und ich erinnerte mich an etwas, was mir die Sandviper mitgegeben hatte. *Überall gibt es Liebesgeschichten.*

Unsere – selbstverständlich frei erfundene – erzählte ich Cerbera. Überflüssig zu erwähnen, wie peinlich das war, wie überwindungsbedürftig – aber wenn sonst nichts half. Ich fühlte mich, als würde mir mit jedem Wort ein Stück Fell abgezogen.

«Du darfst uns nicht hierbehalten, Höllenhündin. Du bist ein tiefgründiges Wesen, wir hingegen sind oberflächlich. Wir zwei sind zusammen, sind ein Paar, wollen für uns sein, im Licht der Sonne leben, verstehst du? Wollen in Ruinen spielen, ausgelassen in den Weinstöcken tollen, und abends romantische Spaziergänge machen, ganz für uns, für uns allein. Wir wollen beieinander sein und füreinander da, oben in der schönen, gefährlichen Welt. Die paar wenigen Jahre, die uns, im Gegensatz zu Fabelwesen, gegönnt sind.

In deiner unterirdischen Zeitwahrnehmung wären das nur Minuten, Sekunden, wir aber würden ein ganzes Leben verlieren, das wir gemeinsam genießen könnten. Das mußt du uns einfach gönnen, insofern eines deiner drei Herzen noch etwas empfindet.»

Grippi neben mir begann lautlos zu flennen. Tränen kullerten ihr über die Schnauze. Die Gabe der Rede. Ich muß gestehen, selbst mich hat meine Ansprache beeindruckt. Was mit ein paar Sprüchen alles zu machen ist – ich nahm mir vor, Sprüchemacher zu werden. Auch die alte Dame reagierte gerührt. Etwas Schnaps tat das Übrige. Sie ließ bald alle Köpfe hängen, kapitulierte vor meinem Gesülze, schämte sich, so selbstsüchtig gehandelt zu haben. Bat uns auf ihren Rücken, schwamm durch den Fluß, setzte uns über. Winkte zum Abschied und tauchte im heißen Fluß unter, tauchte, soweit wir sahen, nicht wieder auf.

Grippi, befürchte ich, nahm alles ernst, was ich über uns gesagt hatte. Wie sie sich an mich schmiegte – aber gut, das war momentan nebensächlich.

Endlich waren sie zuhause angelangt. Plin und die restlichen Rückkehrer schleppten sich durch die Porta Marina. Erkannten auf einem Hügel die bedrohliche Gestalt des schwarzen Mastinos, der sie stumm, dennoch höhnisch, in Pompeii willkommen hieß.

Müde und ausgehungert, praktisch wehrlos, erwarteten sie seinen Angriff. Es war ihnen egal, was geschehen würde, sie würden sich nie mehr vertreiben lassen. Und wohin hätten sie auch gehen sollen? Der einzige Schutz, der sie vor dem sofortigen Tod bewahrte, waren die Massen von Touristen, die sich um sie herum bewegten.

Ferox schickte einen Unterhändler, Leo, der anbot, die Sache ein für allemal zu regeln.

Es war kurz vor achtzehn Uhr, die Touristen drängten zu den Ausgängen. Bald würde man unter sich sein. Das Amphitheater sei ein würdiger Rahmen, um die leidige Angelegenheit stilvoll hinter sich zu bringen. Ferox' Überlegung dabei war, daß die zwei Meter hohe Mauer der Arena den Schoßhündchen keine Entkommenschance bieten würde, sobald er und seine Soldaten den einzigen Ausgang kontrollierten. Das minimierte den Aufwand, und Ferox konnte seinen jungen Rekruten ein kompaktes Schauspiel bieten. Ein Schlachtfest, ein Galamassaker. Lehrreich und erregend.

Plin beriet sich mit den anderen. Alle waren dafür zu bleiben, zusammenzustehen. Gegebenenfalls gemeinsam zu sterben. Geringen Widerstand konnten sie vielleicht noch leisten. Ein Zeichen setzen. Das Gesicht bewahren. Wenigstens das. Und auf ein Wunder hoffen.

Langsam trottete Plin dem Zug voran Richtung Osten.

Fünftel erwartete uns am Ausgang der Höhle. Ich berichtete in knappen Worten, was geschehen war.

«Sehr gut, Käffchen, gut gemacht!»

«Danke. War nicht schwer.» Ich blieb bescheiden, weil Helden, sagt man, dadurch noch viel sympathischer wirken.

«Doch, doch», meinte Fünftel, «Ich finde, das haben wir hervorragend gemacht. Exzellent!»

«*Wir?*» Meine Ohren mußten nicht recht funktionieren.

«Jetzt hab dich nicht so. Ich bin ein guter Teil von dir. Der beste, wenn du mich fragst. Ohne mich wärst du unterwegs krepiert. Selbst wenn du nie auf mich gehört und pures Glück gehabt hast. Das sähe dir gleich, mich schnöde zu verleugnen, jetzt, wo du ein Held bist. Du Egoist!»

Na schön. Er hatte recht, auf gewisse Weise. Was konnte er dafür, daß ich nie auf ihn gehört und das Glück des Tüchtigen und Redegewandten gehabt hatte?*

Man kann von seinem Ruhm ruhig etwas abgeben, ohne ihn deshalb zu schmälern. Und Fünftel war ein Blutsverwandter im allerengsten Sinne. Da sieht man über kleine Charakterschwächen schon mal hinweg. Ich sagte ihm das so, und er riet uns, gleich zum Amphitheater zu laufen, da sei bald mordswas los, ein echter Held dürfe sich das nicht entgehen lassen.

Ferox und seine Besserwölfe hockten auf den grasbewachsenen Rängen der Arena und lachten sich halb krank über das, was ihnen da entgegentrat. Ein Haufen ausgezehrter, abgemagerter Schoßhündchen, viele alt, viele klein und krummbeinig. Lächerliche Zivilisten. Militärisch belanglos. Räudiger Abschaum. Hunde, die zwischen Haut und Knochen kaum noch etwas mit sich trugen. Ein todgeweihtes Häuflein Elend und Verzweiflung. Auch daß Clabauta, die Sandviper, sich zischelnd dazwischen schlängelte, flößte den Her-

** PFOTENNOTE: Mein menschlicher Übersetzer rät mir von weiteren Pfotennoten ab. Er hält sie für angeberisch und mißgönnt mir den nötigen Spielraum, um mich vollständig und angemessen zu präsentieren. Ich hingegen halte die Wahrheit – und die ganze Wahrheit – für sehr viel wichtiger als komplizierte Überlegungen zur eigenen Bescheidenheit, die ja doch meist nur sehr gequält erscheinen, dem inneren Empfinden mühsam abgerungen.*

ausforderern wenig Respekt ein. Vespa und Vitello T. durchschritten das Tor. Naja. Die Füchsin mochte schnell und wendig sein, arg gefährlich war sie nicht. Vitello T., wieder in Bestform, schien ein ernstzunehmender Gegner, aber eben nur *einer*. Grippi und ich betraten das Rund. Es war Ehrensache für uns, dabeizusein, egal, was da kommen sollte. Und wie mutig, wie legendär kaffeekannentapfer wir uns auch zeigten, man empfing uns dennoch mit ausgelassener Heiterkeit. Das ärgerte mich, nebenbei gesagt, tierisch, aber ich ließ mir nichts anmerken. Aus dem Portal traten weitere Füchse, die Reste von Vespas ehemaligem Rudel. Auch sie ernteten nur Spott. Zuletzt – und von allen unerwartet, liefen Saxo, Calista und die Gladiatoren in die Arena. Das Lachen der Besserwölfe wurde etwas leiser und verstummte bald ganz. Stattdessen hörte man vereinzelte Stimmen der Gladiatoren, die fragten, ob das hier das Trainingslager sei, und wann die echten Gegner kämen.

«Ich glaub, das ist gar kein Trainingslager!» meinte Killbilly. «Das ist schon der Ernstfall.»

«Allen Ernstes?» fragte Prügeltüte. «Das ist ja komisch.» Und Vampirello wollte wissen, ob der aufgeblasene schwarze Typ da mit den Sabberlefzen am Ende jener angeblich so fürchterliche Ferox sei.

«So unbesiegbar sieht der nicht aus.»

«Ich hab ihn mir ehrlich größer vorgestellt.»

«Der und unbesiegbar? Für Amateure und Landeier vielleicht.»

X

Fünftel kam in den versprochenen Genuß, mit Xenia am frühen Abend eine Runde über Pompeii fliegen zu dürfen. Mehrfach unterstrich er dabei die weltrettenden Heldentaten, die unter seiner geistigen Führung zustande gekommen seien – und erntete doch nie mehr als gleichgültiges Nicken, fast so, als ob die Rettung der Welt zwar erfreulich, aber eher nebensächlich wäre.

Am Ausgangspunkt des Spazierflugs angekommen, erblickten beide Max, der vor dem Haus des Tragödiendichters in der Luft schnupperte und ungläubig an den weißen Mauern schabte. Seine Jugend hatte er dahinter verbracht, und das Mosaik, das seinen Vater zeigte, lag noch immer hinter der Türschwelle, ein klein wenig ausgebleicht, sonst intakt. Max drehte sich um.

Was er sah, hätte ihm den Atem geraubt, wäre sein Atem ihm nicht früher schon und für immer geraubt worden.

Xenia. Er kniff die Augen zusammen, erkannte sie sofort wieder. Xenia, die schöne, edle Hündin aus der Nachbarschaft, die ihm damals als so unnahbar erschienen war, daß er es nie gewagt hatte, sie anzusprechen. Frau aller Träume. In einem einzigen kurzen Moment begriff er den Grund seines langen Exils in Unterird. Er hatte den Gedanken nicht ertragen können, sie tot oder an der Seite eines anderen zu wissen. Da schwebte sie nun. Schön wie eh und je. Mit einem anderen an ihrer Seite. Unerträglich.

Aber da, was geschah? Xenia winkte dem anderen Hund, verabschiedete ihn gestenarm, flog her, zu ihm, zu Max. Und redete ihn einfach an. Mit seinem Namen!

«Max?»

«Hmmhm?»

«Ich hab fast zweitausend Jahre auf dich gewartet. Warum bist du nicht früher gekommen?»

«Ooch.» Mehr brachte Max gerade nicht über die Lippen. Eigenartige Wärme durchströmte ihn, und er fühlte, daß alles nun in Ordnung war und großer Worte gar nicht bedurfte. Die beiden sahen sich an und schwiegen.

Unter ihnen war der Entscheidungskampf um Pompeii im Gange, aber das betraf sie weder, noch kümmerte es sie.

Die leicht verunsicherten Besserwölfe mußten sich Diskussionen darüber anhören, wem das Recht zukäme, gegen diesen plumpen, triefäugigen Klotz als Erster antreten zu dürfen.

Das Gehabe der Gladiatoren entsprang keiner Arroganz, als echte Profis übten sie sich in provokanter Rhetorik, um den Gegner schon vor dem Kampf einzuschüchtern.

Der Ausgang der Schlacht war auf einmal nicht mehr so eindeutig festgelegt. Endgültig offen wurde er, als Nero die Seiten wechselte. Er hätte, sagte er später, von Ferox schon lange die Schnauze voll gehabt und nur auf eine spektakuläre Gelegenheit wie diese gewartet. Durch Neros Beispiel ermutigt, wurde Ferox von vielen jungen Rekruten verlassen, die offensichtlich zu selten in der Fledermaushöhle gewesen waren, um vor den Gladiatoren keinen Respekt zu haben. Lydia, die Ferox nie wirklich geliebt hatte, Nero hingegen sehr heimlich, folgte dem Geliebten unauffällig. Die Kräfteverhältnisse kippten vollends.

Mit weit aufgerissenen Augen drehte sich Ferox im Kreis, und überall dort, wo er gerade nicht hinsah, stahl sich einer seiner Leute davon. Dutzendweise sortierten sie ihre Zukunftspläne neu, entfernten sich diskret und mit eingezogenem Schwanz.

Ferox brüllte. Und seine wirklich sehr laute Stimme dröhnte lauter als jemals zuvor.

«Soll ich alleine kämpfen gegen die Unterhunde? Und das andere Gesocks? Wollt ihr freiwillig Pompeii Schlangen, Füchsen und Rumtreibern überlassen? Verzieht ihr euch alle, ihr Feiglinge? Ist euch das bißchen Leben soviel mehr wert als eine für immer saubere Zukunft? Wollt ihr von meinem Ruhm nichts abhaben?»

Mehrere Besserwölfe schüttelten, kaum wahrnehmbar, den Kopf. Und waren im nächsten Moment verschwunden.

Ferox sprang in die Arena, knurrte und rieb sein weit geöffnetes Maul im Sand.

Kingkong fragte ihn, leicht mitleidig, ob er Zahnschmerzen habe.

Ferox wurde immer wütender.

«*Zahnschmerzen?* Ich? *Du* wirst welche haben. Bluten wirst du, wo immer meine Zähne dich durchbohren. Wer bist du denn? Was willst du hier? Du dreckiger Ausländer! Willst du dich mit mir messen? Dann komm, komm doch her!»

Kingkong wandte sich, ungerührt, mit bewundernswerter Gelassenheit, an seine Kollegen.

«Was der Kerl da faselt, erinnert mich sehr an den Spruch des Dichters Mako: *Tritt näher, sagte der Scheißhaufen – oder bist du feige?*»

Die Gladiatoren johlten, und selbst der Rest von uns

wagte ein vorsichtiges Grinsen. Ohne daß es bislang zu irgendeiner Kampfhandlung gekommen wäre, stand der glotzende Ferox zuletzt allein gegen eine zusammengewürfelte Schar, die sich ihm langsam näherte.

Hinter ihm lag, weit offen, das einzige Tor der Kampfbahn, er hätte einfach und ruhmlos türmen können. Doch weil es ihm sogar an jenem lebenswichtigen Quentchen Angst mangelte, das für die mindeste Selbsterhaltung zuständig ist, türmte er nicht, sondern fletschte die Zähne und stieß wüste Verwünschungen aus.

Kommende schlaumeierische Geschichtsfälscher werden womöglich behaupten, er habe dem Beispiel antiker Feldherren folgen und einen ehrenvollen Tod sterben wollen, eines stolzen Kämpfers würdig. Das ist Unfug. Er hatte schlicht einen tonnenschweren Dachschaden.

Mehrere Gladiatoren unter der Führung von Kingkong stürzten sich auf ihn, er duckte sich unter den Angreifern weg, biß wild um sich, stürmte in die Menge, verletzte die junge Hündin Chloe leicht am Hals und rannte auf Grippi und mich zu. Er hatte es auf einen klassischen Showdown der Superhelden angelegt. Vielleicht war das in seiner Situation die bestmögliche Lösung. Er wußte genau, von wem ihm am meisten drohte.

Ich nahm eine klassische Defensivstellung ein (Pfotenkreuz über Kopf), die von Nichtsahnenden oft als sehr passiv mißverstanden wird, aber großes dynamisches Potential bietet. Ich war bereit, mich mit Ferox im Duell zu messen. Wirklich.

In diesem Moment kam Plin von der Seite angerannt, rempelte Ferox, brachte ihn aus dem Tritt. Ferox stolperte, rollte einmal um die eigene Achse, sprang fast zwei Meter hoch, begrub Plin unter sich und schnappte nach seiner Kehle. Sekundenbruchteile, bevor ihm das wohl gelungen

wäre, biß Clabauta ihm ins Bein. Die Folgen waren erstaunlich und entsetzlich zugleich. Allen, selbst den abgebrühten Gladiatoren, stockte der Atem.

Ferox hielt inne, sah sich verwirrt um, knurrte was von *Schlangenvieh, widerwärtiges* – und heiße schwarze Luft entwich wie aus einer Düse der winzigen Wunde. Gleich darauf schwappte uns ein furchtbarer Gestank entgegen, der Körper des riesigen Dreiviertelmastinos schrumpfte binnen eines Lidschlags auf die Größe eines behaarten Pferdeapfels zusammen.

Während wir noch unschlüssig waren, ob wir unsren Augen trauen sollten, vergoß Clabauta Tränen. Sie fühlte sich schuldig, Ferox zu dem gemacht zu haben, was er eben noch gewesen war, und fühlte sich nicht eben wohl dabei, Ferox zu dem gemacht zu haben, was er jetzt war.

Der übelriechende, blasenwerfende Rest des Untiers qualmte im Zentrum des Ovals.

Wir alle, beinahe alle, drehten uns um, schaufelten mit den Hinterpfoten Sand auf die kümmerlichen Reste vom Kaiser aller Besserwölfe. Sieg.

Sieg! Wir hatten gesiegt! Süßer können die körpereigenen Glöckchen nie klingen.

Einzig Kingkong beschwerte sich laut. Das sei ja weder der Rede noch der Mühe wert gewesen. Selbst eine Schlange hätte mit dem Idioten fertig werden können.

Während die Sieger ausgelassen auf Ferox' Resten herumtrampelten, zog Grippi die traurige Clabauta beiseite und fragte, wie lange der Liebeszauber, mit dem die Schlange sie belegt hatte, noch anhalten würde. Die *höhere Sache* sei ja nun erfolgreich erledigt, es müsse mal wieder an der Zeit sein für unverfälschte persönliche Befindlichkeiten. Grippi wollte ihre Entscheidungsfreiheit zurück.

Die Sandviper antwortete, jene kleine Hypnose müsse ihre Wirkung längst verloren haben. Und fügte hinzu, sicherheitshalber könne sie ja nochmal mit zwei Fingern schnippen. Um sich gleich darauf in einem langen Sermon darüber zu beklagen, was Schlangen auf der Welt alles erreichen könnten, besäßen sie Extremitäten irgendwelcher Art. Und wenn es nur *Zehen* wären.

«Aber ich fühle mich zu Kaff nach wie vor hingezogen. Ich kann ihm einfach nichts übelnehmen.»

«Das, Mädchen, mußt du dann als *neue* höhere Sache betrachten.»

Wir begruben Ferox' Kadaver und feierten das Wiedersehen. Die Befreiung. Triumphe. Diverse Versöhnungen. Die der Füchse mit den Hunden. Die der Hunde mit ehemaligen Besserwölfen, soweit sie sich geläutert zeigten. Meine mit Plin. Wir hatten zahllose Gründe, um zu feiern. Hatten uns so viel zu erzählen. Der Chor der Heuschrecken setzte weit vor der Dämmerung ein. Den arbeitslos gewordenen Gladiatoren empfahlen wir einen gemütlichen, wohlverdienten Ruhestand am Bahnhof von Pompeii. Wo war eigentlich –?

Ich drehte mich um. Grippi lachte zu mir herüber. Im Gegenlicht sah sie gar nicht so schlecht aus. Nein, ganz und gar nicht.*

Fünftel fühlte einen mächtigen Sog, der ihn emporhob. Mit jeder Sekunde schwebte er einen Meter höher über der alten Stadt. Bis er an die Wolken stieß und auf der siebten schwebte, einer recht kitschig von der Abendsonne purpurrot bestrahlten. Mächtige Gefühle durchdrangen ihn, und waren doch nur Echo und Widerschein von Gefühlen, die ein anderer, lebendigerer Teil von ihm fühlte. Hier oben, be-

PFOTENNOTE: *Hier enden – sehr diskret – meine Aufzeichnungen eines rundum geglückten Hundelebens. Jener gierige Mensch, der meine Erinnerungen aus dem Hundischen übersetzen durfte, wird vermutlich alle Tantiemen einstreichen und ich – ich armer Hund werde, wenn ich Glück habe, mit einer Paprikasalami abgespeist. Von soviel Ungerechtigkeit bestürzt, sollten Sie, nachdem Sie dieses Buch nun bald zuklappen werden, unbedingt ein wenig Geld für die Erhaltung Pompeiis spenden. Sie täten mir und meinen Freunden damit enorm viel Gutes. Den Ruinen nebenbei auch.*

schloß er, würde er geduldig warten, bis die Zeit käme, um mit Kaffeekanne wiedervereinigt zu werden. Wenn etwas unvermeidlich ist, warum sich nicht darauf freuen? Gemeinsam, irgendwann, würden sie weiterziehen, ins Unendliche.* Einige Jahre würden Fünftel bleiben, um über die seltsamen Zusammenhänge da unten in aller Ruhe nachzudenken.

Neben sich, an sich vorbei, in ungeheurer Geschwindigkeit, wie von der Spitze einer Fontäne nach oben getragen, sah er Max und Xenia in den Himmel schießen, bis sie seinem Sichtfeld entkamen, in Richtung der unfaßbar schönen Sterne.

PFOTENNOTE: *Mein Leben taugte, im Rückblick gesehen, durchaus als sehr dankbarer Stoff für ein dramatisches wie auch lyrisches Musical. Dem kommenden Komponisten möchte ich jene selbstgemachten Verse ans Herz legen, die schlicht, aber voller Gefühl, mein Lebensmotto ausdrücken. Gäbe ein prima Auftrittslied ab. Finde ich.*

Ich bin, schau hin, ein Hund, na und?
Ich tu es kund im Erdenrund:
Ich bin schwarzweiß und eher klein,
Ich bin ein gar nicht bunter Hund.
und möchte gar nichts andres sein
als mutig, klug, nicht bunt – und Hund.

Idee und Illustrationen: Beatrice Renauer.

Das Märchen von Vesuvius und Vesuvia ist ein Gastbeitrag von Walter Moers. Beinahe alle Illustrationen entstanden nach Porträts wirklich in Pompeii und Umgebung wild lebender Hunde.

Die lateinische Schreibung Pompeii wurde der deutschen (Pompeji) aus Rücksicht auf die Gefühle der alten Stadt vorgezogen. Die Idee zum Projekt entstand im Mai 1992, der als Tagebuchmonat bei Rowohlt vorliegt.

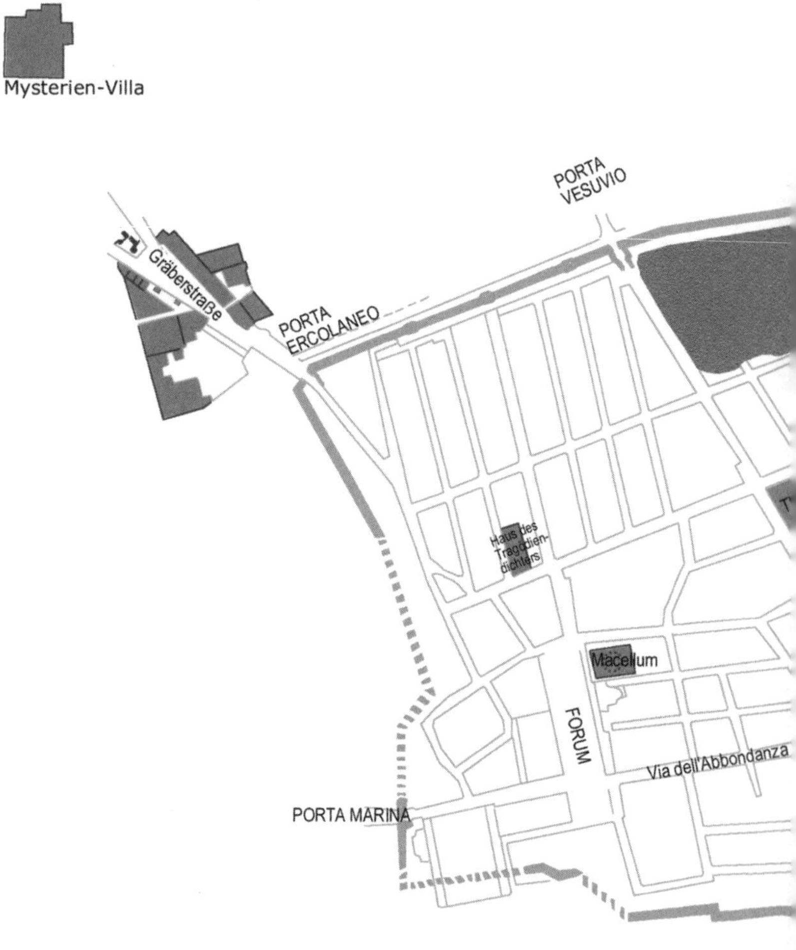
Mysterien-Villa
Gräberstraße
PORTA ERCOLANEO
PORTA VESUVIO
Haus des Tragödien-dichters
Macellum
FORUM
Via dell'Abbondanza
PORTA MARINA

POMPEII